Bodyguard

Evelyne Amara

Printausgabe November 2019

Coverfotos: coka / Fotolia, kovgabor79

Korrektorat: Jörg Querner / Lektorat Anti-Fehlerteufel

Coverdesign: Evelyne Amara

Evelyne Amara

c/o Autorenservice Gorischek

Am Rinnergrund 14/5

8101 Gratkorn

Österreich

Kontakt(at)Evelyne-Amara.com

www.Evelyne-Amara.com

Printed by: Amazon Media EU S.à r.l., 5 Rue Plaetis, L-2338, Luxembourg

Kapitel 1

Ich nippe gerade an meinem Caffè Latte, als mein Vater mit mehreren seiner Handlanger im Gefolge in mein Wohnzimmer stürmt. Anzugtypen-Unternehmensklone, so weit das Auge reicht. Sie gehen neben meinem großen und breiten Vater unter, der mit seiner Präsenz für gewöhnlich den Raum dominiert. Doch diesmal gibt es eine Disharmonie, einen muskulösen Typen mit einer Lederjacke und einem leicht rausgewachsenen Militärkurzhaarschnitt. Heuert mein Vater neuerdings Schlägertypen an?

Was habe ich jetzt schon wieder ausgefressen? Mein Vater ignoriert mich schon mein ganzes Leben lang. Nur wenn ich schlechte Presse bringe, scheine ich für ihn zu existieren. Da ich mich nicht erinnern kann, kürzlich einen Skandal verursacht zu haben, ist mir sein Erscheinen schleierhaft.

»Das ist sie. Tun Sie alles, was nötig ist, wie wir es besprochen haben«, erklingt die befehlsgewohnte Stimme von Jerome Maynard, Multimillionär, Medienmogul, Privatinvestor und dem schlechtesten Vater des Millenniums.

Verschnupft sehe ich ihn an. »Guten Morgen, Dad.« Meine Stimme klingt ironisch. Zumindest begrüßen könnte er mich. Das gebieten die guten Manieren, wenn man denn welche hätte ...

Warum wundert es mich nicht, dass er meinen Gruß ignoriert? Wird sich das jemals ändern?

»Hallo, Dad, warum ist gerade jeder und sein Hund in meinem Wohnzimmer, während ich versuche, in Ruhe zu frühstücken? Das hier ist keine öffentliche Veranstaltung.« Hat der schon mal was von Privatsphäre gehört?

Doch mein Vater winkt ab. Er lässt mich einfach stehen wie ein Schulmädchen, das was Schlimmes ausgefressen hat. »Ich habe gleich eine Besprechung. Mr. Preston, kümmern Sie sich um diese Angelegenheit.« Er spricht zu seinem Handlanger, als wäre ich gar nicht anwesend oder bestenfalls nur ein Projekt für ihn.

War natürlich klar, dass er mich wieder ignoriert. Das scheint mein Schicksal zu sein. Ich könnte ebenso gut mit der Wand reden. Die würde wahrscheinlich noch eher antworten als mein Vater. Und was es noch schlimmer macht, ist, dass ich in den Augen des Lederjacken-Typen Mitleid erkenne. Mitleid! Ich bin Tabitha Alyssa Maynard, eine der bekanntesten Frauen von New York, und habe es nicht nötig, von jemandem bemitleidet zu werden. Dummerweise bemitleide ich mich manchmal selbst, was meinen Vater betrifft. Ich frage mich, was ich ihm angetan habe. Er könnte es mir ja mal sagen, würde er denn mal wirklich mit mir sprechen ... Aber das lässt er durch Kindermädchen, Hausangestellte, Chauffeure, seine Sekretärin, Mr. Preston und alle möglichen anderen skurrilen Gestalten erledigen.

»Das ist Nicholas Sands. Er ist Ihr neuer Bodyguard«, sagt Mr. Preston, einer der Haupt-Handlanger meines Vaters. Er ist ungefähr vierzig Jahre alt und der typische Corporate-Klon: glattrasiert, zurückgekämmtes, mittelbraunes Haar und ein gefühlloser Blick aus grauen Augen. Nichts an seinem Gesicht ist bemerkenswert, im Gegensatz zu dem abgerissenen Typen neben ihm. Im negativen Sinne bemerkenswert, möchte ich anmerken. Er ist zwar groß, gutaussehend, muskulös und dunkelhaarig, aber diese ausgewaschenen Jeans und die bereits an einigen Stellen abgewetzte schwarze Lederjacke und das dunkelbraune Haar ... Die Männer, mit denen ich mich umgebe, tragen Armani und wissen, was ein Friseur ist, und verwechseln das nicht mit diesem leicht herausgewachsenen Militärhaarschnitt.

Ein Mann, der mir auf Schritt und Tritt folgt? Wie kommt mein Vater denn auf diese abstruse Idee? Noch dazu irgend so ein Typ von der Straße. Welch gruselige Vorstellung. Es genügt schon, dass mein Ex das bisweilen macht, doch der ist nicht gefährlich, außer für meine Nerven.

Ich gähne gelangweilt. »Ich brauche keinen Bodyguard, habe nie einen gebraucht. Was soll das, Dad? Das kann doch nicht dein Ernst sein.« Ich habe kaum ausgesprochen, da rauscht er schon ab, den größten Teil seiner Klon-Armee im Gefolge, als hätte er mich gar nicht gehört. So war es schon immer, und das wird sich bei ihm wohl niemals ändern. Er verrennt sich in irgendwas, drückt es mir rein und verschwindet.

Frustriert streiche ich mir eine hellblonde Strähne aus dem Gesicht und lasse mich zurück in die Polster meines Sofas sinken. Ich trage meinen Hello-Kitty-Schlafanzug und meine plüschigen, rosa Schläppchen. Mein Vater hätte wenigstens warten können, bis ich mich angezogen habe, doch er hat noch nie Rücksicht auf mich genommen.

Er hört mir nie zu. Er gibt Anweisungen und ignoriert mich, wenn ich nicht gerade Skandale verursache. Selbst die sind mir inzwischen zu langweilig geworden. Früher hatte ich die provoziert, um wenigstens für kurze Zeit seine Aufmerksamkeit auf mich zu ziehen, auch wenn sie negativer Art war. Mittlerweile bin ich einfach nur noch resigniert und desillusioniert.

Wenn die Mieten in New York nicht so hoch wären, wäre ich schon längst ausgezogen. Ich muss zu meiner Schande gestehen, dass reine Bequemlichkeit einer der Hauptgründe ist, warum ich nach wie vor im Haus meines Vaters lebe. Die Bediensteten und all das … Er hat eine wahnsinnig gute Köchin, die auch auf meine Wünsche eingeht. Würde ich allein leben, würde ich mich vermutlich hauptsächlich von Broten, Salat und Joghurt ernähren.

Natürlich bewohne ich einen anderen Flügel als mein Vater. Es wäre ja auch schlimm, wenn er mir versehentlich begegnen müsste. Ich frage mich, was ich ihm getan habe, aber ich glaube, ich ahne, warum er mich hasst ...

»Als Ihr Vater gestern mit Penny Davis essen war, wurde ein Typ mit einer Waffe gesichtet. Er gelang ihm leider, zu fliehen, bevor die Bodyguards ihn schnappen konnten«, unterbricht Mr. Preston meine Gedanken.

Penny Davis ... Nachdenklich kratze ich mich am Kopf. Der Name kommt mir bekannt vor. Das ist ein C-Promi aus irgendeiner Reality-Show, die ihre fünfzehn Sekunden Ruhm schon vor einiger Zeit hinter sich gelassen hat, denn im vergangenen Jahr ist es ziemlich ruhig um sie geworden, mal abgesehen von ihrer Affäre mit einem abgehalfterten Schlagerstar auf Koks. Sie ist, soweit ich weiß, nur wenig älter als ich mit meinen zweiundzwanzig Jahren.

Ich starre ihn an. »Wer ist Penny Davis?« Die Frage äußere ich nur, um Mr. Preston aus dem Konzept zu bringen. Ich kann mir ja eigentlich denken, in welchem Zusammenhang sie mit meinem Vater steht ...

»Die derzeitige Geliebte Ihres Vaters.« Am Zucken von Mr. Prestons Augenlid merke ich, dass ihm das Gespräch unangenehm ist. Das kriegt er immer, wenn er nervös ist, und ich liebe es, die Handlanger meines Vaters nervös zu machen. »Sie sieht Ihnen ähnlich, Ms. Maynard. Wir wissen nicht, ob die Kugel für Ihren Vater oder Sie vorgesehen war.«

»Das halte ich für ein Gerücht.« Nicht, dass diese Penny Davis unbedingt hässlich wäre, aber sie hat ein ganz anderes Gesicht als ich. Während ihres rund ist, ist meines herzförmig. Ihre Augen sind dunkel und meine graublau. Ihre Lippen sind nach Schlauchbootart aufgespritzt, während meine naturbelassen sind. Was die alle wohl an diesen Schlauchbootlippen schön finden?

»Sie hat eine ähnliche Körpergröße und dieselbe Haarfarbe und Haarlänge wie Sie. Von weitem kann man sie mit Ihnen verwechseln«, meint Mr. Preston.

Ich weiß nicht, was ich widerlicher finde, dass mein Vater Frauen dated, die fast das gleiche Alter haben wie ich – wie pervers ist das denn? –, oder dass mich möglicherweise jemand ermorden will.

»Und was ist mit seiner Frau?«, frage ich überflüssigerweise, da seine Ehe meinen Vater bisher nie daran gehindert hat, andere Frauen zu treffen.

»Die Scheidung hat er vor einem Monat eingereicht.« Ein gequälter Ausdruck liegt in seinen Augen.

Dass mein Vater sich scheiden lassen will, ist mir absolut neu. Aber sollte mich das überraschen? Ich erfahre so etwas meist als Letzte und dann oft erst aus der Zeitung ...

Überrascht sehe ich ihn an. »Gut, dass ich das auch

mal erfahre.« Natürlich trieft meine Stimme vor Sarkasmus.

Meine Stiefmutter und Stiefschwester wohnen noch hier im Haus, natürlich in einem anderen Flügel. Offenbar will mein Vater, aus welchen Gründen auch immer, die Öffentlichkeit noch nicht darüber informieren. Das Haus ist groß genug, um das Trennungsjahr auch hier durchzuführen.

Ob meine Stiefmutter versucht, meinen Vater umzubringen, weil sie durch die Scheidung zu viel verlieren würde? Ich habe keine Ahnung, was in ihrem Ehevertrag steht. Vermutlich hat sich mein Vater hinreichend abgesichert, sodass es für sie keinen Unterschied machen sollte. Außer natürlich, sie tut es, weil er sie mit seinem Verhalten verletzt ... Dann bin ich aber definitiv nicht in der Schusslinie.

Diese Gedanken behalte ich jetzt mal lieber für mich, denn ich hasse es, jemanden einfach so zu beschuldigen. Schließlich habe ich keine Beweise, und eigentlich finde ich Ava nicht mal so unsympathisch.

»Nur weil ein Typ mit einer Waffe im selben Gebäude gesehen wurde wie mein Vater und seine Mätresse, heißt das noch lange nicht, dass ich in Gefahr bin. Wissen Sie, wie viele Leute hier Waffen mit sich herumtragen? Meine Oma wurde mit ihrer begraben, weil sie die nie aus der Hand gelegt hat.« Okay, die letzte Aussage ist leicht übertrieben. Dass sie ständig eine Glock G19 in ihrer Handtasche mit sich herumgetragen hat, ist allerdings eine Tatsche. Meiner Meinung nach war das überflüssig, denn bis sie im Notfall darin ihre unter allem möglichen Krempel begrabene Waffe gefunden hätte, hätte jeder Bösewicht sie bereits mehrmals ermordet.

»Er hatte die Waffe bereits gezogen und wollte sich Ihrem Vater nähern. Als einer der Bodyguards seine Pistole gezückt hat, ist er getürmt.«

»Wer sollte mich ermorden wollen? Ich habe niemandem etwas getan.« Ich halte das immer noch für weit hergeholt, auch wenn das Verhalten des Mannes verdächtig war.

»Wir glauben, dass es sich um einen geschäftlichen Rivalen Ihres Vaters handelt.«

»Als hätte ich etwas mit seinen Geschäften zu tun.«

»Das haben Sie nicht, aber Sie könnten im wahrsten Sinne des Wortes in die Schusslinie geraten.«

»Und deswegen hat er jetzt ein schlechtes Gewissen und drängt mir einen Bodyguard auf. Aber welche Qualifikationen hat dieser Typ denn schon?« Ich schaue besagten Typ schräg von der Seite her an. Er steht selbstsicher dort in seiner alten Jeans und mit dem Dreitagebart. Er sieht eher aus wie einer aus einer wilden Rockergang als ein seriöser Bodyguard. Ich frage mich, aus welcher Gosse mein Vater ihn rausgezogen hat. Vermutlich will er damit Geld sparen. Schließlich handelt es sich ja nur um mich. Für seine Geliebten scheut er hingegen keine Kosten. Er überhäuft sie mit Juwelen, teurem Essen, Pralinen und Friseurgutscheinen für ihre Hunde. Einige hat er mit seinem Hubschrauber rumgeflogen, bis sie ganz grün im Gesicht waren, und andere hat er auf die Malediven verschleppt. Mich hat er nie dorthin mitgenommen. Vermutlich hätte ich nur gestört.

Und ich darf mich, wie man ja jetzt sieht, mit drittklassigem Pöbel zufriedengeben. Ein richtiger Bodyguard trägt einen nicht zu billigen schwarzen Anzug und hat das akkurat geschnittene Haar zurückgekämmt, damit es ihm nicht ins Gesicht hängt, wenn er Bösewichte erschießt. Außerdem trägt er eine schwarze Sonnenbrille, damit ihn die Sonne nicht blendet und der Bösewicht nicht erkennt, dass er schon längst ins Visier genommen wurde. So weit zumindest zu den Klischees aus den Filmen. Ich will nicht ganz naiv klingen und weiß auch, dass ich es mit meinen Worten übertrieben habe, aber ich denke, es ist das Mindeste, dass so ein Typ was hermacht. Ich meine, er bewegt sich in der High Society und nicht auf dem Saufgelage eines Outlaw-Motorradclubs.

»Nicholas Sands ist einer der besten Bodyguards der Vereinigten Staaten«, sagt Mr. Preston in seinem üblichen schulmeisterlichen Ton, der mich schon das eine oder andere Mal zum Einschlafen gebracht hat.

War natürlich klar, dass er versucht, mir die Fehlentscheidungen meines Vaters schmackhaft zu machen. Das gehört zu seiner Jobbeschreibung.

»Das mag ja sein, aber nur, weil irgendein Typ in

der Nähe meines Vaters mit einer Waffe rumgelaufen ist, heißt das noch lange nicht, dass ich in Gefahr bin.« Man kann es ja schließlich auch übertreiben.

»Ihr Vater will kein Risiko eingehen.«

»Dann sollte er sich nicht mit so vielen Leuten anlegen.«

»Man kann keine Erfolge im Leben erringen, ohne sich mit einigen Leuten anzulegen. Es gibt immer jemandem, dem nicht passt, was man tut.«

»Wohl wahr.« Dem kann ich nicht widersprechen, denn auch ich kann davon ein Liedchen singen. Als ich mit meiner eigenen Handtaschenkollektion vor ein paar Wochen auf den Markt ging, gab es ein paar Leute, die meinen Erfolg hatten verhindern wollen. Aber die würden ja wohl kaum so weit gehen, mich umzubringen. Das ist ja absurd. Bei mir geht es um Handtaschen, Nagellacke und einer bisher eher bescheidenen Modelinie. Mein Vater macht ganz andere Deals. Dabei geht es um Immobilien, Warentermingeschäften und was weiß ich noch. Mittlerweile hat er seine Hände fast überall drin. Dass er dabei einigen Leuten auf die Füße getreten ist, kann ich mir gut vorstellen.

»Aber nicht alle bringen einen gleich um. Warum sollte jemand riskieren, dafür in den Knast zu wandern? Außerdem könnte es ja ein persönlicher Feind von Penny Davis gewesen sein«, sage ich. Nur weil mein Vater womöglich den falschen Leuten auf die Füße getreten ist, heißt das nicht, dass ich mein Leben deshalb fortan einschränken muss und mir irgend ein Typ auf Schritt und Tritt folgt.

»Das untersuchen wir ja noch. Bis wir keine sichere Entwarnung haben, wird Mr. Sands Ihnen nicht von der Seite weichen.«

Das passt mir gar nicht. Ich lasse mich gar nicht gerne überwachen. Bestimmt ist er eher ein Babysitter als ein Bodyguard, damit ich nichts Unüberlegtes tue. Seit jenem Ereignis vor einem halben Jahr habe ich ohnehin den Eindruck, dass er mich durch unterschiedliche Leute immer wieder überwachen lässt. Ja, ich hatte schlechte Presse verursacht, aber was er mir angetan hat, war noch viel schlimmer gewesen.

Ich grinse spöttisch. »Will Mr. Sands wohl auch mit mir aufs Klo gehen oder unter die Dusche?«

Mr. Preston sieht mich daraufhin natürlich säuerlich an. Schließlich ist er für seine Humorlosigkeit von hier bis nach Singapur bekannt. Dadurch passt er natürlich zu meinem Vater wie die sprichwörtliche Faust aufs Auge.

»Ich werde alles tun, was nötig ist«, meldet sich erstmals Mr. Sands zu Wort.

Seine Stimme ist tief, leicht rau und ungeheuer maskulin. Er ist wohl einer von den ganz Harten, die vor nichts zurückschrecken und bei gar nichts rot werden. Na, der wird noch sein blaues Wunder erleben.

Ich richte meinen Blick auf den Hünen. Der Typ ist mindestens 1,85 m groß. Zwar bin ich nur 1,59 m, habe es trotzdem gerade deswegen perfektioniert, jemanden, der so viel größer ist als ich, niederzustarren. »Sie haben ja gewiss eine Schweigepflichterklärung unterzeichnet?«, frage ich ihn nicht ohne eine gewisse Arroganz in der Stimme.

»Natürlich hat er das«, sagt Mr. Preston. »So etwas habe ich in meiner gesamten Laufbahn noch nie vergessen.«

Ja, der gute Mr. Preston, Mädchen für alles und die perfekte Sekretärin für meinen alten Vater, noch besser als Mrs. Williamson, die diesen Job eigentlich innehat. An ihm bleibt immer der persönliche Verwaltungskram meines Vaters hängen. Ich würde mich eher erschießen, als den Deppen vom Dienst für meinen Alten zu spielen.

Leider muss ich zugeben, dass ich finanziell noch immer von ihm abhängig bin. Immerhin arbeite ich daran, das zu ändern.

»Wie lange ist Ihr Vertrag gültig?«, frage ich Mr. Sands.

»So lange die Bedrohung andauert.«

Ich zucke betont gleichgültig mit den Achseln. »Wenn Sie sonst nichts Besseres zu tun haben.« Ist ja sein Problem und nicht meins.

»Ich ersuche Sie, zu tun und zu lassen, was Mr. Sands Ihnen sagt. Er ist schließlich ein Spezialist«, sagt Mr. Preston.

Ich lache laut auf. »So weit kommt es noch. Ich nehme von niemandem Befehle entgegen.« Träum weiter, du Idiot. Meinen Stolz bewahre ich mir. Er ist das Einzige, was mir niemand wegnehmen kann.

»Es ist nur zu Ihrem Besten.«

Er meint wohl, zu meines Vaters Besten. Wenn der Alte mir das Leben nicht schwer machen kann, ist er doch nicht glücklich. Mit dieser Aktion versucht er nur, mich zu kontrollieren. Es würde um meine Sicherheit gehen ... Dass ich nicht lache. Der Vorfall mit Penny hat ihm nur einen Vorwand geliefert, mir das Leben schwer zu machen.

»Ja, mein Vater weiß immer, was zu *seinem* Besten ist. Guten Tag, Mr. Preston«, sage ich in einem sarkastischen Tonfall und rutsche auf dem Sofa ein wenig zur Seite, um besser an meinen Laptop zu kommen, der auf dem Couchtisch vor mir steht.

Ich klappe den Laptop auf und schalte ihn an. Dann google ich nach dem Event von gestern Abend.

Mein Vater ist mit Penny zu einem der besten Italiener New Yorks gegangen. Ich bin ja der Ansicht, dass die Mafia das Lokal betreibt. Immer, wenn man sich dort blicken lässt, stehen da ein paar Typen mit dunklen Anzügen.

Wer auch immer der vermeintliche Attentäter war, er kann nur ein Anfänger gewesen sein. Sonst hätte er nämlich gewusst, dass man in solch einem Restaurant keine Waffe zu ziehen braucht, ohne in Gefahr zu geraten, von einem der Kellner niedergeschossen zu werden. Ich habe von solch einem Fall gelesen. Das läuft in diesem Staat als verhältnismäßige Selbstverteidigung, denn das Ziehen der Waffe ist eine tödliche Bedrohung.

Vermutlich hat nicht einer von den Bodyguards meines Vaters den Typen entdeckt, sondern einer vom Restaurant selbst. Wundern würde mich gar nichts mehr.

»Ihr Vater meint es nur gut.«

Ich blicke von meinem Laptop auf. Mr. Preston ist also leider immer noch hier, und dieser Bodyguard-Verschnitt, den mein Vater vermutlich in einer dunklen Bikerspelunke in der Bronx aufgetrieben hat, natürlich auch. »Ich bin nicht wirklich von Interesse für ihn. Alles, was er tut, dient nur seinem Bild in der Öffentlichkeit, um seine Geschäfte zu fördern.«

Ich mag von Natur aus hellblond sein und einige Leute mögen mich als oberflächlich ansehen, aber ich bin nicht völlig verblödet. Was meinen Vater betrifft, mache ich mir keine Illusionen.

Als Nächstes schaue ich nach, wie meine neue Nagellackkollektion bei den Nagellackbloggerinnen angekommen ist, an die ich Rezensionsfläschchen verschickt habe.

Wie stets sind die Geschmäcker verschieden, aber über die Qualität sind sich die meisten einig. Das leuchtende Mittelblau namens »Carnaby Street in Spring« ist am besten weggekommen, gefolgt von einem sehr hellen Rosé mit einem Pearl-Finish, das ich »Piccadilly Pink« genannt habe.

Mr. Preston wirft einen Blick auf seine Armbanduhr mit dem schwarzen Lederband. »Ich muss jetzt gehen, denn ich habe noch einiges zu erledigen. Mr. Sands wird sich um Sie kümmern. Bye.« Mit diesen Worten verlässt er den Raum.

Ich nippe an meinem Kaffee und werfe aus dem Augenwinkel einen Blick zu Mr. Sands. Er steht in der Ecke wie eine Statue.

»In der Küche ist noch Kaffee, wenn Sie einen möchten.« Ich will ja nicht vollkommen unhöflich sein ...

Ich erhebe mich, stelle meine ausgetrunkene Tasse in die Spülmaschine und marschiere anschließend in mein Schlafzimmer. Mr. Sands hat die Nerven, mir zu folgen.

Aufmerksam sieht er sich um. Denkt er etwa, hier würden mir Scharfschützen in meinem Wandschrank auflauern? Dann ist er ja noch paranoider als mein Vater.

Zumindest ins Bad lässt er mich allein ... Ich dusche in Ruhe, enthaare mich, creme mich ein und schminke mich.

Als ich in ein großes, weißes Badetuch gewickelt aus dem Badezimmer zurückkomme, steht er neben dem Fenster und sieht hinaus.

»Und, haben Sie schon ein paar Scharfschützen in den Büschen erkennen können?« Ich gebe mir keine Mühe, den Sarkasmus in meiner Stimme zu unterdrücken.

»Ich habe das Grundstück bereits abgelaufen. Die

Büsche hier in unmittelbarer Nähe des Fensters müssen zurückgeschnitten werden.«

Ich verdrehe die Augen. »Wenn es denn sein muss. Aber sie spenden Schatten, wenn ich mal am Pool liegen möchte.«

»Dafür wurden Sonnenschirme erfunden.«

»Ich möchte mich jetzt ankleiden.«

»Halten Sie sich vom Fenster fern.«

»Hören Sie, das ganze Grundstück ist von einer hohen Mauer umgeben. Kein Unbefugter kommt hier so ohne weiteres rein.«

Er sieht mich ernst an. »Nicht das gesamte Grundstück. Im hinteren Teil befindet sich nur eine Hecke.«

»Und neben der Hecke ist ein Maschendrahtzaun.«

»Er verläuft nicht über die gesamte Länge der Hecke.«

Enerviert verdrehe ich die Augen. »Wenn da jemand durch will, braucht er eine Motorsäge. Das würden wir hören. So etwas kann man gar nicht unauffällig machen.« Ich glaube einfach nicht, über was ich gerade mit diesem Typen diskutiere.

»Es gibt immer Möglichkeiten«, sagt er.

»Wie dem auch sei: Ich werde mich jetzt umziehen.«

Endlich verlässt der penetrante Kerl mein Schlafzimmer, und ich gehe zu meinem begehbaren Kleiderschrank, um mir Unterwäsche und ein flaschengrünes Kleid zu holen. Dazu wähle ich ein paar hochhackige schwarze Riemchensandalen und meine schwarze

Lieblingshandtasche. Da ich eher klein bin, trage ich gerne hohe Schuhe.

Kapitel 2

Als ich mein Schlafzimmer verlasse, renne ich fast in Mr. Sands rein.

Ich starre ihn böse an, während er nicht mal mit der Miene zuckt. »Müssen Sie mich so erschrecken?«

»Ich tue nur meinen Job.« Sein Blick gleitet über mich. Er wirkt professionell und nicht an mir als Frau interessiert. Ich weiß nicht, ob mich das beruhigen soll oder ob es mich doch ein wenig verletzt. So kühl sieht mich sonst keiner an, außer mein Vater und vielleicht Mr. Preston und Letzterer hatte jahrelang Zeit gehabt, sein stoisches Gehabe zu perfektionieren. Vermutlich steht das als Voraussetzung in den Arbeitsverträgen meines Vaters.

»Sie sollten in der nächsten Zeit nicht unnötig das Haus verlassen«, sagt er.

»Aber ich muss unbedingt einkaufen.«

»Dafür gibt es Bedienstete. Schicken Sie einfach jemanden los.«

»Ich brauche ein Kleid für die nächste Benefizveranstaltung. Das muss ich selbst auswählen und natürlich anprobieren.«

»Das, was Sie jetzt tragen, ist vollkommen ausreichend. Außerdem ist es fraglich, ob eine Teilnahme an dieser Benefizveranstaltung ratsam ist.«

»Ob ich dorthin gehe oder nicht, ist allein meine Entscheidung. Alles andere ist Freiheitsberaubung. Wenn ich ein Kleid trage, in dem ich schon bei solch einer Veranstaltung in der Öffentlichkeit gesehen wurde, brauchen Sie mich fortan nicht mehr zu beschützen, weil mich mein Vater dann höchstpersönlich umbringen wird. Das Auftreten nach außen ist für ihn extrem wichtig, wie Sie wissen sollten. Aber das merken Sie schon noch, wenn Sie erst mal eine Weile für ihn arbeiten, falls er Sie nicht zuvor rausschmeißt.« Ja, ich bin biestig, aber es nervt mich total, dass er mir ständig folgt. Es würde wohl jeden belasten, ständig über die Schulter geschaut zu bekommen.

Als ich das Haus verlasse, folgt er mir auf dem Fuß und steigt auch neben mich in den Fond der schwarzen Limousine. Zum Glück ist die recht breit, sodass ich von ihm wegrutschen kann.

»Wann ist diese Benefizveranstaltung?«, fragt er.

»Morgen.«

»Um wie viel Uhr?« Er klingt ungeduldig.

Ich verdrehe die Augen. »Um sieben Uhr abends.« Es würde mir ja gerade noch fehlen, dass mir dieser Typ dabei am Rockzipfel hängt. »Und keine Sorge. Da werden genügend große Jungs anwesend sein, um mich zu beschützen.«

Der Blick seiner irritierenden ozeanblauen Augen trifft mich. »Sie machen sich über mich lustig.«

Meine Mundwinkel zucken. »Das würde ich nie wagen, aber es ist albern, dort mit einem Beschützer aufzutauchen. Ich bin ein großes Mädchen und kann auf mich selbst aufpassen.«

»In diesem Fall nicht. Falls Sie hingehen, werden Sie eine kugelsichere Weste tragen.« Diesen bestimmenden Tonfall habe ich schon immer an meinem Vater gehasst, aber der bezahlt wenigstens meine Rechnungen ...

»Aber mit Sicherheit nicht. In so etwas sehe ich bestimmt total unförmig aus. Die reicht mir bestimmt bis zu den Knien«, sage ich schnippisch.

»Es gibt auch kürzere Modelle.«

»Es wird jeder denken, ich hätte zugenommen.« Dass die Lästerpresse über mich herfällt, hat mir gerade noch gefehlt.

»Lieber dicker aussehen, als tot sein.«

»Wenn mir jemand in den Kopf schießt, hilft mir so eine blöde Weste auch nicht. Ich kann ja dort wohl kaum mit einem Helm aufkreuzen.« Womit habe ich es verdient, derartige Diskussionen führen zu müssen? Ich befinde mich nicht in Gefahr nur wegen irgendwelcher Businessdeals meines Vaters. Diese Typen interessieren sich doch überhaupt nicht für mich. Wenn sie auf jemanden ein Auge geworfen haben, dann ist das mein Adoptivbruder Jayden, der das Imperium meines Vaters eines Tages übernehmen soll. Für meinen Vater bin ich doch nur eine Randfigur und das immer schon gewesen. Für meinen Vater zählen nur Söhne. Er würde die Firma nie einer weiblichen Führung überlassen. Das weiß so ziemlich jeder, und für seine geschäftlichen Rivalen sollte das ein alter Hut sein.

»Der Brustkorb ist meist das Hauptziel eines Schützen bei sich bewegenden Objekten, weil das die Treffsicherheit erhöht.«

»Ich bin kein Objekt.«

»Für so jemanden schon.«

Und für meinen Vater auch. Zumindest behandelt er mich so. »Okay, das wollte ich jetzt wissen«, sage ich.

»Was ist das für eine Benefizveranstaltung?«, fragt Mr. Sands und sieht mich dabei interessiert an.

Zumindest fragt er und spricht mit mir. Mein Vater hört mir meistens nicht zu und bestimmt dann irgendwas Haarsträubendes über meinen Kopf hinweg.

»Wir sammeln Spenden für krebskranke Kinder.«

Er kräuselt nachdenklich die Stirn. »Gab es da nicht schon vor einem halben Jahr eine solche Benefizveranstaltung, an der Sie teilgenommen haben?«

Überrascht sehe ich ihn an. »Ich hätte Sie nicht für den Typ gehalten, der so etwas in der Zeitung verfolgt.« Viele Leute halten mich für die naive, blonde, dumme, absolut oberflächliche zukünftige Erbin eines Millionenimperiums, die sich nur für Kleider, Schuhe,

Nagellacke und Partys interessiert.

»Ein Freund von mir ist ein Mitglied des Satanic Kangaroos Motorcycle Clubs. Daher weiß ich, was damals geschehen ist.« Sein Blick wird düster.

Panik steigt in mir auf. Er weiß, was damals geschehen ist ... Entgeistert starre ich ihn an. Ich schlucke, doch der Kloß in meinem Hals will nicht weichen. Es ist ein Ereignis in meinem Leben, das ich am liebsten für immer aus meinem Gedächtnis löschen würde.

Ich räuspere mich. »Wer sollte auch nicht davon wissen?« Meine Stimme hört sich fremd an und wie aus weiter Ferne.

»Eine Spende nur nicht anzunehmen, weil sie von einem Motorradclub stammt, ist diskriminierend. Die Kinder, für die das Geld gesammelt wurde, sind diejenigen, die darunter leiden. Und das nur, weil irgendein Politiker denkt, es könne ihm schaden, mit Bikern in Verbindung gebracht zu werden.«

Ich nicke. »Das sehe ich genauso. Man sollte das Wohl der Kinder allem voranstellen.«

Erleichtert atme ich auf. Er weiß es also doch nicht, worüber ich verdammt froh bin. Und bevor er davon Wind bekommt, ist er hoffentlich aus meinem Leben wieder verschwunden. Viele Lakaien meines Vaters kommen und gehen. Vielleicht kündigt er ja schneller, wenn er erfährt, für was für einen Mann er arbeitet. Dass ich in Gefahr schwebe, glaube ich nicht. Dafür pisst mein Vater einfach zu vielen Leuten ans Bein, und es ist trotzdem noch nie etwas passiert.

»Das war nicht auf dem Mist des Politikers gewachsen. Mein Vater hatte ihn damals gebeten, die Benefizveranstaltung zu verschieben und einen neuen Termin mit allen Beteiligten zu vereinbaren, doch diesmal ohne die Biker«, sage ich.

Erstaunt sieht Mr. Sands mich an. »Warum macht er so etwas?«

»Mein Vater wollte damals Senator werden und dachte wohl, es würde ihm schaden, wenn der Motorradclub auf seiner Liste der Spender steht. Es gibt doch immer wieder diese Propaganda gegen die Biker. Er wollte nicht, dass das auf ihn abfärbt. Auch diese Information unterliegt selbstverständlich Ihrer Schweigepflicht.« Na super. Jetzt höre ich mich schon an wie Mr. James ›Ich habe einen Stecken in meinem Hintern‹ Preston. Ich sollte mich wirklich erschießen, bevor ich dreißig werde und ebenfalls in eine solche Spaßbremse mutiere. Immerhin teile ich die Hälfte meiner Gene mit meinem Vater.

Natürlich nur, sofern an den Gerüchten nichts dran ist, dass ich einem Seitensprung entstamme ... Das würde einiges erklären, wohl auch, wie er mich behandelt oder besser gesagt ignoriert. Vielleicht hat er ja schon heimlich einen Gentest durchführen lassen. Man braucht nicht viel dafür. Ein Glas, aus dem man zuvor getrunken hat, genügt vollkommen. Vermutlich verstößt er mich nur nicht wegen des Skandals, den so etwas verursachen könnte. Genauso wie er nur geheiratet hat, weil er sich politische Vorteile davon versprochen hat. Einige Leute in hohen Positionen hierzulande sind erschreckend konservativ.

»Das ist mir bewusst. Hat auf dieser Veranstaltung auch Ihr Vater seine Hände im Spiel?«

Ich schüttle den Kopf. »Nein, was ich da mache, geht ihn nichts an.« Als würde ich noch mal an einer Spendenveranstaltung teilnehmen, die mein Vater organisiert. Von so etwas bin ich endgültig kuriert. Das muss ich mir nicht mehr geben. Damals hatte Mr. Preston mir gesagt, dass mein Vater meine aktive Teilnahme wünschte, weswegen ich den Rockerclub in die Liste der Spender eingetragen hatte, nachdem sie an mich herangetreten waren. Dass mein Vater dies alles sabotierte, machte es für mich sehr peinlich.

Mr. Sands' Mundwinkel zucken. »Ich dachte, Sie wollen Ihren Vater nicht provozieren, sodass sie nicht mal ein Kleid zweimal tragen, weil es schlechte Presse bringen könnte.«

Aha, der Typ hat also doch Humor. Ich könnte schwören, er unterdrückt ein Lächeln.

»Das habe ich nicht behauptet. Ich habe nur gesagt, dass es das täte. Was mein Vater von mir denkt, ist mir schon seit einer Weile egal.« So ganz stimmt das zwar nicht, denn er ist immer noch mein Vater, der einzige Verwandte, den ich auf der Welt habe. Aber immerhin bin ich nicht mehr so davon abhängig, um jeden Preis von ihm wahrgenommen zu werden.

»Es könnte sein, dass Ihr Vater mit Ihrer Teilnahme an dieser Benefizveranstaltung nicht einverstanden ist.«

Verdammt, ich hätte ihm nichts davon sagen sollen. Am Ende verpfeift er mich noch. Mein Vater weiß noch nichts von dieser Veranstaltung. Aber früher oder später hätte Mr. Sands es ohnehin herausgefunden.

»Weil er sich um mich sorgt oder wegen seiner politischen Ambitionen?«, frage ich mit hochgezogenen Augenbrauen.

»Es steht mir nicht zu, darüber zu spekulieren. Tatsache ist, dass ich beauftragt wurde, Ihr Leben zu schützen. Und ich nehme meine Aufträge verdammt ernst.«

Seiner Mimik nach zu urteilen meint er jedes Wort so, wie er es sagt.

»Sie sind also auch ein Biker?«, frage ich mit einem Blick auf seine Lederjacke.

»Nein. Das ist zu zeitaufwändig und verträgt sich daher nicht mit meinem Job.«

»Ernsthaft?« Als würde das die meisten davon abhalten, diesem Lifestyle zu folgen. Zumindest kann ich mir das nicht vorstellen, aber ich kann ja mal Joe fragen, dem Road Captain der Satanic Kangaroos, den ich, man glaubt es kaum, inzwischen als einen guten Bekannten betrachte. Allerdings weiß ich noch immer nicht allzu viel über das Clubleben. Auch wenn er eine freundliche Person ist, so leben wir doch in ziemlich verschiedenen Welten.

Der Name des Clubs mag befremdlich erscheinen,

doch ist er nicht ungewöhnlich. Man denke nur an den alteingesessenen kalifornischen Club des Namens *The Pissed Off Bastards of Bloomington,* der sogar in dem Film *Der Wilde* mit Marlon Brando auftauchte.

Er nickt. »Ja, ernsthaft. Erst mal hat man eine Zeit als Prospect, in der man sich dem Club beweisen muss. Die dauert meist mindestens ein Jahr. Es wird generell erwartet, dass man die meisten Wochenenden mit dem Club verbringt.«

»Da werden sich deren Frauen mit den kleinen Kindern aber freuen.«

»Nicht jede Frau macht das mit. Das ist richtig. Da braucht man schon jemanden, der viel Verständnis aufbringt oder noch besser mitfährt.«

Was mit kleinen Kinder natürlich nicht möglich ist, denn ein Clubtreffen ist kein Kindergarten. »Ist das der Grund, warum Sie da nicht dabei sind? Wegen Ihrer Frau und der Kinder?«, frage ich neugierig. Wobei so ein Bodyguard-Job vermutlich auch nicht das Ideale ist, wenn man eine Familie hat. Ich stelle die Frage eigentlich, weil ich neugierig auf ihn bin. Ein bisschen zumindest. Es ist natürlich nichts Persönliches.

»Ich habe keine Frau und keine Kinder.« Sein Gesichtsausdruck wirkt nun verschlossen. Ich habe wohl einen wunden Punkt getroffen. Entweder würde er gerne so etwas haben oder er gehört zu den chronisch Bindungsunfähigen, von denen es nicht wenige hier in New York gibt. So genau kann ich das anhand seiner Mimik nicht einschätzen, obwohl ich sonst nicht schlecht darin bin.

»Es geht mich ja auch nichts an«, sage ich. Dieses Fettnäpfchen hätte ich mir sparen können. Er trägt schließlich keinen Ring. Natürlich sagt das nichts darüber aus, ob er Kinder hat oder eine Beziehung ohne Trauschein führt. Und viele tragen ihre Eheringe aus praktischen Gründen nicht. Wobei mich wirklich nicht interessieren sollte, was die Lakaien meines Vaters privat so treiben.

Den Rest der Strecke verbringen wir schweigend. Ich bin froh, als wir das Geschäft erreichen, in dem ich shoppen möchte.

Meine Freundin Eileen wartet, wie wir es vergangene Woche miteinander abgesprochen haben, bereits vor dem Laden auf mich. Auf der Straße ist wie immer viel los, aber ich bin das geschäftige Treiben gewohnt.

Die Passanten sind buntgemischt: Businessleute in grauen und schwarzen Anzügen und Kostümen auf dem Weg zum nächsten Termin, Joggende, Leute, die ihren Hund ausführen, Rapper, Kinder, Frauen mit Tragetüchern oder ultramodernen Kinderwagen, in denen sie ihre Babys transportieren. Je nachdem, an welcher Ecke man gerade steht, riecht es nach Popcorn, teurem Parfum, Schweiß, Zigarettenqualm und Autoabgasen.

Ich freue mich auf die Zeit mit Eileen. Sie ist die beste Ratgeberin, die es gibt. Nur leider kann ich mich nicht so frei mit ihr unterhalten, wie ich das gerne möchte, wenn ich den Wachhund meines Vaters die ganze Zeit über im Gepäck habe. Das nervt mich jetzt schon gewaltig.

Mein Chauffeur hält in der Nähe des Geschäfts an. Er hat wirklich verdammtes Glück, denn Parkplätze sind hier rar.

Mein Bodyguard und ich steigen aus.

Eileen streicht sich eine rote Locke aus dem Gesicht. Dann umarmt sie mich flüchtig. Ein Hauch von Miss Dior dringt in meine Nase. »Hi, Süße. Lange nicht gesehen. Wir müssen unbedingt öfters was zusammen unternehmen.«

»Du hast ja so oft keine Zeit. Du warst ja erst wieder in Paris«, sage ich.

Sie nickt. »Ja, da hast du recht.«

»Wegen diesem Kerl?«

Sie schüttelt bedauernd den Kopf. »Nein, nicht mehr. Der kann mich mal. Wer ist das denn?« Ihr Blick ruht jetzt auf Mr. Sands.

»Das ist nur Mr. Sands, mein Bodyguard. Dad musste ihn mir unbedingt draufdrücken. Er wird schon langsam paranoid. Offenbar hat er zu vielen Leuten auf die Füße getreten. Aber ich denke, er will mich damit nur kontrollieren, weil er denkt, ich liefere ihm wieder einen Skandal.«

»Er sieht echt heiß aus«, haucht sie mir ins Ohr. Ihre grünen Augen funkeln.

»Ich dachte, du stehst auf einen etwas anspruchsvolleren Typ Mann«, sage ich lakonisch.

»Er wirkt doch sehr gepflegt. Aha, du hast was gegen ihn, weil dein Vater ihn dir draufgedrückt hat und er bei diesem Spiel mitspielt.«

Ich verdrehe die Augen. »Das kann gar nicht sein.«

Eileen grinst. »Streite es nicht ab. Ich kenne dich dafür viel zu lange. Ich weiß nicht, wer mir mehr leidtun sollte: du oder Mr. Sands.«

»Er wird keine leichte Zeit mit mir haben. Und ja, du hast recht. Ich bin einfach unleidlich, wenn man mir etwas gegen meinen Willen reindrückt.«

»Was ich durchaus verstehen kann. Ich habe letztens in der Zeitung gelesen, dass auf deinen Vater geschossen wurde. Diesmal scheint er dir nicht einfach nur was reindrücken zu wollen. Da könnte wirklich was dran sein. Diese Frau sieht dir ja ziemlich ähnlich. Nicht vom Gesicht her, aber sie hat dieselben Haare.«

»Die sind gebleicht und sie hat Extensions, meine sind zu 100 Prozent echt.«

»Ja, aber von hinten seht ihr euch ziemlich ähnlich.«

»Solche billigen Kleider trage ich nicht.«

»Außerdem gehst du nie mit deinem Vater essen, nicht zu Hause und in der Öffentlichkeit erst recht nicht. Ich glaube nicht, dass es der Killer auf dich abgesehen hatte. So jemand informiert sich eingehend über euch vor der Tat. Entweder war die Kugel wirklich für Penny Davis bestimmt oder für deinen Vater.«

»Das denke ich auch.«

»Was sagt Ava zu der Sache mit Penny?«

»Ich habe sie seitdem noch nicht gesprochen. Ich gehe nicht oft in den Flügel, in dem Dad wohnt. Sie werden sich scheiden lassen.«

Eileen runzelt die Stirn. »Du meine Güte. Denkst du, dass sie hinter der Sache mit dem Attentat stehen könnte?«

Ich schüttle den Kopf. »Ich kann es mir nicht vorstellen, auch wenn das Motiv eindeutig da ist. Sie ist eine liebe und nette Person. Allerdings kann man niemanden in den Kopf schauen.« Seit mein Vater sich von Mary hat scheiden lassen, habe ich keine richtige emotionale Beziehung mehr zu seinen Frauen aufgebaut. Man weiß ja schließlich nie, wann er sie ablegt wie eine schlechte Angewohnheit. In dieser Hinsicht verstehe ich ihn überhaupt nicht.

»Machst du dir Sorgen um deinen Vater?«

Ich seufze. »Trotz allem irgendwie schon. Er ist der einzige Verwandte, den ich habe, mal abgesehen von meinem Adoptivbruder. Aber der wollte ja nie was mit mir zu tun haben.« Von Anfang an hat er mich links liegen gelassen und ist meinem Vater in den Arsch gekrochen. Dabei wünsche ich mir nichts sehnlicher als eine richtige Familie.

»So ein eingebildeter Typ. Ich kann nicht verstehen, dass dein Vater ihn über dich stellt.«

»Er ist so patriarchalisch eingestellt. Ich glaube, er hasst es, dass meine Mutter gestorben ist, bevor sie ihm einen Sohn hatte gebären können. Für ihn bin ich immer nur zweite Wahl, weil ich kein Mann bin.«

»Meinst du, weil Ava ihm bis jetzt keinen Sohn geboren hat, lässt er sich von ihr scheiden?«, fragt Eileen.

Das könnte durchaus sein. Da Ava bereits eine leibliche Tochter hat, hat sie ihre Fruchtbarkeit ja bereits bewiesen. Während der Ehe mit Avas Vorgängerin Mary hat mein Vater Jayden adoptiert. Damals war ich sechs und er acht Jahre alt gewesen. Mary hat versucht, mir eine Mutter zu sein. Leider wurde sie ausgetauscht und verschwand für immer aus meinem Leben.

Ich zucke mit den Achseln. »Ich weiß es nicht, aber es könnte durchaus sein. Bei Mary damals war ich mir ziemlich sicher gewesen, dass er sie aus diesem Grund ausgetauscht hat. Andererseits hat er ja inzwischen seinen heißgeliebten Adoptivsohn.« Ich seufze. Als würde es keine Rolle spielen, dass Mary *mir* eine gute Mutter war. »Es ist ja nicht so, als würde ich die Handlungsweisen meines Vaters immer nachvollziehen können. Ich denke, er hat Ava geheiratet, weil er sich davon politische und geschäftliche Vorteile versprochen hat.« Jedenfalls habe ich nicht mitbekommen, dass sie besonders zärtlich miteinander umgegangen wären. Aber ich weiß ja nicht, wie es in deren vier Wänden ausgesehen hat.

»Wir sollten ins Haus gehen. Im Freien bieten Sie eine bessere Zielscheibe«, sagt Mr. Sands.

Ich verdrehe die Augen. »Ja, ja, wir gehen ja schon,

wenns denn unbedingt sein muss.«

Eileen und ich betreten eines der Geschäfte. Wie immer empfangen uns die Geschäftsführerin und eine ihrer Verkäuferinnen und führen uns in die großzügigen Räumlichkeiten.

Man bietet uns Champagner an, als wir auf der eleganten, cremefarbenen Couch Platz nehmen. Auf dieser könnten locker mindestens acht Leute sitzen, ohne dass es beengend wirkt. Wir stellen die Champagnerkelche vor uns auf den ovalen Designerglastisch.

Wenn ich schon seinen Wachhund ertragen muss, dann nutze ich es auch aus, noch eine Kreditkarte meines alten Herrn zu besitzen. Das sollte mich für die ganzen Umstände entschädigen.

Eileen und ich lassen uns einige Kleider zeigen.

Meine Freundin lässt ihre Finger über eines der Kleider gleiten. »Rot steht dir besonders fabelhaft.«

Ich seufze. »Rot wirkt leider nicht professionell. Ich habe eine Studie gelesen, der zufolge eine Person in roter Kleidung als dümmer eingeschätzt wird. Auch würden Frauen eine Frau in Rot eher als Konkurrentin ansehen.« Es genügt ja schon, dass ich hellblond bin. Auch wenn einige das nicht glauben, weil sie selbst diese Vorurteile nicht haben, man wird tatsächlich von erstaunlich vielen für ein dummes Blondchen gehalten.

»Oh, Mann, du hast Probleme. Ich würde dafür morden, in Rot nicht wie ein Feuerhydrant auszusehen.«

Eine der Verkäuferinnen kommt mit einem falschen Lächeln angestöckelt. »Die aktuellen Trendfarben sind Khaki und Sonnengelb.«

Natürlich denkt sie, ich springe auf jeden Trend auf, auch wenn ich in diesen Farben wie das Erbrochene eines Hundes aussehe. Diese Moderaffkes sind nicht zu unterschätzen. Sie würden buchstäblich sogar dem armen Eskimo einen Kühlschrank verkaufen, nur um Profit zu machen.

Ich ignoriere ihren Rat und nehme ein grünes, ein schwarzes, ein cremefarbenes und ein rotes Kleid. Wie konsequent ich doch bin, aber ich liebe einfach Rot, zumal es sich um einen der kühlen, blaustichigen Rottöne handelt, die mir so gut stehen. Mit diesen laufe ich an der Couch, auf der Mr. Sands sitzt, vorbei zu den Umkleidekabinen.

Eileen sitzt in der Mitte der Couch und Mr. Sands ganz links, vermutlich weil die linke Seite sich in der Nähe des Schaufensters befindet. Zwischen den beiden könnten noch mehrere Personen passen. Während Eileen an ihrem Champagner nippt, lässt Mr. Sands seinen unangetastet. Sein Blick ist auf das Schaufenster gerichtet, wo Passanten vorübergehen.

In der geräumigen Umkleidekabine schlüpfe ich aus meinem Kleid und in das grüne. Ich würde es als etwas heller als Smaragdgrün bezeichnen mit einer ähnlichen Blausättigung.

Wieder laufe ich an Mr. Sands vorbei zu den großen Spiegeln.

»Und wie sehe ich aus?«, frage ich.

»Das ist etwas zu hell für dich. Hat es nicht einen leicht warmen Einschlag?«, fragt Eileen.

Ich nicke. »Ja, du hast recht.« Das war mir bei der künstlichen Beleuchtung weiter hinten im Laden gar nicht aufgefallen, aber jetzt in der Nähe der Fenster sehe ich es auch. Also gehe ich wieder in die Umkleidekabine und ziehe diesmal das cremefarbene Kleid mit dem gewagten fetzenartigen Schnitt an. Wieder laufe ich an Eileen und Mr. Sands vorbei.

»Und, was meint ihr?«

Meine Freundin nickt. »Der Schnitt ist total en vogue.«

»Und was sagen Sie, Mr. Sands?«, frage ich.

Sein Blick gleitet über mich. »Das Kleid ist kaputt. Das sieht aus, als wären Sie damit im Aktenschredder hängengeblieben.«

Mit zu Schlitzen verengten Augen sehe ich ihn an. »Sie haben ja gar keine Ahnung von Mode.«

»Wenn das Mode sein soll, dann habe ich lieber keine Ahnung«, meint er lapidar.

Die Verkäuferin, auf deren Namensschild »Millicent« steht, lobt es in den höchsten Tönen, was mich nicht verwundert, denn der Preis des Kleides ist recht hoch. Das gibt letztendlich den Ausschlag.

»Ich nehme das rote«, sage ich schließlich und gehe zur Kasse, um zu bezahlen.

Ich nehme die große Papiertüte, die mir Millicent gegeben hat, und will sie Mr. Sands in die Hände drücken, doch der nimmt sie nicht entgegen.

Ich starre ihm in die Augen. »Sie nehmen das. Sie sind der Angestellte meines Vaters.«

Mr. Sands sieht mich völlig unbeeindruckt aus seinen schönen blauen Augen an. »Ich wurde nicht als Packesel eingestellt. Außerdem kann ich Sie nicht verteidigen, wenn ich die Hände voll habe.«

»Noch mal: Ich bin nicht in Gefahr. Mit den Geschäften meines Vaters habe ich nichts zu schaffen, und ich bin praktisch enterbt. Es fehlt einfach das Motiv.«

Dass mein Vater vorhat, mich zu enterben, wurde noch nicht an die große Glocke gehängt. Vermutlich denkt er, es würde seinem Ansehen schaden. Ob er diese Drohung inzwischen durchgeführt hat, ist mir unbekannt, da wir nicht miteinander reden. Und ich werde einen Teufel tun und ihn fragen. Auch ohne ihn werde ich mir einen Platz in dieser Welt erobern.

»Ihr Vater ist da anderer Ansicht. Ich tue nur meinen Job, Ms. Maynard.«

»Na gut, wenn Sie unbedingt rumstehen wollen, anstatt sich nützlich zu machen, dann tun Sie das.« Ich kann einfach nicht anders. Ich muss ihn provozieren. Wenn mein Vater ihn mir schon aufs Auge drückt, so soll Mr. Sands wenigstens einen Zweck erfüllen. Das Märchen von der Gefahr glaube ich nicht.

Anschließend wollen Eileen und ich die Mall betreten, wo es mehrere Schuhgeschäfte gibt, doch Mr. Sands stellt sich uns entgegen. »Darin kann ich Sie nicht beschützen. Alles ist zu groß, zu unübersichtlich und es gibt dort viel zu viele Leute.«

Ich starre ihn an. »Wie bitte? Ich brauche Schuhe zu meinem neuen Kleid, weil sonst demnächst in der Zeitung steht, dass ich immer in denselben Schuhen gesichtet werde. Was gibt es daran nicht zu verstehen?«

»Bestellen Sie diese doch online.«

»Schuhe online bestellen?« Der hat sie doch nicht alle. »Die muss ich doch anprobieren. Sonst passen sie nicht, denn die Größen fallen unterschiedlich aus. Laufen Sie mal in solchen Schuhen rum. Es ist gar nicht so einfach, welche zu finden, die wirklich passen. Alles andere ist Fußfolter.« Für Veranstaltungen, bei denen man viel stehen muss, kaufe ich die Schuhe schon mal eine Nummer größer, weil die Füße dann anschwellen können. Vorne stopfe ich Taschentücher rein, die ich nach einiger Zeit des Stehens getrost entfernen kann. Angeblich soll das auch der Bildung von Ballenzehen vorbeugen.

Erstmals verdreht er die Augen, obwohl er sich sonst immer so stoisch gibt, was mich insgeheim grinsen lässt. Ich gehe ihm also auf die Nerven. »Das können Sie auch zuhause tun. Es ist hier nicht sicher für Sie. Ich habe ein seltsames Gefühl bei der Sache.«

Der spinnt doch. Nur weil er ein komisches Gefühl hat, soll ich in Badelatschen auf die Benefizveranstaltung gehen? Dieser Typ bringt mich auf die Palme. Ich weiß nicht, was genau mich so an ihm reizt. Vermutlich kann er nicht mal persönlich was dafür, sondern es hat eher damit zu tun, dass mein Vater mir Mr. Sands gegen meinen Willen aufs Auge gedrückt hat. Und so etwas hasse ich. Wer würde das nicht?

Immer dieses übertriebene Sicherheitsdenken. Wenn jeder so denken würde, hätte es nie Neuerungen auf der Welt gegeben. Wenn es nicht um seinen guten Ruf ginge, wäre ich meinem Vater doch vollkommen egal. Da mache ich mir nichts vor.

Jedenfalls brauche ich dringend neue Schuhe, denn sonst ist mein Ruf als angehende Modedesignerin in Gefahr.

Ich will mich an ihm vorbei in die Mall drängen, doch Mr. Sands ist schneller und leider auch stärker. Er wirft mich über seine Schulter und trägt mich wie ein verdammter Höhlenwilder zurück zum Auto.

Natürlich lasse ich mir das nicht gefallen und strample und schreie. Viele Passanten schauen uns zu, schreiten jedoch nicht ein. Eileen steht sprachlos am Straßenrand und wirkt unsicher darüber, was sie tun soll.

»Sie haben ja nicht mehr alle. Ich werde mich bei meinem Vater beschweren. Ich werde Sie wegen Nötigung anzeigen. Ich werde ...« Ich strample und trete, doch es bringt nichts. Der Typ ist einfach ungeheuer stark.

Der Chauffeur, dieser elende Verräter, ist offenbar auf Mr. Sands' Seite, denn er hält die hintere Tür der

Limousine auf. Kein Wunder, denn auch er steht auf der Gehaltsliste meines Vaters.

Ob die sich alle miteinander abgesprochen haben? Es ist ziemlich wahrscheinlich, dass Mr. Preston ihm irgendwelche miesen Anweisungen gegeben hat. Dieses Pack hat sich gegen mich verschworen. Es wird wirklich Zeit, dass ich auf meinen eigenen Beinen stehe. Ich arbeite ja schon daran, aber auch ich kann nicht hexen. Leider.

Mr. Sands bugsiert mich in die Limo und steigt zu mir ein.

Eileen sieht mich mitleidig und fassungslos mit ihren großen grünen Augen an. Ihr Vater drückt ihr nicht so viel rein wie meiner. Ich beneide sie darum. Aber deswegen kann sie mit solchen Aktionen wie dieser Neandertaler-Nummer auch weitaus weniger gut umgehen als ich. Ich sollte Taekwondo oder irgend so etwas erlernen, damit solche Muskelprotze nicht mehr alles mit mir machen können.

Ich will sogleich auf der anderen Seite aussteigen, doch Mr. Sands hält mich fest. Der Kerl hat verdammt viel Kraft. Wenn mich nicht alles täuscht, hat der Typ Muskeln ohne Ende. Bestimmt ist er einer dieser mit Steroiden vollgepumpten Typen, die keine anderen Interessen als Bodybuilding haben.

Ich weiß das, denn ich habe ein paar von ihnen gedatet. Man denkt, ach wie toll sieht der Typ aus. Er ist das perfekte Date und die anderen Frauen hier beneiden mich um ihn. Das dauert so lange, bis der Traum wie eine Seifenblase platzt, weil besagter Typ den Mund aufmacht und einem das Gehirn damit blutig quatscht, wie viele Gewichte er stemmen kann, was er in der Woche so stemmt und was er isst, um noch mehr Muskeln aufzubauen, bis er wohl irgendwann vor lauter Muskeln nicht mehr laufen kann. Andere Interessen hatten meine Dates nicht. Ganz so extrem muskulös wie diese scheint er nicht zu sein, aber so genau habe ich ihn mir noch nicht angesehen. Warum sollte ich auch?

Dann fährt der Wagen bereits los, und ich werde gegen Mr. Muskelprotz gedrückt. Eigentlich riecht er ganz gut, auch wenn das sicher irgendein niveauloses Billig-Parfum ist. Vielleicht gehört er zu den Typen, die sowas im Großhandel im Zwei-Liter-Kanister erwerben. Trotzdem riecht er gut, und es fühlt sich sehr angenehm an, von seinen starken Armen umfangen und an seine breite Brust gedrückt zu werden. Ich werde viel zu selten umarmt. Wie armselig ist das denn?

Erschrocken über mich selbst, löse ich mich von ihm und starre ihn wütend an. »Fassen Sie mich nie wieder an! Sonst verklage ich sie. Diese Neandertaler-Nummer war absolut nicht lustig.« Wobei ich derzeit gar nicht das Geld dafür hätte, ihn zu verklagen, und mein Vater es mir zu diesem Zweck wohl auch nicht geben würde.

Aber ein bisschen zu drohen kann ja nicht schaden. Er gehört in seine Schranken verwiesen. Meine Freiheit schränkt niemand ein. Absolut niemand.

Mr. Sands' dunkle Augen glitzern. »Nun kommen Sie wieder zu Verstand. Bis der Täter geschnappt wird, sollten wir vorsichtig sein.«

»Wenn Sie das noch einmal tun, sind wir geschiedene Leute. Es gibt für alles seine Grenzen. Ich werde Ihnen kündigen.«

»Das können Sie nicht. Ihr Vater ist mein Arbeitgeber.«

»Dann beschwere ich mich bei ihm über Sie.«

Seelenruhig blickt er mich an. »Dann tun Sie das.«

Es interessiert ihn nicht mal. Das bringt mich noch mehr auf die Palme. »Das werde ich auch tun.« Er ist sich offenbar verdammt sicher, dass mein Vater ihn nicht rausschmeißen wird, seinem Verhalten nach zu urteilen.

»Ihr Vater wird mir nicht kündigen. Er hat händeringend versucht, mich zu überzeugen, den Auftrag zu übernehmen.«

Mein Vater soll die Hände gerungen und jemanden um etwas gebeten haben? Ich habe nicht viel Anteil an seinem Leben, aber so etwas habe ich noch nie gesehen oder gehört. »Das glaube ich Ihnen nicht. Meinem Vater bin ich sowas von scheißegal.«

»Wenn Sie ihm scheißegal wären, hätte er mich wohl kaum beauftragt.«

Ich starre ihn an, sehe sein kantiges Kinn, die strahlend blauen Augen, die gerade, nahezu klassische Nase, die wohlgeformten Lippen und das dunkelbraune Haar, von dem ihm eine Strähne verwegen in die Stirn hängt. Hätte mein Vater nicht jemanden engagieren können, der weniger attraktiv ist? Mit diesem Typen falle ich überall auf. Er scheint aber auch was im Kopf zu haben, im Gegensatz zu den anderen Muskelprotzen, die ich bisher das Missvergnügen hatte kennenzulernen. Allerdings muss ich sagen, dass meine Bodybuilding praktizierende Freundin May auch eine verdammt schlaue Person ist.

»Er tut das nur, weil mein Tod bei einem Anschlag ihm schlechte Presse bringen könne«, sage ich das für mich Offensichtliche.

»Ob Sie mir glauben oder nicht, ganz egal sind Sie ihm nicht.«

»Warum behandelt er mich dann so, wenn ich ihm angeblich etwas bedeute? Ich weiß zwar nicht, was Sie damit bezwecken, indem Sie so etwas behaupten, aber es ist für mich verdammt unglaubwürdig. Sie haben doch selbst mitbekommen, dass er es nicht mal nötig hat, mir einen guten Morgen zu wünschen.«

Er zuckt mit den Schultern. »Ich weiß es nicht. Ich kenne Ihren Vater nicht so gut wie Sie, aber für mich hat es den Anschein gemacht, dass Sie ihm etwas bedeuten. Er wirkte auf mich besorgt um Sie.«

»Das sagen Sie nur, damit ich kooperiere. Warum zum Teufel haben Sie mich soeben bloßgestellt vor meiner Freundin und allen, die dort waren, und mich wie ein Höhlenwilder über Ihre Schulter geworfen und weggeschleppt?«

»Weil ich ein ungutes Gefühl hatte. Das sagte ich doch bereits.«

Ich verdrehe die Augen. Ich habe mich geirrt. Der Typ hat nichts im Kopf. »Nehmen Sie Drogen?«, frage ich ihn.

Verwundert blinzelt er mich an. Müssen Verrückte so verdammt schöne Augen haben? »Nein. Wie kommen Sie denn darauf?«

»Weil diese Neandertaler-Nummer verdammt nochmal nicht normal ist.«

»Mein Gefühl hat mich noch nie getrogen. Ohne das wären schon viele meiner Klienten oder ich selbst tot. Da drin hat Ihnen jemand aufgelauert.«

»Hat Ihnen schon mal jemand gesagt, dass Sie paranoid sind?«

»Nein.«

»Dann sage ich es jetzt: Sie sind paranoid.«

»Und Sie sind verdammt leichtsinnig.«

»Beim Schuhkaufen ist noch niemand gestorben.«

»Es sind schon Leute beim Überqueren der Straße gestorben.«

»Wenn ich so denken würde, könnte ich aufhören zu atmen, weil die Luft verpestet ist.« Der hat sie doch nicht mehr alle.

»Sie halten mich für verrückt, aber es stimmt. Mein siebter Sinn hat wirklich schon Leben gerettet. Ich habe einen Army-Hintergrund. Ich war im Krieg. Glauben Sie mir, wenn ich sage, dass ich weiß, wovon ich spreche.«

»Deswegen können Sie sich trotzdem nicht aufführen wie der Hulk. Das geht einfach nicht.«

»Sie waren uneinsichtig.«

»Sie müssen selbst zugeben, dass das mit dem siebten Sinn sich wirklich abgefahren anhört.«

»Hatten Sie noch nie dieses Kribbeln oder ein anderes Gefühl im Rücken gespürt und als Sie sich umgedreht haben, sahen Sie, dass Sie jemand schon die ganze Zeit anstarrt?«

»Das ist nicht dasselbe. Wir waren ja noch nicht mal in der Mall drin gewesen. Es gab, soweit ich weiß, dort noch nie eine Schießerei.«

»Aber in anderen Malls. Ich bin für Ihr Leben verantwortlich.«

»Sie irren sich. Ich bin ganz allein für mein Leben verantwortlich.«

»Jetzt nicht mehr. Ich nehme meinen Job verdammt ernst.« Mr. Sands' Blick bohrt sich in meinen. »Ich wollte Sie nicht vorführen, aber ich konnte nicht zulassen, dass Sie die Mall betreten und sich in Gefahr begeben.«

»Und wenn mich jemand erschossen hätte, während ich wehrlos über ihre Schulter gehangen habe?« So leicht lasse ich nicht locker.

»Dann könnte ich mir das nie verzeihen.« An dem Ausdruck in seinen Augen erkenne ich, dass er das absolut ernst meint.

»Sie werden mich nicht immer und überall beschützen können.«

»Das vielleicht nicht, aber ich werde mein Möglichstes dafür tun.«

»Und mein Vater hat Sie nicht einfach dafür bezahlt, mir das Leben schwer zu machen, damit ich früher ausziehe?«

Mr. Sands sieht mich ernst an. »Der Typ, der in der Nähe Ihres Vaters eine Waffe gezogen hat, war real. Wir wissen nur nicht, auf wen der Täter es abgesehen hatte. Es könnte auch sein, dass die gesamte Familie in Gefahr ist.«

»Wie kann es sein, dass in New York so viele Typen mit Handfeuerwaffen herumlaufen? Ich dachte, wir hätten hier ziemlich restriktive Waffengesetze.«

»Die habt ihr auch, aber man kann sie natürlich auch in anderen Bundesstaaten erwerben, und es gibt immer Schlupflöcher, bei denen keine Hintergrundchecks erfolgen.«

»Und die wären?«

»Auf Ausstellungen oder online kann man Waffen von Händlern ohne Lizenz erwerben. Einige Staaten sind sehr liberal im Umgang mit Waffen. Es gibt Statistiken, die besagen, dass etwa dreißig bis vierzig Prozent aller Waffenverkäufe hierzulande ohne Backgroundcheck abgewickelt werden.«

Erschrocken atme ich ein. »Das sind ja echt viele.«

Mr. Sands nickt. »Ja, und in den Bundesstaaten, die solche Hintergrundchecks für den Waffenerwerb vorschreiben, werden sechsundvierzig Prozent weniger Frauen von ihren Partner erschossen als in den anderen Bundesstaaten.«

Entsetzt starre ich ihn an. »Von ihren Partnern?«

»Auffallend viele Gewaltverbrechen und die meisten Vergewaltigungen erfolgen durch Männer aus dem direkten Umfeld.«

Ich spüre, wie mir das Blut aus dem Gesicht weicht. »Du meine Güte.« Darauf weiß ich nichts mehr zu erwidern. Das muss ich erst mal verdauen.

»Daher sollten wir auch gerade das direkte Umfeld bei der Suche nach den Tätern in Erwägung ziehen.«

»Dann hat mein Adoptivbruder also auch einen Bodyguard?«

Er nickt. »Ja, natürlich. Er hat sogar drei.«

Na klar, der kriegt gleich drei und ich nur einen. Andererseits wäre es sehr nervig, gleich drei Typen ständig um sich herum zu haben, sobald ich vor die Tür trete.

»Wirft einer von denen ihn sich auch über die Schulter, um ihn daran zu hindern, Schuhe zu kaufen?«, frage ich scherzhaft.

Mr. Sands lacht erstmals. Es transformiert sein kantiges Gesicht, denn er wirkt plötzlich jünger, fast schon jungenhaft. »Ich glaube, mein Kollege würde sich dabei das Kreuz brechen.«

Ich stimme in sein Lachen ein. »Wohl wahr.«

Zumindest hat der Typ Humor, was man über meinen Vater nicht sagen kann.

»Solange der Täter nicht geschnappt wurde, sollten Sie öffentlichen Veranstaltungen fernbleiben«, sagt er.

Ich starre ihn an. »Sie wiederholen sich. Was wollen Sie tun? Mich in den Keller sperren? Das wäre Freiheitsberaubung, und das wissen Sie.«

»Nein, das würde ich nicht tun, und ich weiß auch, dass ich Sie nicht an der Teilnahme hindern kann, ohne mich strafbar zu machen, aber ich würde sie jederzeit wieder über meine Schulter werfen und rausschaffen, sollte es nötig sein. Ziehen Sie eine verdammte schusssichere Weste an und halten Sie sich in meiner Nähe! Gehen Sie nicht einfach mit jemandem mit. Wir werden uns jetzt die Örtlichkeiten ansehen. Mr. Higgins, fahren Sie uns bitte zur Trenton Hall.«

»Natürlich, Mr. Sands.

»Muss das sein?«, frage ich.

»Ja, es muss sein. Sie müssen die Fluchtwege kennen, und ich will einen Plan aufstellen, wo Sie sich am besten aufhalten.«

Ich beuge mich meinem Schicksal. Vielleicht ist es gar nicht so schlecht, zu wissen, wo die Toiletten und die Fluchtwege sind, für den Fall, dass ich meinem hartnäckigen Ex-Freund über den Weg laufe. Ich frage mich, wie der darauf kommt, dass er bei mir noch eine Chance bekommen könnte.

Kapitel 3

Die nächste Stunde ist unbeschreiblich langweilig. Mr. Sands erklärt mir, wie ich mich zu verhalten habe und welche Stellen im Gebäude ich vermeiden sollte. Er zeigt mir die Fluchtwege und versucht mich erneut, zum Tragen einer schusssicheren Weste zu überreden. Das Schlimmste ist, dass ich immer noch keine neuen Schuhe habe.

Eine Zeitlang konnte ich mich ja damit bei Laune halten, indem ich Mr. Sands betrachte. Da Trenton Hall gut beheizt wird, hat er seine Lederjacke ausgezogen und ich kann dank des enganliegenden Shirts seine Brustmuskulatur und seinen Bizeps begaffen. Aber dann wird auch das mir zu eintönig.

Ich gähne. »Wann findet endlich eine Schießerei statt?«

Mr. Sands sieht mich kopfschüttelnd an. »Sie nehmen das Ganze nicht ernst.«

»Warum sollte ich? Mein Vater hat mir schon häufiger solche Aktionen reingedrückt, um mich zu schinden. Einmal war es ein Praktikum bei seiner Buchhalterin.« War die eine Menschenschinderin gewesen. Ich weiß nicht, was diese Frau gegen mich hatte, aber sie hat mich wie das Letzte behandelt. Meine Ideen hat sie als die eigenen ausgegeben und mich vor meinem Vater als völlig unfähig hingestellt. Aber das Schlimmste war, dass er ihr geglaubt hat und sich nicht mal angehört hat, was ich zu sagen hatte.

Ich brach das Praktikum ab und bin seitdem noch ein paar Stufen mehr gesunken im Ansehen bei meinem Vater. Nicht, dass das der Rede wert ist, denn für ihn bin ich ohnehin wertlos und zu nichts tauglich.

Er hasst mich, weil meine Mutter bei meiner Geburt gestorben ist. Er redet niemals über Isabelle. Wenn ich das Thema anschneide, ignoriert er mich noch mehr als sonst, falls das überhaupt geht. Meist lässt er mich einfach stehen und geht fort. Nicht mal meinen Anblick kann er ertragen.

»Ich habe nicht vor, Sie zu schinden.«

»Aber Sie tun es. Das alles ist völlig unnötig. Ich wurde nicht angegriffen. Kapieren Sie es endlich: Ich bin nicht in Gefahr.«

»Trotzdem kann es nicht schaden, Sicherheitsmaßnahmen durchzuführen.«

»Es kann nicht schaden, aufhören zu atmen, weil die Luft verpestet ist. Da nimmt man gleich viel weniger Schadstoffe auf.«

»Sie machen mir meinen Job nicht leicht.«

»Sie mir meinen auch nicht.«

»Haben Sie überhaupt einen Job, außer die Tochter eines reichen Mannes zu sein?«

Wut steigt in mir auf. Ich sehe tatsächlich rot, denn er hat mich an einem wunden Punkt erwischt. »Vor Ihnen muss ich mich nicht rechtfertigen. Wenn Sie nichts anderes können, als mich zu beleidigen, lassen wir es sein. Sagen Sie meinem Vater, dass Sie nicht mit mir zusammen sein können. Dann wird er Sie aus dem Vertrag entlassen, und ich habe endlich wieder meine Ruhe.« Es ist ja schlimm genug, dass Steve mir nachsteigt. Ich brauche nicht auch noch einen völlig unnötigen Bodyguard im Gefolge. Es mag ja sein, dass mein Vater auf so etwas steht, weil es ihn in den Augen der Öffentlichkeit noch wichtiger und so um seine Tochter besorgt erscheinen lässt, aber das ist einfach nicht mein Fall.

»Dann hätten Sie auch nicht Ihre Ruhe. Ihr Vater würde gleich darauf jemand anderen engagieren. Den können Sie vielleicht noch schwerer ertragen als mich.«

Nachdenklich kaue ich auf meiner Unterlippe. »Das wäre möglich. Und das mit Ihnen ist nichts Persönliches.« Es ist nicht nur möglich, sondern sogar ziemlich wahrscheinlich. Werde ich mich also mit Mr. Sands arrangieren, zumindest so lange, bis ich auf eigenen Füßen stehe und aus dem Haus meines Vaters ausziehen kann?

Es ist ja nicht so, als hätte ich keinen Job gesucht, aber da kamen die berühmten Feinde meines Vaters ins Spiel. Ich wurde gemobbt, ausgequetscht und schikaniert. Er ist wirklich sehr beliebt. Man hat mir versucht, seine Geschäftsgeheimnisse zu entlocken. Als wüsste ausgerechnet ich die …

Ich werde mich vorerst mit Mr. Sands arrangieren. Sein Nachfolger könnte tatsächlich schlimmer sein als er. Vermutlich würde mein Vater dann jemand ganz besonders Nervigen aussuchen, um mich dafür zu bestrafen, dass ich Mr. Sands vergrault habe. Und wenn ich es recht überlege, ist Mr. Sands nicht mal so übel.

Wenn ich an die ganzen sonstigen Sklaven meines Vaters denke, graust es mich. Einige von denen sind absolute Erbsenzähler. Die würden mir noch viel mehr vorschreiben als Mr. Sands.

Vor ein paar Jahren hatte mein Vater eine Haushälterin, die mir die Kleider rausgesucht hat, und mein Vater hat das auch noch unterstützt. Seiner Meinung nach kleide ich mich zu offensiv. Geht es denn noch? Ich bin eine aufstrebende Designerin – zumindest hoffe ich das. Ich will die taffe Frau von heute ausstatten, die mitten im Leben steht, und keine Klöster.

Mein Gedankengang wird unterbrochen durch einen Rapsong, der aus Mr. Sands Smartphone erklingt. Dass er auf Rap steht, hätte ich nicht vermutet.

»Sands.«

Die Stimme der anderen Person kann ich leider nicht verstehen, aber ich glaube, dass es eine Frau ist.

»Oh, schön, von dir zu hören.«

»Wie geht es Bonnie? Ich hoffe, sie vermisst mich

nicht zu sehr.«

»Ich weiß nicht, wie lange der neue Auftrag dauern wird, aber ich hoffe, es wird sich bald alles aufklären.«

»Nicht so einfach. Sie ist schwierig. Außerdem habe ich Schweigepflicht.«

Na toll. Er redet über mich.

Da mir langweilig ist, hole ich mein Smartphone aus meiner Handtasche und suche auf Google nach mir. Leider bewahrheitet sich meine Befürchtung. Etliche Leute haben Fotos von mir während meiner misslichen Lage auf Mr. Sands' Schulter gemacht und auf Twitter, Facebook und Instagram verteilt. Es gibt Kommentare, die mal lustig, mal spöttisch und mal spekulierend ausfallen. Bestimmt hängen meine Fotos bald in sämtlichen Männerklos der Nation.

Ein paar Dumpfbacken vermuten, dass Mr. Sands mein neuer Freund ist. Fällt denen denn nichts Besseres ein? Als würde ich mich mit solch einem Neandertaler einlassen. Die wissen doch alle, dass ich auf einen ganz anderen Typ Mann stehe.

Natürlich habe ich auch schon eine SMS von meiner Bekannten Tricia, die immer sehr neugierig ist. Ich tippe auf die Nachricht, um sie zu öffnen.

Was ist dran an den Gerüchten mit dem neuen Boyfriend?, fragt sie mich ohne Umschweife. Dabei sollte sie mich besser kennen. Schließlich sind wir zusammen in die Schule gegangen.

Er ist nur ein Bekannter. Du weißt doch, wie das ist. Man hängt mal mit diesem oder jenem Typen ab, texte ich zurück.

Der geht es schließlich nichts an, wer Mr. Sands ist. Außerdem könnte ich es ebenso gut in das schlimmste Klatschmagazin inserieren, wenn ich ihr etwas sage. Sie kann nämlich nicht ihre Klappe halten. Dass das die Gerüchte nicht eindämmen wird, ist mir klar. Vermutlich denkt sie dann erst recht, dass er mein Freund wäre. Aber mir ist das egal.

Auch von Steve sind zwei neue SMS dabei. Ich überlege, ob ich sie ungelesen löschen soll, wie ich es in der letzten Zeit häufig getan habe, entschließe mich dann aber dagegen und tippe sie an.

Warum tust du mir das an, Tabby? Warum nur? Du weißt doch, dass ich dich liebe. Ich denke jede Nacht an dich. Ohne dich kann ich nicht leben.

Wie armselig. Das hätte er sich früher überlegen sollen, bevor ich ihn auf meinem Küchentisch mit seiner Ex Betty erwischt habe ... Außerdem hasse ich es, wenn er mich Tabby nennt und er weiß das ganz genau. Es klingt Betty zu ähnlich. Ich habe ohnehin den Verdacht, dass Frauen für ihn austauschbar sind.

Er passt nicht zu dir. Das wissen wir beide. Und ich glaube den Gerüchten nicht, dass ihr was miteinander habt. Er ist nicht dein Typ, aber ich bin es. Wir sind Seelengefährten, steht in der zweiten SMS.

Wenn er mein Typ ist, dann sollte ich mir ernsthaft überlegen, dies zu ändern. Vielleicht sollte ich lesbisch werden.

Ich lösche seine SMS und lege mein Smartphone

zurück in meine Handtasche. Eigentlich sollte ich seine Nummer blockieren. Das hatte ich auch schon mal getan, aber dann hat er einfach seine Rufnummer unterdrückt.

Mr. Sands sieht mich erwartungsvoll an. Offenbar hat er sein Gespräch schon beendet.

Prompt klingelt mein Smartphone. Ich gehe dran und verdrehe die Augen. Natürlich ist es Steve.

»Was willst du?«, frage ich.

»Du weißt genau, was ich will: dich zurückhaben.«

Ich verdrehe die Augen. Träum weiter, du Idiot. »Und was ist mit Betty?«

»Was soll mit ihr sein? Du weißt, dass es nur ein einmaliger Ausrutscher war. Bitte verzeih mir. Das kann ja wohl jedem passieren.«

»Einmaliger Ausrutscher? Ihr seid wieder zusammen.«

»Aber nur, weil du mich nicht mehr willst.«

»Ich musste danach meinen Esszimmertisch verkaufen. Daran hätte ich keinen Bissen mehr herunter gebracht.« Ich konnte ihn ja schlecht einfach verbrennen, was ich am liebsten getan hätte.

»Das war eine übertriebene Aktion. Außerdem wäre das mit Betty nie passiert, wenn du mich nicht so vernachlässigt hättest.«

Dieser Typ hat ein absolutes Problem damit, wenn er nicht im Mittelpunkt der Ereignisse steht.

»Ich will das nicht mehr. Und du weißt, dass es nicht nur wegen Betty ist.« Wobei Betty ein großer

Faktor war. Nachdem er sich meiner sicher war in unserer Beziehung, hat er versucht, mich zu verändern. Ich sollte vom Charakter und Aussehen her so werden wie seine Ex. Er dachte wohl, ich merke es nicht, dass das sein Plan war. Vielleicht war es auch unbewusst. Seine Ex hatte ihn angeblich damals sehr wehgetan. Seit er wieder etwas mit ihr angefangen hatte, muss ich wohl einige seiner Aussagen neu bewerten.

»Ich weiß nicht, wovon du redest«, sagt Steve.

Ich seufze. Natürlich nicht. Was hatte ich auch erwartet? Ich glaube, er will es nicht kapieren, wie scheiße er mich damals behandelt hat. »Man lässt seine Freundin nicht regelmäßig irgendwo stehen und ignoriert sie den gesamten Abend lang völlig, während man mit anderen Frauen flirtet. Das tut man einfach nicht.«

»Wie? Du wolltest doch selbst, dass wir nicht ständig aufeinanderhocken. Und ich habe nicht geflirtet. Du bist nur sehr eifersüchtig.«

»Das bin ich nicht. Und ich kann sehr wohl unterscheiden, ob man sich nur unterhält oder ob man flirtet, was das Zeug hält.«

»Ich habe nicht geflirtet. Ich rede immer so mit Frauen. Ich bin eben ein aufmerksamer Zuhörer.«

Ja, besonders aufmerksam hat er sich ihren Ausschnitten gewidmet und sich immer sehr weit vorgebeugt. An seine Kumpels drückt er sich ja auch nicht so nah ran, wenn er mit ihnen redet, und hat auch eine ganz andere Körpersprache.

»Ruf mich nie wieder an!«, sage ich und lege auf. Ich habe nicht vor, mich nochmals mit dieser Negativität abgeben zu müssen. Ich will das endgültig hinter mir lassen.

Sofort klingelt mein Smartphone erneut und natürlich ist es wieder Steve. Da ich weiß, dass er so schnell nicht lockerlässt, stelle ich meinen Klingelton ab und den Vibrationsalarm stattdessen an, bevor ich mein Smartphone wieder in meiner Handtasche verstaue. Jetzt werden die Leute denken, ich habe einen Vibrator in der Handtasche.

Ich habe schon alles versucht: seine Nummer sperren lassen, mir eine neue Nummer geben lassen, aber es hat nichts genützt. Irgendwo her bekommt er immer meine Handynummer. Ich vermute, dass irgendjemand aus meinem großen Bekanntenkreis ihm Infos zukommen lässt.

Einige von denen verstehen nicht, dass ich dem gutaussehenden Sohn eines Multimillionärs den Laufpass gegeben habe. Sie denken, wir wären perfekt füreinander. Und nur wenige können sich vorstellen, dass er mich immer noch nervt. Das grenzt ja an Stalking.

Ich muss zugeben, dass wir in den Boulevardzeitschriften ein gutaussehendes Paar ergeben haben, aber die Fassade kann verdammt täuschen. Das Äußere sagt nichts darüber aus, was für einen Charakter jemand hat, und Steves ist äußerst zweifelhaft.

Das eigentlich Schlimme an ihm ist, dass er überhaupt keine Einsicht zeigt, dass sein Verhalten falsch sein könnte. Er ist rücksichtslos ichbezogen, besitzt aber andererseits diese charmante Seite, mit der er andere in seinen Bann zieht.

Letzteres beherrscht er wirklich meisterhaft, aber ich habe hinter seine Fassade geschaut und bin jetzt immun dagegen. Zumindest hoffe ich das. Sein Charme ist jedenfalls nicht zu unterschätzen.

Ein paar Mal summt es noch leise in meiner Handtasche, dann ist endlich Ruhe. Vermutlich steigt er wieder um aufs SMS-Schreiben. Er kontaktiert mich immer anfallsweise, dann ist wieder für eine Weile Ruhe. Vermutlich ist er dann mit anderen Frauen beschäftigt. Ich begreife nicht, warum er mich nicht in Ruhe lässt, wenn ich ohnehin nie sein Typ war. Diesen Mann werde ich wohl nie verstehen.

»Wer war das?«, fragt Mr. Sands.

»Ich wüsste nicht, was Sie das angeht.« Meine Antwort klingt härter, als ich das beabsichtigt habe. Ich bin noch sauer auf Steve, weil der mich nicht in Ruhe lässt und sich in meine Angelegenheiten einmischt.

»Es könnte relevant sein«, meint Mr. Sands.

»Mein Ex. Der lässt keine Ruhe.«

»Ist es der, von dem Sie sich vor einem halben Jahr getrennt haben?«

Ich nicke. »Sie sind ja gut informiert.«

»Das muss ich sein. Schließlich geht es um Ihr Leben.«

Ich beiße mir auf die Unterlippe. Dann weiß er wahrscheinlich auch, was damals vorgefallen ist. Irgendwie ist die Sache mit Steve durchgesickert. Klar fällt es der Presse auf, wenn man seinen Verlobten halbnackt auf die Straße schickt und dessen Ex gleich dazu, ihnen die Kleidung hinterherwirft und anschließend den Tisch verkauft. Letzterer ging übrigens für einen exorbitanten Preis bei einer Versteigerung weg.

Davon konnte ich mir bei Ikea gleich einen neuen Tisch kaufen und mit meinen Freundinnen vom Rest des Geldes essen gehen. Ja, ich kaufe bei Ikea ein. Viele aus meinem Bekanntenkreis können sich das gar nicht vorstellen, aber ich muss sparen, denn ich will unabhängig von meinem Vater werden.

Eine Ausbildung habe ich nicht, da mein Vater die nicht für nötig hielt. Zumindest konnte ich ein Marketingstudium durchsetzen. Ich habe das Associate Degree. Vermutlich denkt er, ich komme irgendwann angekrochen, um bei ihm zu arbeiten. Einen anderen Job bekomme ich nicht, weil jeder denkt, ich klaue dort Ideen oder gleich ganze Kundenkreise, wie mein Vater es einst bei seiner jetzigen Konkurrenz getan hat. Zuvor war er bei dieser angestellt gewesen, bevor er seine eigene Firma gegründet hat. Er ist nicht gerade Jedermanns Liebling.

»Wenn dieser Mann Sie belästigt, kommt er als möglicher Täter in Betracht«, sagt Mr. Sands, der Paranoia noch perfekter beherrscht als alle Leute, die ich bisher gekannt habe.

»Das ist absurd. Der hat überhaupt nichts mit meinem Vater zu schaffen.«

»Wir sollten ohnehin mal alle Leute durchgehen, die als mögliche Kandidaten in Betracht kommen.«

»Das müssen Sie schon meinen Vater fragen.«

»Das habe ich bereits.«

»Ist die Liste lang?«

Der Ausdruck auf Mr. Sands' Gesicht ist einmalig. Die Liste ist also unüberschaubar. Eigentlich könnte mir mein Bodyguard fast leidtun, aber ich weiß, dass mein alter Herr schon ein ganzes Heer von Privatdetektiven und anderen Leuten auf diese Sache angesetzt hat. Die Polizei hat gar nicht die Ressourcen für so etwas. Die können erst was machen, wenn schon etwas passiert ist. Selbst bei jemandem, der so prominent ist wie mein Vater, machen sie keine Ausnahme.

Als ich mich am Nachmittag mit ein paar Freundinnen in einem Café treffe, ist Mr. Sands natürlich wieder mit dabei. Vielleicht wurde er ja auch geschickt, um mich zu belauschen. Meinem Vater traue ich mittlerweile alles zu. Ich entschließe mich, Mr. Sands nicht zu trauen. Die Erfahrung hat gezeigt, dass ich Mr. Preston auch nicht vertrauen kann, und meinem Vater ohnehin nicht ... Alle Leute, die von ihm kommen, sind also potenziell verdächtig.

Als ich nach Hause zurückkehre, befinden sich drei Anrufe auf meinem Anrufbeantworter. Einer ist von

Eileen, die wissen will, ob ich gut angekommen bin, und die beiden anderen sind von meinem Ex-Freund Steve. Wann wird er endlich kapieren, dass ich nichts mehr von ihm wissen will? Ich lösche seine Aufzeichnungen sofort. Seine Stimme zu hören, löst bei mir unangenehme Erinnerungen aus.

Eileen rufe ich kurz zurück.

Mr. Sands inspiziert inzwischen meine Wohnung nach Sicherheitslücken. Offenbar sucht er auch nach Wanzen oder so etwas.

Im Garten werkeln auch schon so einige Gärtner, die die Hecke in der Nähe meines Fensters roden. Zum Glück ist mein Fenster relativ schalldicht, die Motorsägen nerven trotzdem. Ist das denn wirklich nötig? Ich finde, dass Pflanzen auch ein Recht auf Leben haben.

Der Rest des Tages ist eher ereignislos. Daher gehe ich früh zu Bett. Ich frage mich, wo Mr. Sands übernachtet. Bestimmt hat ihm mein Vater irgendein Zimmer zugewiesen. Das Haus ist schließlich groß genug. Es gibt zwölf Schlafzimmer, von denen die meisten leer stehen.

Kapitel 4

Der nächste Tag beginnt ruhig. Ich dusche, schminke mich, kleide mich an und frühstücke anschließend in Ruhe.

Am Montag ist mein großer Tag. Ab dann wird meine erste Nagellackkollektion lieferbar sein. Es sollen auch kleine Probefläschchen an der Kasse einiger Drogerien und Parfümerien ausgegeben werden. Die Kundinnen können zwischen Nude, Mittelblau und Rot aus meiner aktuellen Kollektion wählen.

Ich sitze wie auf Kohlen, da ich es kaum erwarten kann. Um mich abzulenken, beschließe ich, im Internet nachzulesen, was es wieder Neues über mich gibt. Das tue ich nicht aus Eitelkeit, sondern weil die Gefahr besteht, dass man tagsüber von jemandem darauf angesprochen wird. Es gibt nichts Peinlicheres, als nicht zu wissen, was über einen dort geschrieben steht. Normalerweise dürfte es nichts Neues geben, aber vielleicht finde ich ja was über meinen Vater oder dessen Noch-Ehefrau.

Also klappe ich meinen Laptop auf und schalte ihn an.

Ich lese Headlines wie »Wer ist der geheimnisvolle Fremde an Tabitha Maynards Seite?« oder »Ist das der Nachfolger von Steve Richards?« Am besten ist noch der Artikel »Tabitha Maynard tauscht verliebte Blicke mit gutaussehendem Fremden«. Natürlich. Wenn ich Blicke mit Mr. Sands ausgetauscht habe, dann sicherlich mörderische. Wenn die Leute das für verliebte Blicke halten, dann sind die eindeutig auf Koks.

Es ist natürlich klar, dass es darüber Spekulationen gibt. Mein Vater hat offenbar niemandem gesagt, welche Funktion Mr. Sands erfüllt, und wie der typische Bodyguard sieht er mit seiner Kleidung wirklich nicht aus. Wenn er mich beschützen soll, hat es vermutlich Vorteile, nicht gleich als Bodyguard identifiziert zu werden.

Zum Glück suche ich derzeit keinen Freund, auch wenn der Richtige in meinem Leben willkommen wäre, sollte er jetzt auftauchen. Ich genieße das Single-Dasein. Ein weiterer Steve kann mir wirklich gestohlen bleiben.

Jedenfalls ist Mr. Sands ein Faktor, der mich aktiv von Mr. Right fernhält. Ich hoffe, seine Anwesenheit in meinem Leben ist nur von kurzer Dauer und alles kehrt bald wieder zur Normalität zurück. Ich mag es einfach nicht, wenn mir jemand auf Schritt und Tritt folgt.

Andererseits könnte gerade er Steve abschrecken.

Vielleicht lässt der Typ mich endlich mal in Ruhe, wenn er denkt, ich habe einen Neuen und mit Steve abgeschlossen. Vorerst werde ich jedenfalls nichts richtigstellen, sondern mich, was Mr. Sands betrifft, bedeckt halten. Es gab schließlich schon schlimmere Gerüchte über mich, als dass ich was mit einem Lederjackentyp hätte.

Ich beschließe, einen kleinen Stadtbummel zu unternehmen. Leider hat Eileen heute keine Zeit, sodass ich allein unterwegs sein werde. Ich brauche eine Geburtstagskarte für eine Highschool-Freundin, die mit ihrer Familie vor vielen Jahren nach Detroit umgezogen ist. Ja, ich bin so altmodisch, dass ich tatsächlich noch Papierkarten versende. Die hätte ich gestern in der Mall kaufen können, wenn Mr. Sands mich gelassen hätte.

Dieser Barbar steht natürlich vor meiner Tür, als ich ausgehbereit in meiner Designer-Jeans und einer cremefarbenen Chiffonbluse und hochhackigen Sandalen meine Wohnung verlasse.

»Schlafen Sie eigentlich im Flur oder schlafen Sie überhaupt?«, frage ich.

Lässig lehnt er gegen die Wand. Eigentlich macht er sich ganz gut als Wandschmuck, denn er ist recht attraktiv. »Nein, ich bin nur ein Frühaufsteher.«

Ich hätte schwören können, er hat hier im Flur geschlafen, vermutlich sogar im Stehen.

»Gut zu wissen. Ich benötige eine Geburtstagskarte. Es gibt einen Bücherladen in der Stadt, der so etwas führt. Dazu brauchen wir die Mall nicht zu betreten. Wenn sich dort ein Killer herumschleichen sollte, dann kann er mich genauso gut im Freien erledigen.«

Ich kann mir immer noch nicht vorstellen, dass mir jemand nach dem Leben trachtet. Im Gegensatz zu meinem Vater habe ich mich mit niemandem angelegt.

»Das ist mir bewusst. Vor allem könnte er in einem fahrenden Auto unterwegs sein und auch von dort aus angreifen.«

Ich verdrehe die Augen. »Hatte ich schon erwähnt, dass Sie paranoid sind?«

Sein Blick verdüstert sich. »Mehrmals. Lieber paranoid als tot.«

Meine Güte, ist der Typ aber ernst. »Können Sie auch lächeln?«

»Früher konnte ich das.«

»Wann war das?«

»Vor vier Jahren.« Sein Blick wirkt nun vollkommen verschlossen.

»Einer Ihrer Klienten ist ums Leben gekommen?«

Er starrt mich an. Kurz huscht ein Ausdruck des Schmerzes über sein Gesicht, bevor es die übliche stoische Maske wieder annimmt. »Nein, keiner meiner Klienten ist bisher gestorben, während ihr Leben in meiner Verantwortung lag. Allerdings waren diese Klienten auch einsichtiger als Sie.«

»Das ist ganz schön viel Verantwortung, finde ich.«

»Die größte, die man übernehmen kann.«

»Was ist dann damals geschehen?«, frage ich.

»Wollten Sie nicht einkaufen gehen?«

Ich weiß, dass ich nicht mehr aus ihm herauskriegen werde. Im Grunde geht es mich ja nichts an, was ihm damals widerfahren ist. Es scheint allerdings was Schlimmes gewesen zu sein.

Wir marschieren den Gang entlang und nehmen den Aufzug, in den locker zwölf Personen passen. An den Wänden befinden sich Spiegel, sodass Mr. Sands noch größer wirkt. Eileen hat recht: Der Typ ist verdammt attraktiv. Nicht, dass es eine Rolle spielen würde.

»Sie könnten auch eine der Bediensteten losschicken, um solche Erledigungen für Sie zu machen«, sagt Mr. Sands.

»Da haben Sie recht, aber wie langweilig wäre es denn, den ganzen Tag in der Bude zu hocken?«

Ich kann seinem bohrenden Blick diesmal nicht ausweichen. »Haben Sie es schon mal mit Arbeiten probiert? Das soll gegen Langeweile helfen.«

Scharf atme ich ein. »Was fällt Ihnen ein? Was für eine Unverschämtheit.«

»Es war nur eine Frage.«

»Ja, ich habe es damit versucht. Nicht, dass es Sie was angeht. Es waren zwei Praktika mit angeblicher Jobaussicht und zwei befristete Jobs. In jedem Fall ist es mir nicht gut ergangen, hauptsächlich, weil ich die Tochter meines Vaters bin. Sie haben ja keine Ahnung.«

Mr. Sands runzelt die Stirn und zieht dabei die Augenbrauen zusammen. »Das verstehe ich nicht. Warum sollte Sie jemand deswegen schlecht behandeln? Was hat man Ihnen angetan?«

»Nun, in mehr als einer Firma wollte man mich nur über meinen Vater aushorchen, mich aber nicht wirklich dort haben. Aber das war nicht alles. Wenn Sie wissen wollen, wie es mir ergangen ist, dann erzählen Sie mir, was Ihnen vor vier Jahren widerfahren ist.«

Mr. Sands verschränkt die muskulösen Arme vor der Brust. Ist der Typ aber gut gebaut.

»Tragen Sie heute eine kugelsichere Weste drunter?«, frage ich.

»Wenn ich im Dienst bin immer.«

Dann ist also nicht alles an dieser breiten Brust echt, aber die Armmuskeln füllen die schwarze Lederjacke in dieser Position ganz schön aus. »Wird das im Sommer nicht auf Dauer ziemlich heiß?«

»Das ist Gewöhnungssache. Es gibt kugelsichere Westen, die unter einem lockerer sitzenden Shirt kaum auffallen. Wobei wir beim Thema wären. Sie werden auf der Benefizveranstaltung eine kugelsichere Weste tragen. Wäre Ihnen eine weiße oder eine schwarze lieber?«

»Eine weiße natürlich. Aber finden Sie das nicht übertrieben?«

Er schüttelt den Kopf. »Wenn es um Ihr Leben geht, ganz und gar nicht.«

»Also gut, ich werde sie anprobieren.«

Mr. Sands reicht mir eine Schmuckschatulle, die ich überrascht und irritiert anstarre. Was zur Hölle soll das?

»In den Anhänger ist ein Sender eingearbeitet, für den Fall, dass jemand Sie entführen will, um ein Lösegeld zu fordern. Wir wissen ja noch nichts über den Täter. Vielleicht geht es nicht um Mord, sondern um Erpressung.«

Ein Lösegeld? Mein Vater würde denen vermutlich noch Geld dafür zahlen, dass sie mich behalten.

Ich öffne die Schatulle. Die Kette mit dem roségoldenen Herzanhänger sieht nicht ganz so schlimm aus, wie ich befürchtet hatte, aber ... »Ich trage nur Platin und Silber. Roségold passt nicht zu meinem Teint und zu meinem anderen Schmuck.« Nicht dass ich wirklich davon ausgehen würde, dass das Teil echt ist.

»Dann tragen Sie eben keinen anderen Schmuck.«

»Aber das geht nicht. Zumindest Ohrhänger oder ein Collier muss ich tragen, sonst sieht das mit dem Kleid, das ich anziehen werde, so nackt aus. Außerdem weiß ich nicht, ob die schusssichere Weste nicht am Ausschnitt hervorschaut.«

Mr. Sands starrt mich an. »Dann tragen Sie eben ein anderes Kleid. Es geht hier nicht um Mode, sondern um Ihr Leben.«

»Aber die Mode *ist* mein Leben!« Warum kapiert er das nicht? Mir will keiner ans Leder.

Seine Kinnpartie wirkt noch härter als sonst und sein Blick noch düsterer. »Wollen Sie es nicht kapieren oder sind Sie lebensmüde? Sind Sie so ein verwöhntes Ding, dass Sie nicht wissen, wie es draußen in der Welt zugeht? Wurden Sie derart überbehütet? Wissen Sie, wie leicht es ist, zu sterben? Wie verdammt schnell das gehen kann?«

Ich starre ihn an. »Was fällt Ihnen ein? Sie wissen überhaupt nicht, wie es ist, ich zu sein oder so aufzuwachsen wie ich. Sie wissen gar nichts.«

»Das mag sein, aber Sie werden die erste meiner Klientinnen sein, die unter meiner Aufsicht stirbt, wenn Sie so weitermachen.«

»Ich dachte, Sie wären ein guter Bodyguard. Ist das dann nur ein Gerücht?« Dem zahle ich seine Worte heim.

»Bisher ist keiner gestorben, weil sich die Leute an das gehalten haben, was ich gesagt habe. Aber so jemanden wie dich habe ich noch nie erlebt. Okay, lass dich umbringen, wenn du unbedingt willst. Du hast nichts weiter vor mit deinem Leben außer Partys zu besuchen, Schuhe zu kaufen und andere Oberflächlichkeiten zu tun. Ich muss das hier nicht tun. Während du in deinem Zimmer gehockt und deine Fußnägel lackiert hast, hat jemand versucht, deinen Bruder zu töten.«

Meine Kinnlade fällt nach unten. Fassungslos starre ich ihn an. »Was?«

»Ja, du hast mich richtig verstanden. Er saß in einem Café, da wurde ein Schuss auf ihn abgefeuert. Hätte er die hässliche, unmodische, schusssichere

Weste, die ihn seine Bodyguards aufgezwungen haben, nicht getragen, so wäre er jetzt tot.«

Ich schlucke. »Das wusste ich nicht.«

Fieberhaft überlege ich. Wer sollte auf Jayden schießen? Der Vorfall wirft das alles in ein anderes Licht. Bin ich womöglich wirklich in Gefahr? Was soll ich jetzt tun? Die Benefizveranstaltung ist bereits heute Abend. Die kann ich nicht mehr verschieben. Außerdem kann ich nicht monatelang mein Leben auf Eis legen, nur weil ein vermeintlicher Killer draußen herumläuft.

»Ich muss zur Benefizveranstaltung gehen. Ich kann Joe nicht hängenlassen«, sage ich. Wenn ich das täte, wäre ich genauso wie mein Vater, und das ist das Letzte, was ich wollte.

Mr. Sands nickt. »Das verstehe ich. Aber tragen Sie bitte die Kette und die schusssichere Weste, die ich Ihnen heute besorgen werde.«

»Sind wir also wieder beim Sie?«

»Es ist mir so herausgerutscht. Dafür möchte ich mich entschuldigen. Und auch für die anderen Worte möchte ich mich entschuldigen. Wenn Sie derart oberflächlich wären, würden Sie nicht Joe von den Satanic Kangaroos unterstützen.«

Ich lächle freudlos. »Die meisten Leute halten mich für oberflächlich. Ich bin es gewohnt.« Teilweise hat er ja recht. Genau dieses Leben hatte ich bis vor einem halben Jahr gelebt. Ich war oberflächlich gewesen und hatte an so gut wie nichts und niemanden gedacht außer an mich selbst. Die Begegnung mit Joe hat einiges in mir verändert. Ich habe begonnen nachzudenken. Ich wollte einiges ändern, doch nach der damaligen Aktion meines Vaters war das leichter gesagt als getan.

»Eigentlich kenne ich Sie nicht. Daher waren meine Worte vorschnell, also Vorurteile«, sagt Mr. Sands.

»Sie hatten zumindest teilweise recht. Ich habe meine Sicherheit auf die leichte Schulter genommen. Mein Vater hat mir in der Vergangenheit einfach schon so viel reingedrückt. Ich habe daher nicht ernsthaft damit gerechnet, dass mein Adoptivbruder oder ich wirklich in Gefahr wären. Schließlich haben wir mit Dads Geschäften nichts zu schaffen.«

»Diese Ganoven verschonen die Familie nicht.«

»Ich dachte, ich wäre die Letzte, auf die sie es abgesehen haben. Das Verhältnis zwischen meinem Vater und mir ist nicht gerade herzlich. Wir sehen uns kaum. Dass auf Jayden ein Anschlag verübt wurde, heißt noch lange nicht, dass man es auch auf mich abgesehen hat.«

Mr. Sands verdreht die Augen. »Jetzt fang nicht wieder damit an.«

»Sie haben mich schon wieder geduzt. Ich heiße übrigens Tabitha.« Ich halte ihm meine Hand hin, die er nach kurzem Zögern ergreift. Als meine Hand in seiner verschwindet, durchfährt mich ein Kribbeln beinahe wie ein Stromstoß, nur viel angenehmer. Heute muss ich wirklich mit dem falschen Bein aufgestanden sein. Vielleicht war die Milch in meinem Kaffee nicht mehr ganz in Ordnung, denn ich bilde mir ein, dass zwischen meinem Bodyguard und mir eine körperliche Anziehungskraft besteht.

Mr. Sands lässt abrupt meine Hand los. Kurz zieht ein verwunderter Ausdruck durch seinen Blick. »Mein Vorname ist Nicholas.«

Ich lächle ihn an. »Wir sollten uns duzen. Das würde vieles einfacher machen.«

Er verengt die Augen zu Schlitzen. »Warum bist du jetzt so freundlich? Daran ist doch was faul.«

Bin ich so leicht zu durchschauen? Ich lächle unschuldig. »Mein Ex stellt mir doch seit einem halben Jahr nach. Die Presse denkt, du wärst mein Freund. Ich denke, wir sollten sie nicht über die Wahrheit aufklären. Wenn wir uns vertrauter anreden, könnten wir sie an der Nase herumführen, und ich könnte damit vielleicht meinen lästigen Ex ein für alle Mal loswerden. Außerdem könnte es sein, dass du dann beim Täter unter dem Radar durchfliegst.«

»Sofern dein Vater dies nicht tut, werde ich darüber schweigen. Es könnte allerdings sein, dass er etwas gegen eine Beziehung seiner Tochter mit ihrem Bodyguard hat.«

»Stimmt, er könnte auf falsche Gedanken kommen.«

»Ich werde es ihm gegenüber richtigstellen und ihn bitten, darüber Stillschweigen zu bewahren.«

Ich grinse. »Es ist aber viel lustiger, wenn mein Vater nichts davon weiß.« Der wird unter der Decke rotieren vor Wut, weil ich mich mit jemandem eingelassen habe, der nicht standesgemäß ist. Mit dem Reedersohn Alexis war er einverstanden gewesen, aber mit Steve nicht, weil der nur aus neuem Geldadel stammt. Sonst nimmt er nie an meinem Leben teil, mischt sich aber ein, wenn es drauf ankommt und es ih am wenigsten angeht.

»Dann schmeißt er mich womöglich raus und das wäre nicht gut, denn nicht jeder Bodyguard ist so sorgfältig wie ich. Schließlich wissen wir nicht, wie weit dein Ex-Freund zu gehen bereit ist. Solche Stalker sind nicht zu unterschätzen. Wir haben ihn gestern Abend über eine der Kameras vor dem Tor beobachtet. Als die Security kam, ist er abgehauen.«

»Ja, er hängt dort öfters ab, in der Hoffnung, mich anzutreffen. Er ist verdammt hartnäckig.« Hätte er mir damals, als wir noch zusammen gewesen waren, nur einen Bruchteil dieser Aufmerksamkeit geschenkt, nur eben auf andere Weise, dann könnten wir möglicherweise heute noch zusammen sein ...

»Wie lange wart ihr zusammen?«, fragt Nicholas.

»Ein Jahr.«

»Hast du mal überlegt, deine Handynummer zu wechseln?«

»Habe ich bereits getan, aber es hat nichts gebracht. Irgendwoher hat er meine neue Nummer bekommen. Ich kenne viele Leute und habe einige Geschäftspartner, für die ich jederzeit erreichbar sein muss. Meine Telefonnummer geheimzuhalten und nur dem engsten Kreis mitzuteilen funktioniert bei mir leider nicht. Zumindest nicht, wenn ich mich nicht von meinen Geschäften verabschieden möchte.

Die meisten meiner Privatgespräche führe ich übers Festnetz und selbst da hat es nicht funktioniert, die neue Nummer vor Steve geheimzuhalten. Wirst du bei meinem Plan mitmachen?«, frage ich.

»Ja, ich werde mitspielen unter der Bedingung, dass du alle Sicherheitsmaßnahmen, die ich dir empfehle, einhältst.«

Ungläubig starre ich ihn an. »Ernsthaft? Du willst Forderungen stellen?« Er ist schließlich nur ein Angestellter. Der hat Nerven. Mein Vater hätte ihm für diese Bemerkung schon die Eier geschliffen. Er hat ein Glück, dass ich so gutmütig bin.

»Ja, genau das tue ich. Wenn du die Sicherheitsrichtlinien nicht einhältst, twittere ich umgehend, dass ich nicht dein Freund bin.«

»Das glaubt dir doch keiner, wenn man dich ständig in meiner unmittelbaren Nähe sieht.«

»Man wird es mir glauben. Ich kann das verdammt eindringlich präsentieren.«

Ich grinse schelmisch. »Wie denn? Willst du behaupten, du wärst mein schwuler bester Freund?« Als würde ihm das einer abnehmen. Der Typ versprüht an einem Abend mehr Testosteron, als ich Parfum besitze.

»Wenn es sein muss. Was andere über mich denken, ist mir doch egal. Die Hauptsache ist, ich erfülle meine Aufgabe und du überlebst.«

Okay, der Typ schreckt wirklich vor nichts zurück. »Okay, Deal.« Ich reiche ihm meine Hand, die er ergreift und leicht schüttelt.

»Abgemacht. Wir probieren gleich die schusssichere Weste an. Ich habe sie in zwei Größen bestellt, weil diese oft unterschiedlich ausfallen.«

»Die sind schon bestellt?«

»Natürlich. Heute Abend ist ja die Benefizveranstaltung. Komm mit.« Nicholas führt mich den Gang entlang in einen anderen Flügel.

Er schließt eine der Türen auf und hält sie mir auf. Ich spaziere in das Zimmer. Es handelt sich um eines der Gästeschlafzimmer, das eine meiner Schwiegermütter eingerichtet hat. Hier befinden sich ein Bett in Überbreite, eine Kommode, ein großzügiger Einbaukleiderschrank und sogar ein kleiner Tisch nebst zwei Stühlen.

Der Raum ist in den Farben Hellbeige und Dunkelbraun gehalten, was hier elegant kombiniert wurde. Ich muss sagen, dass meine Schwiegermutter, welche das hier auch ausgesucht hat, einen nicht mal so üblen Geschmack hat.

Nicholas ergreift zwei weiße Schutzwesten, die auf der Kommode liegen.

»Wie viel kosten diese Dinger?«, frage ich.

»Zweihundert Dollar aufwärts. Diese hier sind speziell für Frauen. Ziehe sie im Bad an.«

»Okay.« Ich spaziere also mit den beiden Westen ins angrenzende Bad, wo sich einige Männerpflegeprodukte befinden. Ich war schon eine Weile nicht mehr im Badezimmer eines Mannes gewesen.

Schnell schlüpfe ich aus meinem Rock und der Bluse und ziehe die Weste über meine Unterwäsche. Die erste Weste ist zu weit. Die zweite passt ziemlich gut, wirkt jedoch etwas unförmig. Wie vermutet, kann ich die Bluse jetzt nicht mehr schließen. Also ziehe ich ich alles wieder aus und schlüpfe anschließend wieder in meine Bluse.

»Die Bluse passt nicht über die Schutzweste. Ich befürchte, das Kleid wird auch nicht rübergehen.«

»Dann tausch es ein gegen ein Kleid, das eine Nummer größer ist, oder zieh was anderes an, das weiter geschnitten ist.«

Aus Gewohnheit setze ich an zu einem Protest, da überrascht er mich und sagt: »Ich würde es mir nie verzeihen, würde dir etwas zustoßen.«

Verwundert blinzle ich ihn an, nehme kurz seine Verletzlichkeit wahr, dann ist der Ausdruck auf seinem Gesicht bereits wieder verschwunden und er ist sein stoisches, altes Selbst. Trotzdem hat dieser Satz, den er offenbar ernst meint, mein Herz berührt.

Mein Vater hat so etwas noch kein einziges Mal zu mir gesagt. Überhaupt hat er nie irgendwas gesagt, was darauf hindeuten könnte, dass ich ihm etwas bedeute. Es ist traurig, aber wahr. Ein Fremder macht sich mehr Sorgen um mich als mein eigener Vater.

Wie gerne würde ich Nicholas glauben, dass meinem Vater wirklich etwas an mir liegt, aber ich weiß, dass dem nicht so ist. Für Nicholas bin ich nur ein Job, aber was bin ich für meinen Vater? Es ist egal. Bald hat das alles keine Bedeutung mehr, wenn ich hoffentlich früher als später hier ausziehen kann.

Kapitel 5

Stunden später

Ich weiß nicht, was mich dazu gebracht hat, dieses weite Kleid anzuziehen, das ich mir kurzfristig von Ava geliehen habe. Es wundert mich, dass sie mit ihrer Tochter noch hier wohnt. Sie wird ihre Gründe dafür haben.

Auf die Scheidung habe ich sie nicht angesprochen und sie mich auch nicht. Vielleicht ist es ihr unangenehm, ausgerechnet mit mir darüber zu reden als ihrer Stieftochter, was ich durchaus verstehe. Daher lasse ich es dabei bewenden.

Da ich selten mit meinem Vater zusammen gesehen werde, kann ich es als Zufall abtun, dasselbe Kleid zu tragen wie Ava letztens beim Opernball.

Zwar kratzt das schon ein wenig an meiner Eitelkeit, aber vielleicht bin ich wirklich in Gefahr. Jemand wie ich steht immer unter Beobachtung, hat Bewunderer und Neider und auch Leute, die einem Übles wollen. Die hat wohl jeder, nur haben bekannte Personen mehr davon.

Man sieht die Weste nicht unter dem Kleid. Es sieht ganz gut aus, aber ich wirke tatsächlich breiter als sonst. Vielleicht sollte ich den schwarzen Pashima-Schal dazu tragen, den mir Eileen zu Weihnachten geschenkt hat. Dann fällt es vielleicht nicht so auf.

Gerade jetzt, so kurz vor dem Erscheinen meiner Modelinie kommt mir das alles sehr ungelegen, aber so langsam scheint Nicholas' Paranoia auf mich abzufärben. Das kommt davon, wenn man mit jemandem zu tun hat, der von Berufs wegen in jeder Ecke Bedrohungen erkennen muss, selbst wenn keine vorhanden sind. Ich würde ja wahnsinnig werden in solch einem Job.

Jedenfalls sehe ich am Abend ganz passabel aus und trage die roségoldene Kette mit dem Herz-Anhänger. Eigentlich ist sie ja sogar ganz hübsch. Es ist zwar kein Mode-Event, aber ich werde wieder bewertet werden. Irgendeine Klatschzeitschrift zerreißt sich immer das Maul darüber, welche Kleidung man trägt. Als wäre das das einzig Wichtige im Leben.

Ich ziehe meinen Lippenstift nach und sprühe mir etwas *J'adore* von Dior auf meine Handgelenke. Dann schnappe ich mir noch meine Lieblingshandtasche, und es kann losgehen.

Als ich meine Räume verlasse, wartet Nicholas bereits auf mich. Mir stockt der Atem, als ich ihn erblicke. Statt der fadenscheinigen Jeans und der alten Lederjacke trägt er heute ein einfaches, aber edel aussehendes schwarzes Shirt unter einem ebenso edel wirkenden Jackett zu einer neuen, dunkelblauen Jeans.

Zwar ist das kein Armani, aber andere Männer sehen selbst in der teuersten, exklusivsten Kleidung nicht so gut aus wie er heute Abend. Er riecht nach einer hochwertigen Seife und etwas Aftershave.

Wenn ich es recht überlege, hat es mir nie gefallen, dass Steve ständig in einer penetranten Duftwolke umhergewandelt ist, so teuer diese auch immer war. Er hatte es damit übertrieben. Was ich früher an ihm so attraktiv gefunden hatte, sehe ich heute in einem anderen Licht.

Sein Lächeln war es gewesen, das mir das Herz geraubt hat, das und sein unglaublicher Charme. Jetzt, da ich weiß, dass er sowohl das Lächeln als auch den Charme auf Knopfdruck an- und wieder ausschalten kann und nichts davon echt ist, sondern nur eine Maske, um andere zu manipulieren, erscheint mir das alles nur noch leer und vor allem kalt.

Ist Nicholas anders? Auch er scheint eine Maske zu tragen und etwas zu verbergen. Aber seine Sorge um mich scheint echt zu sein. Nein, ich mache mir etwas vor. Für ihn bin ich nur ein Job und sonst nichts.

»Geht es dir gut?«, fragt Nicholas.

Mir wird bewusst, dass er zuvor etwas gesagt haben muss, aber ich nicht geantwortet habe.

»Ich war nur in Gedanken. Du siehst anders aus als sonst.«

»Ich musste mir ein Jackett besorgen, unter das all

meine Waffen passen, ohne dass es auffällt.«

»Waffen? Wie viele davon schleppst du denn mit dir rum? Ein ganzes Arsenal?« Ich beäuge ihn, nach einem rambo-mäßigen Waffengürtel suchend.

Nicholas lacht. »Nein, so viele sind es nicht. Ich habe zwei Schusswaffen und einen Dolch. Und natürlich trage ich meine Schutzweste. Du hoffentlich auch.«

Ich lächle ihn frech an. »Sieh doch nach.« Habe ich das wirklich soeben gesagt?

Nicholas tritt zu mir heran. Ein feines Lächeln liegt auf seinen Lippen, das ihn unwiderstehlich wirken lässt.

Ehe ich mich versehe, wandert sein Finger unter den Ausschnitt meines Kleides und hakt sich dort ein. Der dreiste Kerl zieht den Stoff weg und starrt mir direkt unters Kleid.

»Gute Manieren besitzt du nicht, oder?«, frage ich und will seine Hand wegschlagen, doch er ist schneller und zieht sie rechtzeitig zurück.

»Nicht, wenn es um deine Sicherheit geht.«

»Du hast einen Knall.«

»Als wenn du keinen hättest ... Du solltest keine so extremen High Heels tragen«, sagt er.

»Aber die trage ich immer.«

»Hast du niedrigere Heels?«

Ich nicke. »Ja, Kitten Heels.« Die stammen aus meiner Audrey-Hepburn-Phase.«

»Dann hol sie dir und zieh sie an.«

»Aber die sind schwarz und passen nicht so gut zu diesem Kleid.«

»Aber es ist schwarz. Wie sollte das nicht passen?«

»Weil es zu eintönig ist.«

»Trag die verdammten Dinger, damit du dich im Notfall schneller bewegen kannst, ohne dir den Hals zu brechen.«

Das ist ein Argument. Wer schon mal versucht hat, in High Heels zu rennen, weiß, was ich meine. »Aber wenn wir deswegen zu spät kommen, bist du schuld.« Ich eile zurück in mein Zimmer, schlüpfe aus den hohen Schuhen und in die Kitten Heels und kehre zurück in den Flur.

»Das sind schöne Schuhe«, sagt Nicholas mit einem anerkennenden Blick.

»Danke.«

Zu meiner Überraschung reicht er seine Hand. »Wenn wir wie ein Paar erscheinen wollen, sollten wir uns wie eines verhalten.«

Ich ergreife seine Hand. »Wie du meinst.«

Gemeinsam verlassen wir das Haus und steigen in den Fond der langen, schwarzen Limousine meines Vaters ein. Die werde ich vermissen, wenn ich mal hier ausgezogen bin. Wer weiß, ob es so schnell überhaupt dazu kommt. Wenn die Wohnungen in New York nur nicht so verdammt teuer wären.

Mr. Higgins parkt an der Rückseite der Trenton Hall auf dem VIP-Parkplatz, den man uns zugewiesen hat. Wir steigen aus und laufen den Rest des Weges

Seite an Seite.

Dann betreten wir das Gebäude am Türsteher vorbei durch den VIP-Eingang. In einem Hinterraum treffen wir uns mit Joe Denver, der wie immer seine Kutte mit dem Club-Abzeichen zu einem schwarzen Shirt und einer neu aussehenden Jeans trägt.

Er dürfte um die Mitte vierzig sein, hat langes, mittelblondes Haar mit leichten Geheimratsecken und trägt kleine silberne Creolen. Seine Sonnenbrille hat er übers Haar geschoben. Joes Outfit zusammenzustellen hat bestimmt nicht so lange gedauert wie meines.

Wir begrüßen einander.

»Leute, bin ich aufgeregt«, sagt er und gibt mir den Biker-Handshake, der nach wie vor etwas ungewohnt für mich ist. »Bin ich froh, dass du nicht wie dein Alter bist.«

»Natürlich nicht. Sollte ich jemals so werden wie er, kannst du mich höchstoffiziell erschießen.«

»Das werde ich tun.«

Joe blickt auf seine metallene Armbanduhr. »Es geht gleich los. Du bist gefragt, Lady.«

Ich begebe mich nach draußen auf die kleine Bühne. Da die Benefizveranstaltung von mir veranstaltet wird, halte ich zu Anfang eine Rede und bin trotz aller Vorbereitung doch ziemlich nervös. Zum Glück bin ich es gewohnt, im Fokus der Öffentlichkeit zu stehen.

Wenn jemand ein Attentat auf mich vorhat, wird

er es vermutlich jetzt begehen, wenn ich vor allen Leuten stehe. Das muss ich verdrängen, sonst kriege ich nicht viel zuwege.

Zuerst begrüße ich alle Anwesenden und bedanke mich für ihr Erscheinen. Dann stelle ich allen Joe Denver vor, der an meiner Seite steht. Ich erzähle etwas über ihn und warum er hier ist und spendet.

Die Menge bricht in Johlen und Sympathiebekundungen für ihn aus. Seine Story ist aber auch zu Tränen rührend. Auch ich habe geweint, als ich sie zum ersten Mal gehört habe. Er selbst hatte mit Leukämie gekämpft, als er vier Jahre alt war. Mir den kleinen Vierjährigen vorzustellen, der er mal gewesen war und der schon so viel hatte durchmachen müssen, berührt mein Herz.

Genau deswegen habe ich Geld in einen professionellen Redenschreiber investiert und die Rede so lange eingeübt, bis ich sie im Schlaf konnte. Ich wollte Joe nicht enttäuschen und etwas zu seiner Sache beitragen, nachdem mein Vater ihn damals so böse hat fallenlassen.

Nicholas hält sich natürlich in unserer Nähe auf. Sein Blick wandert scheinbar zufällig übers Publikum. Ich bin froh, dass er an meiner Seite ist.

Als nichts geschieht, atme ich erleichtert auf und trete wieder vom Podium herunter. Auch die zahlreich vertretene Security wirkt nun etwas entspannter. Solche Menschenansammlungen sind immer etwas unübersichtlich.

Das Licht ist zum Glück nicht übermäßig grell und die Luft nicht abgestanden, denn so etwas mag ich überhaupt nicht. Ich begebe mich an die Bar, um mir ein Glas Wasser geben zu lassen, da tritt jemand zu mir heran.

»Hast du zugenommen?«, fragt Darlene, die mich schon auf der Highschool immer blöd angequatscht hat. Ihr dunkelrot gefärbtes Haar reicht glatt bis zu ihren Schultern. Sie trägt ein giftgrünes Kleid, das mehr enthüllt als verbirgt.

»Nein.«

Darlene sieht mich gehässig an. »Trägst du jetzt schon die Kleider deiner Stiefmutter, weil du in deine eigenen nicht mehr reinpasst? Das Kleid hat sie doch vor gar nicht so langer Zeit getragen.«

Diese Frau besitzt offenbar kein Leben, außer sich darüber Notizen zu machen, was wer wann trägt. Viele halten mich für eine oberflächliche Person, aber für so etwas wäre mir meine Zeit zu schade.

»Du irrst dich. Ich habe es erst vor Kurzem erworben.«

»Das ist aber nicht mehr die aktuelle Kollektion. Das finde ich sehr gewagt von dir, zumal du eine angehende Designerin sein willst. Und wie verkaufen sich deine Sachen so?«

Es ist kein Geheimnis, dass meine erste Bademoden-Kollektion nicht den gewünschten Erfolg hatte.

»Sie verkaufen sich«, sage ich. »Und wie sieht es mit deinem Job aus?«

»Ganz gut. Ich verkaufe eine Menge.«

»Ich dachte, du arbeitest im Steuerbüro.«

Sie winkt ab. »Doch schon lange nicht mehr. Jetzt verkaufe ich Versicherungen.«

Vor einem Monat war sie noch in einem Steuerbüro tätig gewesen. Darlene wechselt ihre Jobs häufiger als andere Leute ihre Unterwäsche. Ich wundere mich nur immer wieder, wie sie so schnell neue Jobs kriegt.

»Sie verkauft Staubsauger, keine Versicherungen«, sagt Melanie, eine große Sauerstoffblondine mit Fake-Brüsten und Fake-Bräune, die uns soeben entgegenstöckelt.

»Stimmt ja gar nicht.«

»Doch, ich habe dich erst vorgestern damit gesehen. Du wolltest sie der Nachbarin meines Freundes andrehen. Zu mir könntest du auch mal zum Probeputzen kommen.«

Darlenes breites Gesicht wird rot vor Wut. »Bei dir putze ich mit Sicherheit nicht, du Schlampe.«

Da Darlene jetzt offenbar abgelenkt ist, nehme ich mein Wasserglas und suche das Weite, bevor ich noch in dieses hochgeistige Gespräch hineingezogen werde.

Als ich mich mit Nicholas einem der Tische nähere, wäre ich beinahe mit einem Mann zusammengestoßen, der sich mir plötzlich in den Weg stellt.

Im ersten Moment erschrecke ich, doch dann erblicke ich Steve. Er sieht noch besser aus als in meiner Erinnerung. Steve ist groß und schlank. Er besitzt hellbraunes Haar und dunkle Augen, die insbesondere auf Frauen eine magnetische Wirkung haben. Ein Herrenduft umweht ihn. Er ist von Lancome, Hypnôse Homme, falls ich mich nicht irre. Wie so oft hat er etwas zu viel davon erwischt. Und er trägt keine Brille mehr. Als ich seine Augen von der Seite anblicke, kann ich die Ränder der Kontaktlinsen erkennen.

»Na, Herzchen, freust du dich, mich zu sehen? Warum hast du mich nicht zurückgerufen?«, fragt Steve mit schmeichlerischer Stimme. Natürlich hat er auch wieder sein 1000-Megawatt-Lächeln aufgesetzt.

»Es gibt keinen Grund dafür.«

»Aber Liebes. Gib mir noch eine Chance.«

»Hast du die Nachrichten, die ich dir geschickt habe, nicht gelesen?«, frage ich.

Nicholas tritt dicht neben mich und haucht mir ins Ohr. »Dein Stalker-Ex-Freund?«

Ich nicke.

»Soll ich dir helfen?«

Überrascht sehe ich ihn an. »Ja, wenn du kannst.«

»Dann machst du zukünftig aber auch alles, was für deine Sicherheit notwendig ist, ohne dich zu beschweren oder einen sarkastischen Spruch fallen zu lassen.«

»Findest du das nicht übertrieben?«

»Ich habe jahrelange Erfahrung.« Nicholas' warmer Atem kitzelt meinen Hals. Sein Duft dringt in meine Nase. Kein Parfüm dieser Welt kann so gut riechen wie der natürliche Duft dieses Mannes.

Dieser Gedanke irritiert mich. Ich hatte eindeutig zu lange keinen Freund mehr gehabt, wenn ich mich derart zu meinem Neandertaler-Bodyguard hingezogen fühle. Gut aussehend ist er ja ganz eindeutig. Auf seine eigene raue Weise ist er sogar attraktiver als Steve, aber seine dominante Art bringt mich einfach auf die Palme.

»Was flüsterst du denn da mit ihm? Und wer ist er überhaupt?« Steves Blick gleitet abschätzig über Nicholas. Natürlich ist er nicht so teuer gekleidet wie Steve, für den es immer nur das Beste sein muss.

»Ist das ein Lakai deines Vaters? Dein Kofferträger? Oder ist das einer von diesen versifften Rockern, der sich als Gentleman verkleidet hat?«, fragt Steve, der nun Nicholas von oben herab betrachtet, was eine Leistung ist, da Letzterer ein gutes Stück größer und muskulöser ist als er.

Aber offenbar fühlt sich Steve in seiner Rolle als gut betuchter Schnösel sicher und sieht andere, die nicht einen ähnlichen Status innehaben, als unter seiner Würde an. Er spricht ihn ja nicht mal direkt an. Welch arrogantes Gehabe ist das denn? Steve kommt ja nicht mal auf den Gedanken, dass ich etwas mit Nicholas haben könnte.

Nachdenklich kaue ich auf meiner Unterlippe. Verhalte ich mich nicht auch manchmal so überheblich, ganz einfach, weil ich es so gewohnt bin? Dabei fühle ich mich eigentlich gar nicht so, weil ich weiß, dass mich einfach nur der Zufall in diese Lage gebracht hat. Niemand konnte sich aussuchen, in welche Familie er oder sie hineingeboren wurde.

Mein Vater will mich nicht, Alexis wollte mich nicht wirklich und Steve auch nicht. Aber warum zeigt er dann jetzt dieses Interesse an mir? Hat er erst erkannt, was er an mir hatte, nachdem er mich verloren hat? Dann kommt er viel zu spät. Er hat mir einmal zu oft wehgetan, als dass ich ihm noch vertrauen könnte.

»Was soll das heißen? Diese versifften Rocker?« Ich lege bewusst Schärfe in meine Stimme und meinen Blick. »Diese ganze Benefizveranstaltung ist hauptsächlich für die Rocker.«

Steve grinst gehässig. »Weiß dein Vater davon?«

»Mein Vater hat nichts damit zu tun.«

»Er wird nicht sehr amüsiert darüber sein, dass du seine Pläne untergräbst.«

»Ich untergrabe seine Pläne überhaupt nicht«, lüge ich dreist.

»Bist du dir sicher?«

»Das geht dich überhaupt nichts an.«

»Wir standen uns mal sehr nahe.«

»Genau richtig. Wir standen … in der Vergangenheitsform. Aber das ist alles vorbei, und du hast mir nicht vorzuschreiben, was ich zu tun oder zu lassen habe.«

»Ich meine es doch nur gut mit dir. Du wolltest doch immer die Anerkennung deines Vaters und die bekommst du sicher nicht, wenn du dich mit den falschen Personen umgibst.« Sein Blick wandert über Nicholas.

Kurz sehe ich etwas in Steves Augen aufblitzen, das ihn verrät: Neid. Und alles wird mir klar: Er beneidet Nicholas, weil er kein so dürrer Heini ist wie Steve. Selbst seine extrem teure Designerkleidung kann seinen hageren Leib nicht ganz verbergen. Ich weiß, dass er zum Frühstück Schokolade mit Nutella beschmiert isst. Einerseits beneide ich ihn darum, dass er ausnahmslos alles essen kann, ohne zuzunehmen, während ich einem Essensplan folgen muss, um nicht zuzunehmen, aber gesund kann das nicht sein, was er da treibt. Ob er es schon mal mit der Muckibude versucht hat? Nein, so etwas ist natürlich unter seiner Würde. Schwitzen allein ist das wahrscheinlich bereits. Wie können es die dummen Schweißtropfen auch wagen, über die Haut des Erlauchten zu laufen?

»Ja, du hast vollkommen recht. Ich umgebe mich gerade mit einer falschen Person, aber das lässt sich ändern«, sage ich mit einem zuckersüßen Lächeln, lege meinen Arm um Nicholas' Taille und gehe mit ihm weiter, ohne mich nach Steve umzuschauen.

Erst an der Theke wage ich einen kurzen Blick zurück in seine Richtung. Er starrt fassungslos zu uns herüber. Damit hat er wohl nicht gerechnet. Wenn er denkt, ich hätte was mit Nicholas, wird er mich dann in Zukunft in Ruhe lassen?

Steve wirkt skeptisch. Nachdenklich kräuselt er seine Stirn.

Ich umfasse Nicholas' Gesicht und ziehe es in meine Richtung. Warum ist mir zuvor nicht aufgefallen, dass sich um seine Iriden ein leichter grüner Ring zieht? Ist es Männern nicht verboten, derart lange Wimpern zu besitzen?

Nicholas beugt sich zu mir herunter. »Showtime«, sagt er mit seiner tiefen, rauen Stimme, die mir einen Schauder über den Rücken jagt.

Dann presst er seine Lippen auf meine, und ich vergesse die Welt um mich herum. Seine Lippen sind weich und sanft. Sie gleiten über meine, locken und necken, bis ich mich ihm öffne. Dann dringt er mit seiner Zunge in mich ein und es ist um mich geschehen. Mein Herz flattert, meine Knie werden weich und ich klammere mich an ihn. Kann dieser Mann küssen … Ich wünschte, er würde niemals damit aufhören.

Als er den Kuss löst, fühle ich mich ganz atemlos, obwohl der Kuss wirklich nur ganz kurz gewesen ist, was ich überaus bedaure. Aber ich weiß, dass er es getan hat, damit er besser die Umgebung beobachten kann. Natürlich ist das sein Job, und ich sollte mich nicht verletzt deswegen fühlen. Ein leichtes Gefühl der Enttäuschung macht sich dennoch in mir breit.

Plötzlich schiebt Nicholas mich hinter sich und zieht seine Waffe. Einige Personen schreien entsetzt auf. Da Nicholas' Rücken mein Sichtfeld bedeckt, weiß ich nicht, was dort vor sich geht.

Ein Schuss ertönt und eine Kugel schlägt unweit

von uns ein. Nicholas drängt mich zum Hinterausgang, wo mich bereits einige Leute von der Security erwarten, die den Platz sichern.

Mr. Higgins fährt die Limousine vor, und wir steigen hinten ein.

»Muss das wirklich sein?«, frage ich.

Nicholas nickt. »Ja.« Als sein Blick den meinen trifft, wirkt er aufgewühlt und schuldbewusst. »Ich hätte das nicht tun dürfen. Es war ein Fehler gewesen, der dir das Leben hätte kosten können.«

Ich weiß, dass er unseren viel zu kurzen Kuss meint.

»Ich bedaure den Kuss ebenfalls.« So kurz er gewesen ist, so erschüttert hat er mich. Aber das hat nichts zu bedeuten, außer dass ich zu lange keinen Mann mehr geküsst habe.

Haben mich Steves Küsse auch jemals so aus der Fassung gebracht? Ich kann mich nicht daran erinnern. Vermutlich ist es einfach der Reiz des Verbotenen. Steve kann nicht glauben, dass ich etwas mit Nicholas habe, und mein Vater würde mich und ihn umbringen, wenn es wirklich so wäre.

Ich weiß, dass er Beziehungen zum Personal nicht duldet. Steves böse Worte haben mich alle Vorsicht vergessen lassen. Er hat mich zu provozieren versucht und es auch geschafft. Wieder einmal bin ich seinen Manipulationen auf den Leim gegangen und das ärgert mich.

»Wir müssen dementieren, dass etwas zwischen

uns ist«, sage ich.

Nicholas starrt mich mit einem bedauernden Blick an. »Ich kann verstehen, dass du sauer bist. Ich habe dein Leben aufs Spiel gesetzt. Das wird mir nie wieder passieren, dass ich mich von einem Mann so provozieren lasse.« Er sieht aus dem Rückfenster.

Nicholas hat mich also nur geküsst, weil es ihn gewurmt hat, dass Steve dachte, er könne nie bei mir landen. Irgendwie hinterlässt das bei mir ein schales Gefühl.

Ich bin froh, dass während der Ansprache nicht auf mich geschossen wurde. Sonst wäre die Benefizveranstaltung dahin gewesen. Vermutlich hat es der Täter nicht getan, weil gerade zu diesem Zeitpunkt die Security besonders wachsam gewesen ist. Nicholas war nur einen kurzen Moment unaufmerksam gewesen und sogleich ging ein Attentäter in Position. Er hat recht. Das hätte mir das Leben kosten können.

Nicholas wendet sich um und schaut abermals aus dem Rückfenster. »Ich glaube, wir werden verfolgt. Mr. Higgins, bitte biegen Sie dort vorne rechts ab.«

Mr. Higgins tut wie geheißen und biegt wenig später abermals ab, als Nicholas es von ihm verlangt.

Nicholas' Gesichtszüge verhärten sich. »Wir werden definitiv verfolgt.«

Ich werfe einen Blick auf das Auto hinter uns. Es ist wie in diesen klischeehaften Mafiafilmen. Hinter uns fährt eine schwarze Limousine mit getönten Scheiben.

»Was nun? Sind unsere Scheiben eigentlich kugelsicher?«, frage ich in der Erwartung, dass es bald eine Schießerei gibt.

»Ja. Es wird Zeit, Plan B in die Tat umzusetzen.«

Verwundert sehe ich Nicholas an. »Plan B?«

»Fahren Sie weiter!«

»Aber die Ampel wird gleich rot«, sagt Mr. Higgins.

»Tun Sie es einfach.«

Oh mein Gott, die anderen Ampeln rechts und links von uns haben schon auf Grün umgeschaltet. Ich sehe, wie ein LKW von rechts auf uns zuschießt. Gerade rechtzeitig schaffen wir es bis zum Ende der Kreuzung. Die schwarze Limousine hinter uns kann gerade noch rechtzeitig bremsen, bevor sie mit dem LKW kollidiert wäre.

Nicholas gibt Mr. Higgins klare Anweisungen, wohin er zu fahren hat. Immer wieder sieht sich mein Bodyguard nach hinten um, was mich schon ganz nervös macht.

»Werden wir immer noch verfolgt?«, frage ich.

»Im Moment nicht.«

Kapitel 6

Wir halten vor einem Wolkenkratzer und steigen aus.

»Was haben Sie vor?«

»Wir werden jetzt von hier verschwinden, genau wie es mit deinem Vater abgesprochen wurde für den Fall, dass ein Angriff auf dich erfolgt. Du kannst nicht in der Stadt bleiben.«

Mir fällt die Kinnlade nach unten. »Ich muss aber in der Stadt bleiben. Ich habe hier Geschäfte zu erledigen. Wichtige Geschäfte, ob mein Vater das glaubt oder nicht.« Wie will ich sonst von ihm unabhängig werden, wenn ich nicht mal einen Job irgendwo kriege, weil mein Vater es verhindert? Vermutlich will er, dass ich zu Kreuze krieche und in einer seiner Firmen anfange.

»Dein Leben ist wichtiger«, sagt Nicholas.

»Aber ich muss sehen, wie meine Kollektion anläuft. Man braucht mich fürs Marketing.«

»Du hast mir versprochen, alles zu tun, was nötig ist.«

Ich seufze. »Ist das wirklich nötig?«

»Ja, wir wurden verfolgt. Es wurde auch in das Haus deines Vaters eingebrochen. Jemand hat ein Messer auf Avas Bett hinterlassen.«

Ich starre ihn entsetzt an. »Toll, dass ich das auch mal erfahre.«

»Dein Vater hat es mir auch erst heute gesagt, obwohl es bereits gestern Abend geschehen ist. Vor der Benefizveranstaltung wollte ich es dir nicht sagen, weil du dann nervös geworden wärst.«

»Das wäre ich in der Tat. Ich wäre trotzdem hingegangen. Ich konnte Joe nicht hängen lassen.«

Er nickt. »Das habe ich mir schon gedacht.«

Mein Bodyguard scheint mich besser einschätzen zu können als mein eigener Vater. Vermutlich liegt das daran, dass er bereits mehr Zeit mit mir verbracht hat als mein alter Herr während des gesamten Jahres.

»Wir müssen untertauchen, bis der Täter geschnappt wurde, und wie es aussieht, arbeitet er nicht allein. Es muss herausgefunden werden, wer der Drahtzieher hinter der ganzen Angelegenheit ist. Geh kein Risiko ein, komme mit mir.« Nicholas sieht mich bittend an und reicht mir seine Hand.

Nach kurzem Zögern ergreife ich sie. Welche Wahl habe ich schon? Diese Kugel hätte mich treffen können anstatt der Wand hinter mir.

Wir betreten das gepflegt wirkende Gebäude und werden von einer jungen, schwarzen Pförtnerin begrüßt. Nicholas führt mich zum Aufzug. Dort lässt er mir den Vortritt und drückt dann den Knopf für das Dachgeschoss.

Im Aufzug stehe ich dicht neben Nicholas, der noch immer meine Hand hält, was mich irgendwie beruhigt.

Ich sehe ihn von der Seite her an und erinnere mich an den kurzen, aber heißen Kuss.

»Mein Vater hat wirklich gesagt, dass ich die Stadt verlassen muss?«, frage ich, um mich von der Erinnerung an den Kuss abzulenken. Nicholas hat ihn nicht gewollt. Der war nur, um den Stalker loszuwerden, sage ich mir immer wieder.

»Solange wir nicht wissen, wer hinter dir her ist, ist das sicherer. Du hättest heute getötet werden können.« In seinen Augen erkenne ich Sorge, Reue und noch etwas anderes, das ich nicht deuten kann. »Ich hätte es mir niemals verziehen, wenn dir aufgrund meiner Unachtsamkeit etwas zugestoßen wäre.«

Berührt von seinen Worten drücke ich seine Hand, in der meine fast verschwindet. »Aber mir ist nichts zugestoßen.«

Eigentlich wollte ich ihn mit diesen Worten beruhigen, aber er sieht mich an mit einem Blick wie von Dämonen gehetzt. »Aber es hätte leicht passieren können.« Sein Blick gleitet über mich, als wolle er mich nach Verletzungen absuchen.

»Außerdem trage ich ja die Schutzweste und musste mir einige Worte über meine unförmige Figur gefallen lassen.«

»Selbst mit der Schutzweste bist du nicht unförmig. Du lebst schon in einer sehr oberflächlichen Gesellschaftsschicht, zumindest wenn ich nach vielen der Leute gehe, denen ich heute begegnet bin.«

»Ja, einige davon sind schon verdammt oberflächlich. Bei vielen geht es nur darum, zu sehen und gesehen zu werden bei diesen Veranstaltungen. Sie wollen ihre neuen Kostüme zur Schau tragen und vor allem wollen sie über andere herziehen.«

»Ist da eine echte Person unter all dem Glamour?«, fragt er mit einem nachdenklichen Blick.

»Wie meinst du das? Dass ich keine echte Person bin?«

»Du denkst zu viel darüber nach, was andere über dich denken, wie du auf andere wirkst. Ob sie dich zu dick finden, ob dein Kleid perfekt passt und so weiter.«

»Du hältst mich also auch für oberflächlich.«

»Bisher hast du mir kaum andere Seiten gezeigt.«

»Ich habe es nicht nötig, mich bei einem Angestellten meines Vaters zu rechtfertigen«, sage ich in einem arroganten Tonfall.

»So war das auch nicht gemeint. Es war nur eine Feststellung. Du willst nach außen hin perfekt wirken. Warum? Hast du Angst, dass jemand dein wirkliches Ich, *dich* sehen könnte?«

Der Aufzug hat inzwischen angehalten und wir steigen aus. Die Tür führt direkt auf das Dach des Hauses. Der Wind weht mir mein Haar ins Gesicht, sodass ich erst mal nicht sehe, was mich dort erwartet, es mir aber sehr wohl denken kann.

Vor uns steht ein Helikopter. Er ist rot mit zwei cremefarbenen oder hellbeigen Streifen, soweit ich das bei den Lichtverhältnissen erkennen kann.

»Darf man einen Helikopter einfach so auf einem Dach mitten in der City absetzen?«, frage ich.

»Normalerweise nicht, aber da dieses Gebäude deinem Vater gehört, ist das was anderes.«

Wobei es für meinen Vater vermutlich auch kein Hindernis wäre, ihn auch auf einem anderen Gebäude abzustellen. Er hat schon so einige Dinge zuwege gebracht, die andere als nicht machbar angesehen haben.

»Du willst doch nicht im Ernst, dass ich damit fliege?«, frage ich, denn ich habe noch nie in solch einem Ding gesessen. Zwar habe ich keine Flugangst, aber ein Helikopter ist doch was anderes als eine Linienmaschine.

»Ich bin mir nicht sicher, ob wir die Verfolger ganz abgehängt haben. Hattest du dasselbe Smartphone schon, als du noch mit diesem Stalker zusammen gewesen bist?«

»Ja.«

»Man kann Smartphones sowohl anhand der Telefonnummer als auch anhand der SIM-Karte tracken.«

»Mein Ex ist verdammt nervig, aber er ist harmlos. Ich kann mir nicht vorstellen, dass er mir etwas antun will, außer mich zu Tode zu nerven.«

»Manche Leute mit einem gekränktem Ego sind zu so einigem fähig, das man ihnen nicht zugetraut hätte.«

»Du bist schon wieder paranoid. Wenn mein Ex hinter der Sache stehen würde, so wären gewiss weder mein Adoptivbruder noch meine Stiefmutter in Gefahr.«

»Auch wieder wahr. Trotzdem solltest du dein Smartphone hierlassen. Ich werde Mr. Higgins anrufen, dass er es holen kommen soll. Du kannst ja deinen wichtigsten Geschäftspartnern immer noch deine neue Nummer geben. Unterwegs werden wir dir ein neues Smartphone mit einer Prepaidkarte besorgen.«

X Gon' Give It to Ya von DMX erklingt als Klingelton von Nicholas' Smartphone. Er nimmt den Anruf entgegen. Sogleich erschallt das Gebrüll meines Vaters aus dem Smartphone, sodass Nicholas es etwas vom Ohr entfernt hält, damit ihm nicht das Trommelfell platzt.

Ich verdrehe die Augen. Welche Laus ist dem Alten denn jetzt schon wieder über die Leber gelaufen? Wenn er weiterhin so cholerisch ist, wird er bald einen Herzkasper haben.

»Was war das vorhin auf der Benefizveranstaltung? Und warum erfahre ich erst jetzt, dass diese verdammten Rocker da waren?« Zumindest schreit er so laut, dass ich ihn sogar ohne das Zuschalten der Lautstell-Funktion verstehe. Ich weiß nicht, ob ich das überhaupt will.

»Beruhigen Sie sich. Die Benefizveranstaltung ist für einen guten Zweck«, sagt Nicholas in einem beschwichtigenden Tonfall, der bei meinem Vater natürlich nicht viel bringt.

»Für einen guten Zweck? Erzählen Sie das jemandem, der dumm genug ist, Ihnen zu glauben. Sie haben meine Tochter geküsst, Sie Hallodri. Sie wissen verdammt nochmal, wie ich zu so etwas stehe. Sie hat was Besseres verdient.«

Nicholas unterbricht die Schimpftirade. »Ich habe Ihre Tochter nur geküsst, um ihr damit einen Stalker vom Hals zu schaffen.«

Oh Wunder, mein Vater schweigt tatsächlich. »Sie hat einen Stalker?«, fragt er schließlich nach einer kurzen Pause.

»Na, ihren Ex-Freund.«

»Aber dieser verdammte Halunke ist doch inzwischen verheiratet.« Wieder muss Nicholas das Smartphone auf Abstand halten, damit ihm nicht das Innenohr detoniert.

»Dieser Steve Richards war das, nicht der Grieche, mit dem sie davor zusammen war.«

»Aha, dieser Neureiche also. Hat er wohl sein gesamtes Hab und Gut inzwischen verzockt und denkt, bei meiner Tochter andocken zu können, um an ihr Erbe zu kommen.« Die Stimme meines Vaters trieft vor Missbilligung.

»Vielleicht wäre ich sicherer, wenn Dad einfach gegenüber der Presse zugibt, dass er plant, mich zu enterben«, sage ich, was Nicholas auch so weitergibt. Von Dad kommt drauf keine Reaktion.

»Meine Tochter zu küssen war trotzdem übertrieben«, sagt mein Vater.

»War es nicht. Er belästigt sie schon seit einem halben Jahr.«

»Warum hat sie mir nie etwas davon gesagt?«

»Weil du mich nicht gefragt hast«, sage ich laut. »Weil es dich nie interessiert hat, was in meinem Leben passiert. Weil es dir egal ist, wie es mir ergeht und wie ich mich fühle.« Sonst hätte mein Vater sich vor einem halben Jahr anders verhalten. Aber so hat er mich einfach verurteilt, ohne mich zuvor zu Wort kommen zu lassen.

»Um das nochmal klarzustellen: Sollten Sie sich an meine Tochter ranmachen, werde ich Ihre Eier sechskant schleifen!«

Das ist doch mal wieder typisch. Er macht sich nur Sorgen um seinen Ruf oder sein Geld, aber nicht um mich als Person.

»Ich habe Sie verstanden, Sir.« Dann legt er auf.

Natürlich kuscht er vor meinem Vater. Jeder tut das.

Nicholas wendet sich wieder an mich und hält seine Hand auf.

Fragend sehe ich ihn an. »Was?«

»Gib mir dein Smartphone.«

»Geht es wirklich nicht anders? Mein Ex ist nervig, aber harmlos.«

»Man kann sich nie hundertprozentig sicher sein.«

Ich seufze. »Wenn es denn sein muss. Aber du rufst gleich Mr. Higgins an, dass er es abholt und das noch am besten vor dem nächsten Regen. Er soll das sofort machen. Das Teil war nicht billig. Er soll es in mein Apartment bringen.« Ich lege mein Smartphone rechts neben die Tür. »Oder ich bringe es selbst dorthin. Ich muss noch ein paar Sachen von dort holen: Toilettenartikel, meine Haarbürste, mein Notizbuch und ein paar Klamotten.«

»Das geht leider nicht. Sie lauern uns dort bestimmt auf, weil sie damit rechnen, dass du dort vorbeischaust. Wir werden uns unterwegs beschaffen, was wir benötigen.« Nicholas ruft Mr. Higgins an und gibt ihm Bescheid, dass er mein Smartphone hier oben abholen soll.

Ich frage mich, warum dieser Typ so paranoid ist. Er ist wie besessen von meiner Sicherheit, dabei bedeute ich ihm nichts. Der Job ist wohl alles für ihn. Wobei ich sagen muss, dass mir selbst der Schreck ganz schön in die Glieder gefahren ist. Wahrscheinlich hat er recht: Lieber zu vorsichtig sein als tot.

Ich rufe Eileen kurz an, die sich dazu bereiterklärt, sich um meine Anrufe und um die Pressearbeit zu kümmern. Auf sie ist eben Verlass. Was würde ich nur ohne sie machen?

Ich rufe die Telefon-App auf. »Verflixt, wie geht das nur mit der Weiterleitung?«

»Verwende die GSM-Steuerungscodes. Damit

sparst du dir die lästigen Einstellungen. Drücke zweimal Stern, dann die einundzwanzig und nochmal Stern, gib die Handynummer ein, an die du weiterleiten willst, beende die Eingabe mit einer Raute und gehe dann auf anrufen.«

»Das ist doch die Zahl der Illuminaten?«, frage ich spaßeshalber.

Er lacht. »Nein, das wäre die dreiundzwanzig.«

»Und das funktioniert wirklich?«

Er reicht mir sein Smartphone. »Ruf dich selbst an.«

Ich nehme es entgegen und rufe mich selbst an. Tatsächlich komme ich bei Eileen raus, der ich sogleich erkläre, dass es ein Test-Anruf ist. Ich wünsche ihr einen guten Abend und versichere ihr, dass sie sich keine Sorgen um mich machen muss. Ich sage ihr noch, dass ich sie lieb habe, und beende das Gespräch.

»Und wie entferne ich die Anrufweiterleitung wieder?«

»Mit zweimal Raute einundzwanzig Raute. Und danach wieder auf anrufen tippen.«

»Lernt man das auf der Bodyguard-Schule?«, frage ich.

»Nein, aber das wird häufiger in meinem Job gebraucht, da ich stets darauf bestehe, die Smartphones zurückzulassen. Schließlich kann man diese auf verschiedene Weise tracken, was auch häufiger vorkommt.«

»Müssen wir wirklich mit dem Ding fliegen?«, frage ich.

»Damit kann er unseren Weg nicht zurückverfolgen. Ich glaube kaum, dass der Attentäter ebenfalls einen Helikopter startklar hat und falls doch, würde das auffallen. Du hast doch hoffentlich keine Flugangst? Du darfst auf den Co-Pilotensitz, wenn du möchtest.«

»Nein, ich bin nur noch nie mit diesen Dingern geflogen. Mit Delta Airlines ist es vermutlich nicht zu vergleichen.« Ich steige ein, setze mich auf den Co-Pilotensitz und lege meinen Sicherheitsgurt an.

Nicholas schließt die Tür des Helikopters. Als er sich über mich beugt, um mir einen Kopfhörer mit Headset aufzusetzen, dringt sein herbmännlicher Duft in meine Nase. Ich frage mich, ob dieser von einem Eau de Toilette, einer Seife oder ihm selbst stammt. Sein muskulöser Unterarm streift meine Schulter, und sein Blick bohrt sich kurz in meinen. Dieses helle Blau wird mich wohl immer irritieren. Es ist, als könnte er in meine Seele blicken.

»Und wo ist der Pilot?«, frage ich, da ich weiß, dass mein Vater so jemanden beschäftigt.

»Ich habe einen Pilotenschein. Aber keine Sorge, der Pilot deines Vaters fliegt auch mit.«

Tatsächlich sehe ich den grauhaarigen Mr. Jameson auf uns zukommen. »Es tut mir leid, dass ich mich ein wenig verspätet habe«, sagt er und steigt hinten ein.

Nicholas setzt sich ebenfalls einen Kopfhörer mit Headset auf, legt seinen Sicherheitsgurt an, betätigt einige Tasten und gibt einen kurzen Funkspruch an den New Yorker Flughafen durch, der ja nicht so weit von hier entfernt liegt. Nachdem diese ihm ihr OK gegeben haben, startet er den Motor und der Helikopter steigt auf.

Das Gefühl ist ähnlich wie in einem Aufzug. Für einen Moment rutscht mir der Magen in die Füße. Bald wirken die Häuser unter uns winzig klein. Die Aussicht ist einfach grandios. Die vielen Lichter der Stadt und die atemberaubende Skyline New Yorks sind immer wieder einen Blick wert.

»Siehst du überhaupt genügend in dieser Dunkelheit?«, frage ich besorgt.

»Ich werde mich wohl auf die Geräte verlassen müssen.«

»Wohin fliegen wir überhaupt?«, frage ich, als eine Böe oder irgendwas anderes den Helikopter kurz durchschüttelt und mir ein flaues Gefühl im Magen bereitet.

»Erst mal in Richtung Virginia. Dann sehen wir weiter.«

Ich verdrehe die Augen. »Hört sich toll an.« Ich hoffe nur, dass dieser Albtraum bald ein Ende hat und ich mein gewohntes Leben wieder aufnehmen kann. Im letzten halben Jahr hatte ich mich ziemlich zurückgezogen, was ungewöhnlich für mich ist. Aber ich hatte den Verlust meiner großen Liebe Steve verarbeiten müssen. Dass er ständig aufkreuzt, wenn ich ausgehen will, macht es nicht einfacher, über ihn hinwegzukommen. Vielleicht ist es zumindest in dieser Hinsicht gut, wenn ich New York für eine Weile den Rücken kehre.

Ich hoffe nur, meine Geschäfte können auch mal eine Weile ohne mich laufen. Klar habe ich ein paar Freundinnen, die mich unterstützen, aber man weiß ja nie, was passieren kann, wenn man nicht da ist. Aber wenn ich tot bin, kann ich auch nicht für meine Geschäfte da sein.

Ob vielleicht die Konkurrenz hinter den Anschlägen steckt? Ich bin noch keine ernsthafte Konkurrenz für sie. Andererseits gibt es schon ein paar von ihnen, die verhindern wollen, dass ich Erfolg habe, und mich überall schlecht machen. Aber so weit würden die dann doch nicht gehen.

»Mein Vater weiß ja, wohin du mich verschleppst?«, frage ich.

»Ich werde ihn auf dem Laufenden halten, aber den genauen Ort nicht preisgeben für den Fall, dass wir abgehört werden.«

»Habe ich dir schon gesagt, dass du paranoid bist?«

Er lacht. »Ständig.«

Mein Magen fühlt sich ganz komisch an. »Nicholas, ich glaube, mir wird schlecht.«

»Wir hängen mitten im Luftraum über New York. Ich kann dir im Moment nicht helfen. Hier kann ich nicht landen. Schau mal, ob du im Handschuhfach eine Tüte findest.« Sein Blick gleitet kurz über mich. Ich erkenne Besorgnis darin.

Ich öffne das Handschuhfach, finde aber leider nichts darin, was mir helfen könnte. Ich versuche, mich abzulenken, aber die Übelkeit will nicht weichen.

Es kommt alles ganz plötzlich. Ehe ich mich versehe, habe ich mein Versace-Kleid und einen Teil des dunkelblauen Sitzes vollgekotzt. Mein Vater wird toben, aber das ist mir in diesem Moment egal.

Zumindest fühle ich mich jetzt besser, auch wenn mein Kleid wohl hinüber ist und ich wie eine Mülltonne rieche. Na wunderbar.

»Mein Vater wird mich dafür umbringen«, sage ich.

»Das wird er nicht tun und wenn, dann werde ich es verhindern.«

»Kann ich hier ein Fenster öffnen?«

»Das kleine Schiebefenster dort oben.«

Ich lehne mich vor, um das Fenster zu erreichen. Der Wind, der sofort eindringt, ist unangenehm, daher schließe ich es gleich wieder.

»Lieber erstinken als erfrieren.«

Nicholas lacht. »Ja, die Frühlingsnächte sind noch nicht besonders warm. Erkälte dich nicht. Ich werde schauen, dass ich uns bald ein Hotelzimmer auftreibe, in dem du duschen kannst. Und wir werden dir ein paar neue Sachen besorgen.«

»Wir haben keine Reservierung? Auch nicht vorsorglich?«, frage ich. Er hat immerhin Geld wie Heu und eine kleine Stornogebühr dürfte ihn nicht verschrecken. Zu späterer Stunde noch irgendwo ein Hotelzimmer zu finden ist nicht unbedingt leicht.

Er schüttelt den Kopf. »Das hielt dein Vater nicht für nötig.«

»Natürlich nicht.«

»Er hält viel von Improvisationen und sagt, ich sei fortan für dich verantwortlich.«

Ich presse meine Lippen zusammen. »Warum überrascht mich das nicht? Er hat die Verantwortung für mich schon immer gern an andere abgeschoben, an die Nanny, die Köchin, den Chauffeur, den Gärtner oder den Penner um die Ecke, der sich zu uns verlaufen hat.« Wenn ich heute Nacht in einer Scheune übernachten muss, werde ich aber sauer.

Nicholas' Blick huscht zu mir. Ich sehe, dass er die Stirn runzelt.

»Das war ironisch gemeint. Zumindest das Letzte. Das andere ist wahr«, sage ich.

»Du hältst also nicht viel von deinem Vater.«

»Das ist das Understatement des Jahres. Lass uns nicht über ihn reden. Ich will mir nicht noch mehr den Tag versauen. Ich muss Joe anrufen und ihn fragen, wie es weiter gelaufen ist.« Ich will schon nach meiner Handtasche greifen, die knapp meiner Kotzattacke entkommen ist, da fällt mir ein, dass ich mein Smartphone habe zurücklassen müssen. »Na toll. Ich kann ihn nicht anrufen, weil ich seine Handynummer weder auswendig kenne noch aufgeschrieben habe. Überhaupt habe ich nur wenige davon im Kopf.«

Normalerweise brauche ich die auch nicht auswendig zu wissen. Wozu kann man sie im Smartphone einspeichern? Ich hätte wirklich daran denken können. Ärgerlich über mich selbst starre ich aus dem Seitenfenster.

Der Tag ist wirklich im Arsch. Für mich ist er gelaufen. Ich will nur noch ins Bett und schlafen. Zuvor will ich natürlich gründlich duschen und meine Haare waschen.

Das nächste Mal nehme ich ein Mittel gegen Übelkeit mit. Falls es ein nächstes Mal geben wird ... Ich reiße mich nämlich nicht darum, mit einem Helikopter durch die Gegend geschaukelt zu werden.

Ich vernehme ein leichtes Klopfen. Als ich an die Scheiben schaue, sehe ich, dass es anfängt zu regnen. Auch das noch.

»Ist es gefährlich, während es regnet zu fliegen?«, frage ich.

»Nein, solange das Wetter so bleibt, wie es ist, nicht. Sie haben kein Unwetter gemeldet.«

Ich schnaube. »Als würden die Wettervorhersagen immer stimmen. Da kann ich ja gleich in eine Glaskugel schauen.«

Kapitel 7

Ich bin froh, als Nicholas mit dem Helikopter irgendwo landet und der Regen aufgehört hat. Gleich werde ich wieder festen Boden unter den Füßen haben.

Als wir aussteigen, bin ich allerdings nicht mehr so gut drauf. »Wo zur Hölle sind wir hier? In Amish County? Wir sind ja in der totalen Einöde. Das sieht ja aus wie ein gottverdammter Acker.«

»Anweisung deines Vaters. Ich sollte außerhalb der Städte ein gutes Stück von New York entfernt landen, wo dich nicht jeder kennt. Vor allem mit diesem Fetzen, den du trägst, fällst du überall auf. Wir werden dir ein paar neue Klamotten besorgen müssen«, sagt er, während er auf seinem Smartphone herumtippt.

»Aber wie …«

»Keine Sorge, dein Vater hat mir deine Kleidergröße genannt und die Schuhgröße auch«, sagt er mit einem Blick auf meine schlammigen Pumps.

Woher weiß mein Vater meine Kleidergröße? Vermutlich vom Hausmädchen, der Verräterin. Zuhause werde ich offenbar noch schlimmer beobachtet als in der Öffentlichkeit. Manchmal wünsche ich mir, eine ganz normale junge Frau zu sein und einfach mein Leben leben zu können, ohne dass man mich ständig beobachtet, fotografiert und sich über mich das Maul zerreißt.

Ich werde mit dem Dumme-Blondinen-Klischee und dem Tochter-von-Beruf-Vorurteil abgestempelt, bevor man überhaupt versucht, mich kennenzulernen. Wie kann man so etwas überhaupt jemals entkommen? Teilweise bin ich ja selbst schuld wegen meiner Partys, als ich noch jünger war, aber damit ist seit Steve Schluss. Zumindest vorerst.

Ich weiß nicht, ob ich nochmals zu dieser Art zu leben zurückkehre, aber ich weiß, dass ich etwas ändern muss.

»Also gut, aber wenn du mir was Schreckliches kaufst, musst du es umtauschen«, sage ich.

»Natürlich. Aber Markenklamotten sind jetzt nicht drin.«

Ich nicke. »Ja, klar, ich soll ja nicht auffallen. Ist dir eigentlich klar, dass ich mit Kaufhauskleidung noch mehr auffallen werde? Wenn jemand herausfindet, dass Tabitha Alyssa Maynard Sachen von Woolworth trägt, ist der Skandal groß. Ich will doch ins Modebusiness einsteigen. Da kann ich nicht mit einer geblümten Kittelschürze aus Plastik rumrennen.«

Nicholas lacht laut los. Sein Lachen ist tief und verdammt männlich. Er schüttelt den Kopf. »Geblümte Kittelschürzen aus Plastik? Und dazu vermutlich noch gelbe Gummistiefel und Lockenwickler. Kein Problem. Das beschaffe ich dir.«

»Haha, ist ja schön, wenn das einer von uns lustig findet.«

»Du wirst es nicht glauben, aber ich habe keinen so schlechten Geschmack.«

»Das werden wir ja noch sehen. Ich habe Hunger. Ist da nicht irgendwo ein Restaurant in der Nähe?« Ich erinnere mich an meinen derangierten Zustand. »Vergiss das Restaurant. Gibt es hier irgendwo einen Drive-In?«

Ich werde wohl in den sauren Apfel beißen müssen und einen der Fastfood-Fresstempel aufsuchen.

Nicholas grinst mich an. »Seit wann kaufst du bei Drive-Ins? Ist das nicht unter deiner Würde?«

»Seit mein Vater mich von einem Neandertaler-Bodyguard in einem Hubschrauber in die Einöde verschleppen lassen hat, sodass ich mich übergeben musste und nun aussehe und rieche wie eine Mülltonne. Und ja, auch ich muss kotzen wie ein normaler Mensch, wenn man fliegt wie ein Henker.«

»Ich bin ganz normal geflogen.«

»Haha, wers glaubt.«

»Laut meinem Smartphone-Navi ist hier in der Nähe ein Sonic Drive-In. Da könnten wir hinlaufen. Sind nur anderthalb Kilometer«, sagt Nicholas.

»Anderthalb Kilometer laufen? Du hast sie doch nicht mehr alle.«

»Ich kann dich auch über meine Schulter werfen und tragen. Oder ich lasse dich hier und komme mit dem Essen zurück. Aber es wäre besser, du kommst mit, wenn du nicht in der Wildnis übernachten willst.«

»Wenn es denn sein muss.« Ich gehe ein paar Schritte und versinke mit meinen hochhackigen Schuhen prompt im Schlamm. »Meine Prada-Schuhe! Verdammt. Die sind jetzt im Arsch.« Wie gedankenlos von mir. Ich hätte sie zuvor ausziehen sollen, aber wenn ich barfuß auf dem kühlen, nassen Boden herumlaufe, hole ich mir gleich einen Schnupfen.

»Ich wusste gar nicht, dass du wie ein Trucker fluchen kannst.«

»Das kann ich, wenn sich gerade Achthundert-Dollar-Schuhe verabschiedet haben.« Wie soll ich die nur ersetzen? Am besten gar nicht. Durch die Finanzierung meiner Nagellack-Kollektion bin ich derzeit völlig abgebrannt.

Nicholas pfeift sich durch die Zähne. »Bei dem Preis sollte man erwarten, dass sie wasserdicht sind.«

Wider Willen muss ich lachen. »Du bist ein Idiot.«

»Und du eine verwöhnte Zicke.«

»Bist du jetzt fertig?«

»Du?«

»Nein. Um das nochmal klarzustellen: Wenn du mir wirklich eine Kittelschürze besorgst, bring ich dich um.«

»Alles klar. Tue, was du nicht lassen kannst.« Er

grinst verschmitzt und marschiert los.

Ich komme kaum hinterher. »He, warte. Ich kann so nicht mit meinen hohen Absätzen laufen.«

Nicholas läuft daraufhin langsamer, sodass ich hinterherkomme. »Das war der sicherste Landeplatz hier in der Gegend. Außerdem erfährt so niemand, wo du dich aufhältst.«

»Natürlich. Weil es ja überhaupt nicht auffällig ist, wenn ein roter Helikopter irgendwo auf dem Acker rumsteht. Ist ja völlig alltäglich. Das erscheint mir alles reichlich kurzfristig überlegt von meinem Vater.« Wie einfach alles, was mit mir zu tun hat … Vermutlich verschwendet er sonst keinen Gedanken an mich und wenn, dann kommt solch eine Katastrophe dabei raus.

»Stimmt, er hat das alles sehr kurzfristig geplant. Mr. Jameson fliegt den Helikopter weg, sobald wir weit genug weg sind. Es wird sich um alles gekümmert.«

»Ja, außer, dass ich hier nicht laufen kann und aussehe wie die Sau. Es ist offenbar nicht so wichtig, ob ich mir hier den Hals breche.«

Nicholas dreht sich zu mir um. Ich erwarte, dass er mich anraunzt, aber zu meiner Überraschung sehe ich kurz Mitgefühl in seinem Blick aufflackern. Er kommt auf mich zu und hebt mich auf seine Arme, als würde ich nichts wiegen.

Ich spüre die harten Muskeln seiner Arme an meinen Beinen und seine Brustmuskeln an meiner Seite.

Hat dieser Typ noch ein Leben außerhalb der Steroidenscheune?

»Wie viele Steroide schmeißt du dir eigentlich so?«, frage ich, bevor ich überlegen kann, dass das keine so nette Frage ist.

»Gar keine. Und wenn du weiterhin solche Fragen stellst, kannst du gerne selbst laufen und dir dabei hoffentlich ein paar Muskeln aufbauen. Du bist so dürr, dass dich der leichteste Windhauch umwehen kann.«

»Danke fürs Kompliment. Ich dachte, Männer stehen auf möglichst schlanke Frauen.«

»Nicht jeder von uns steht auf Gerippe. Da zieht man sich im Bett nur blaue Flecken zu.«

Ich schlage gegen seine Brust. »Du verdammter Neandertaler.«

»Das habe ich nur gesagt, um dich zu ärgern.«

»Du hast keine Manieren.«

»Du auch erstaunlich wenige, was überrascht. Bei deiner Kinderstube erwartet man was anderes.«

»Als hätte mein Vater so gute Manieren.«

»Die hat er.«

»Ja, oberflächlich gesehen schon, aber er besitzt keine Moral in geschäftlichen Dingen.«

»Das kann ich schlecht beurteilen. So gut kenne ich deinen Vater nicht. Und ihn in dieser Hinsicht zu beurteilen ist nicht meine Aufgabe.«

»Jetzt hörst du dich schon an wie einer seiner Unternehmensklone.«

»Unternehmensklone?«

»Na, seine ganzen Anzugtypen, die nachbeten, was er ihnen vorgibt.«

»Erstens bin ich kein Unternehmensklon und zweitens werde ich mir das selbständige Denken nie abgewöhnen.«

»Das ist überraschend für einen Neandertaler.«

»Weib, willst du unbedingt noch auf deinem süßen Hintern im Dreck landen? Dann mach nur weiter so.

»Aha, jetzt habe ich also einen süßen Hintern. Zuvor war er noch mager. Sind das nicht sexuelle Anspielungen? Ich bin zufällig die Tochter deines Chefs.«

»Die sind mir so rausgerutscht. Auch für mich war es ein harter Tag.«

»Hättest du mich wirklich mit dem Hintern im Dreck landen lassen?«

»Willst du es unbedingt herausfinden?«

»Nein, nicht wirklich.«

Eigentlich lässt es sich so aushalten. Im Gegensatz zu mir riecht Nicholas gut. Nicht nur gut, sondern herrlich. Gerade noch rechtzeitig kann ich den Impuls unterdrücken, ihn nach seinem Eau de Toilette zu fragen. Falls Neandertaler wie er überhaupt so etwas verwenden. Vielleicht hat er es ja von seiner Mutter zu Weihnachten geschenkt bekommen, in einem verzweifelten Versuch, ihn zu zivilisieren.

Jedenfalls fühlt er sich verdammt gut an. Ich erwische mich dabei, wie ich mich an seine breite Brust kuschle, soweit es das schmutzige Kleid zulässt, aber glücklicherweise habe ich vor allem meine andere Seite getroffen. Irgendwie fühle ich mich dabei geborgen und sicher und das mitten in der Einöde.

Tatsächlich schält sich plötzlich eine Kleinstadt aus der Finsternis. Ich kann eine Tankstelle erkennen, einen Lebensmittelladen und einen Drive-in.

»Den Lebensmittelladen würde ich bevorzugen«, sage ich.

»Ich würde was Warmes zu Essen bevorzugen.«

»Na gut, aber ohne Gluten und Zucker.«

Zwar habe ich keine Zöliakie, aber nichtzöliakische Glutenunverträglichkeit. Die ist zwar nicht so schlimm wie Zöliakie, aber seit ich auf Gluten verzichte, habe ich keinen Brainfog mehr und deutlich an Gewicht verloren.

»Ich werde mein Bestes geben, kann aber nichts versprechen.«

Nicholas setzt mich an der Ecke ab. »Du wartest hier auf mich. Wenn dich jemand anmacht, schreie und ich bin sofort bei dir.«

»Denkst du, das ist so eine zwielichtige Gegend?«

»Es hält sich in Grenzen. Ich war schon in schlimmeren Gegenden.«

»Wie beruhigend.«

Als Nicholas in den Sonic Drive-In reinmarschiert, versuche ich, einen Blick hinein zu erhaschen. Übermäßig voll scheint er nicht zu sein, aber von hier aus kann ich nicht den gesamten Laden überblicken. Ich habe keine Ahnung, welche Zeit wir haben, da ich diese immer auf meinem Smartphone nachschaue. Eine Armbanduhr trage ich heute nicht. Shit, ich bin wirklich vollkommen auf Nicholas angewiesen. Na ja, nicht ganz. Ich habe noch meine Kreditkarte. Im Notfall käme ich auch ohne ihn hier weg.

Nach wenigen Minuten kehrt Nicholas zu mir zurück. »Das ist Hamburgerfleisch mit Pommes, Salat, Käse, Tomaten und Gurken. Und ein Becher Wasser. Du isst doch Pommes und Fleisch?«

»Ja, danke.«

Wir setzen uns im Dunkeln auf eine Holzbank, die hier irgendwo rumsteht, und essen. Ich verschlinge das Zeug regelrecht, auch wenn es natürlich kein Gourmet-Menü ist und vermutlich Weizen ins Fleisch reingemogelt wurde. Nicholas isst irgendeinen Burger mit Pommes.

Während ich esse, sehe ich ihn von der Seite her an. Wie schnell doch mein Leben aus den Fugen geraten ist. Gestern um diese Zeit saß ich gemütlich auf meinem Sofa und habe gelesen. Heute hat es mich mit meinem neuen Bodyguard in die Einöde verschlagen.

Nachdem ich mit dem Essen fertig bin, drückt meine Blase. Als ich in den Sonic Drive-In marschieren will, hält Nicholas mich auf. »Du weißt doch, dass du dich nicht in der Öffentlichkeit zeigen sollst. Zumindest nicht in diesem Aufzug. Wenn die Presse weiß, wo du bist, erfahren das auch die Attentäter. Der Eingangsbereich des Drive-Ins ist einfach zu hell beleuchtet.«

»Aber das Klo ist im Vorderraum. Wenn ich schnell bin, sieht mich niemand.«

»Da sind zu viele Leute drin. Ich werde dir den Schlüssel vom Tankstellenklo beschaffen. Ich habe gesehen, dass das außerhalb liegt, und dort ist es ziemlich dunkel.«

»Wenn es denn sein muss. Aber beeil dich.«

Nicholas und ich laufen zur Tankstelle. Nach einer kurzen Diskussion und einem Trinkgeld bekommt er tatsächlich einen Schlüssel ausgehändigt, den er mir überreicht, als er das Gebäude wieder verlassen hat.

Ich eile in die Toilette und schließe hinter mir ab. Als ich mich umsehe, kommt mir der Gedanke, ob es nicht besser gewesen wäre, hinter einem Busch zu verschwinden. Natürlich setze ich mich hier nicht hin. Da hole ich mir noch die Pest und die Cholera.

Man traut sich hier ja nicht, sich die Hände zu waschen, weil sie anschließend schmutziger sind als zuvor. Außerdem sind keine Papierhandtücher mehr vorhanden und die beiden Stoffhandtücher sehen aus, als hätte jemand damit sein Auto sauber gemacht. Ich werde einfach später im Hotel duschen. Da werden die Hände auch sauber.

Es muss sich wohl auf meinem Gesicht zeigen, wie angewidert ich bin, denn als ich die Toilette verlasse, sieht mich Nicholas besorgt an. »Ist alles in Ordnung, Kleines?«

Ich überreiche ihm den Schlüssel. »Da drin hat seit

Bill Clintons Zeiten niemand mehr sauber gemacht.« Ich schüttle mich, wenn ich nur daran denke.

»Tut mir leid. Das wusste ich nicht. Ich habe uns ein Zimmer für die Nacht beschafft.«

Ein Zimmer für die Nacht ... Eine Dusche und ein warmes Bett sind genau das, was ich jetzt brauche.

Nicholas gibt den Schlüssel wieder in der Tankstelle ab, deren Toilette ich hoffentlich nie mehr wiedersehen werde.

Wir marschieren in die Richtung, die Nicholas' Navi vorgibt. Meine Füße tun inzwischen weh.

»Sind wir bald da?«, frage ich.

Er nickt. »Nur noch ein paar Meter.«

»Ich sehe aber kein Hotel.«

»Wer sagt denn etwas von einem Hotel? Das hier ist ein vollautomatisches Motel. Kein grummeliger Portier und keine neugierigen Zimmerfrauen, also keiner, der dich sehen könnte, außer vielleicht die Typen von nebenan, aber das lässt sich umgehen, wenn man vorsichtig ist.«

Ich erschaudere. »Und keiner, der sauber macht. Dafür aber Prostituierte und Drogendealer, die sich an solchen Orten tummeln.«

»Wir werden es sehen.«

»Und schäferhundgroße Kakerlaken.«

Nicholas grinst amüsiert. »Nun seh nicht gleich alles so schwarz. Ich habe uns online ein Zimmer reserviert.«

Das hat er also getan, als er kurz nach der Landung

auf seinem Smartphone rumgetippt hatte.

Als wir näher kommen, kann ich endlich das Gebäude erkennen. Es sieht, wie ich befürchtet habe, etwas heruntergekommen aus. Es ist zweistöckig und dürfte ungefähr zwölf Zimmer ebenerdig an dieser Seite haben. Vor dem Gebäude befinden sich Parkplätze, die fast alle voll sind.

»Bevor wir morgen weiterreisen, solltest du mir eine Perücke und eine große Sonnenbrille beschaffen. Am besten in einem kühlen Braunton, sonst sehe ich aus wie eine Leiche. Ich hatte mal eine in Rot. Grauenhaft hat das an mir ausgesehen, sage ich dir.«

»Ich weiß nicht, ob ich hier eine Perücke herkriege, aber einen Hut oder sowas bestimmt.«

Nicholas geht zur Lockbox, gibt dort einen Code ein und erhält dafür eine Karte. Er reicht mir seine Hand, die ich nehme. Bei der Berührung durchfährt mich ein Kribbeln.

Wir steigen die kleine Treppe hinauf. Er öffnet die Tür und lässt mir den Vortritt. »Willkommen in Suite Nummer sieben.«

»Warum die sieben? Hättest du nicht lieber eine der Suites am Rand aussuchen können?«

»Was heißt aussuchen? Die Zuweisung der Räume übernimmt das automatische Reservierungssystem.«

Das ist also eine der Unterkünfte der Marke *»Service ist für uns kein Thema. Es gibt keinen«*. Dafür gibt es vermutlich Bettwanzen und andere Scheußlichkeiten gratis.

Nicholas schließt hinter mir die Tür, während ich mich umsehe und auch einen Blick ins Bad wage. Es ist weniger schmutzig, als ich befürchtet habe. Zumindest ist es deutlich sauberer als die Toilette der Tankstelle. Aber das ist ja auch nicht schwer ...

Ich setze mich auf das breite Doppelbett. Weich ist es ja und es müffelt nicht. So müde, wie ich bin, und vor allem so, wie ich selbst rieche, würde ich das wohl auch kaum merken. Zwar ist es noch nicht so spät, aber der Vorfall heute Abend hat mich doch sehr geschafft.

Was wäre, wenn mir der Typ in den Kopf geschossen hätte? Ganz klar habe ich die Gefahr unterschätzt. Ich hatte nicht mal eingesehen, dass für mich eine Gefahr bestehen könnte. Ich war leichtsinnig gewesen.

Trotzdem bereue ich es nicht, bei der Benefizveranstaltung anwesend gewesen zu sein. Ich konnte Joe Denver einfach nicht hängenlassen, nicht nach dem, was mein Vater ihm angetan hat.

Moment, ich sitze auf einem *Doppelbett*? Sofort bin ich wieder hellwach. Ich muss wirklich schon halb weggetreten gewesen sein, um das nicht sofort zu bemerken.

Wenn dieser Neandertaler denkt, ich schlafe mit ihm im selben Bett, so hat er sich geschnitten. Der kann meinetwegen in der Dusche pennen, aber nicht mit mir im selben Bett. Wo kommen wir denn da noch hin?

Wütend blitze ich ihn an. »Wenn du denkst, ich

schlafe in diesem Bett mit dir …«

Er unterbricht mich. »Reg dich ab. Wir duschen hier nur und ziehen uns um. Dann müssen wir weiter, denn irgendjemandem ist unser Helikopter mit Sicherheit aufgefallen.«

Zu früh gefreut. Dabei hätte ich sogar hier geschlafen, weil ich einfach nur müde und erschöpft bin.

Ich schnaube abfällig. »Das habe ich doch gesagt. Aber ich bin müde. Niemand wird glauben, dass ich in einer solchen Absteige übernachte. Ich glaube es ja selbst nicht.«

»Wir fahren weiter. Aber zuerst duschen wir und ziehen uns um. Es gibt nur eines, das auffälliger ist als ein Versace-Kleid: ein vollgekotztes Versace-Kleid.«

Wie nett von ihm, mich auf meinen derangierten Zustand aufmerksam zu machen. »Das nächste Mal kotze ich *dich* voll. Deine Klamotten sind günstiger. Ich hielt es nur für unhöflich, den Piloten vollzukotzen, und vor allem erschien es mir ungesund, dies während des Fluges zu tun.« Am Ende wären wir noch abgestürzt. Dann hätte ich jetzt weitaus größere Probleme als ein zerstörtes Kleid. Oder ich hätte gar keine Probleme mehr.

Nicholas grinst. »Du bist wirklich schlimm.«

»Bereust du es, diesen Auftrag angenommen zu haben?«

Sein Blick wird intensiver. Jetzt kommt es. Jetzt wird er sagen, dass er am liebsten eine Zeitmaschine hätte, um alles rückgängig machen zu können, weil ich einfach nur eine nervige Zicke für ihn bin. Doch er überrascht mich, indem er mit dem Kopf schüttelt. »Nein, denn dann wärst du womöglich tot.«

»Aber du würdest es nicht mal wissen.«

»Ich würde es bedauern.«

»Das kann ich dir nicht glauben. Du kennst mich nicht mal, und nach dem, was die Zeitungen über mich schreiben, kann man nicht gehen. Der Presse zufolge bin ich eine durchgeknallte, verwöhnte Party-Göre, die mehr Handtaschen als Gehirnzellen besitzt.« Nicht dass ich wirklich sooo viele Handtaschen besitzen würde ...

Sein Blick hält meinen gefangen. »Was die über dich schreiben, spielt für mich keine Rolle. Ich sehe eine junge, verletzliche Frau, die sich hinter einer oberflächlichen, sarkastischen Fassade versteckt. Du bist weit mehr als das, was man über dich sagt. Sonst hättest du das alles nicht für Joe Denver getan und damit riskiert, bei deinem Vater in Ungnade zu fallen.«

Ich winke ab. »Das habe ich nur gemacht, um meinem Vater eins auszuwischen.«

»Du hast es getan, um ein Unrecht, das er getan hat, wiedergutzumachen.«

Ich starre Nicholas an, während meine Kinnlade nach unten klappt. Steht da zum ersten Mal ein Mann vor mir, der nicht nur die glitzernde Fassade sieht, sondern mich, die Frau, die ich wirklich bin?

»Du wolltest mir ein Prepaidkarten-Smartphone

besorgen«, sage ich.

»Das werde ich tun.«

»Aber was ist, wenn die Attentäter mich hier aufspüren, während du weg bist? Ich sollte mitgehen.«

Nicholas zieht eine Pistole aus seinem Jackett. »Wenn jemand durch diese Tür tritt, zielst du auf ihn und drückst auf den Abzug. Das hier ist die Sicherung. Ich werde sie für dich entfernen. Schieß dir nicht in den Fuß.«

»Danke für den Hinweis. Darauf wäre ich gerade selbst noch gekommen. Haha, sehr witzig.« Ich hasse es, wenn man auf meine Kosten Scherze macht. Vorsichtig lege ich die Waffe auf das Nachttischschränkchen.

»Ich wollte mich nicht über dich lustig machen, aber es ist schon vorgekommen, dass mit Waffen Ungeübte sich selbst damit verletzt haben. Also sei vorsichtig.«

»Bring mir bitte auch ein Haargummi, einen Föhn, Duschgel, Shampoo, Spülung, ein Handtuch und eine Sonnenbrille mit. Und beeil dich. Nicht, dass man mich hier findet.« Seine Paranoia scheint ansteckend zu sein ...

»Mach ich. Es ist sehr unwahrscheinlich, dass dich jemand so schnell hier findet. Ich beeile mich, so schnell wie möglich wieder bei dir zu sein.« Nicholas öffnet die Tür und tritt hindurch.

»Okay. Aber besorge keine zu ramschigen Klamotten.«

»Ich werde keine Altkleider-Tonne ausrauben, falls es das ist, was du befürchtest«, sagt er lachend und schlägt hinter sich die Tür zu.

Die Vorstellung von Nicholas, wie er in einer Altkleider-Tonne herumwühlt, belustigt mich so, dass ich auch lachen muss.

Kapitel 8

Ich bin froh, dass Nicholas tatsächlich nicht lange weg ist. Er kommt mit zwei Einkaufstüten beladen zurück. Eine davon drückt er mir in die Hand. »Das sind deine Sachen.«

»Danke. Ich wasch mich dann schon mal.« Ich bin verdammt froh, endlich aus den müffelnden Sachen rauszukommen. Heimwärts nehmen wir dann hoffentlich ein Flugzeug, denn das Helikopter-Abenteuer möchte ich nicht unbedingt wiederholen.

Im Bad befinden sich zwar zwei Handtücher, aber die sehen aus wie Putzlumpen. Als hätte sich jemand die Hände befeuchtet und den Dreck drangeschmiert. Jedenfalls bin ich froh, dass Nicholas welche gekauft hat.

Rasch dusche ich mich und wasche mein Haar. Zwar hat Nicholas nicht meine gewohnte Marke gekauft, sondern eines der üblichen Drogerieshampoos, aber zumindest hat er eine dazu passende Spülung erworben. Es riecht herrlich nach Brombeeren.

Er hat mir auch ein Deo mitgebracht, ein neutrales ohne Duft. Rasch trockne ich mich ab und nehme mir die Kleidung aus der Tüte. Sie enthält neben einfacher Baumwollunterwäsche, bestehend aus drei Sets mit jeweils einem einfachen weißen Bustier und einem dazu passenden Slip aus Baumwolle ein einfaches Baumwollkleid in Azurblau mit Dreiviertelärmeln und einem nicht zu tiefen U-Boot-Ausschnitt. Dasselbe Kleid hat er auch in einem schönen Flaschengrün erworben.

Da ich nicht gerade groß bin, reicht es mir bis über die Knie, aber es passt recht gut. Dazu hat er einfache schwarze Ballerinas gekauft, die sogar passen, ohne zu drücken.

Ich verlasse das Bad wieder und stopfe das zerstörte Kleid in den Müll. Mit Bedauern werfe ich meine Pumps hinterher. Die sind leider ebenfalls jenseits des Rettbaren. Dafür wird mein Vater bezahlen. Die haben zu meinen Lieblingsschuhen gehört. Aber das dürfte mein geringstes Problem sein. Ich bin froh, überhaupt noch am Leben zu sein.

Dann föhne ich mein Haar, das natürlich störrisch ist und in alle Richtungen fliegt. Es ist Billig-Shampoos aus Drogerien einfach nicht gewohnt.

»Du hättest mir ruhig etwas Make-up mitbringen können«, sage ich.

»Das ist nicht wichtig.«

»Da irrst du dich. Mascara ist überlebenswichtig.«

»Das wäre mir neu.« Nicholas betritt das Bad und

wenig später höre ich, wie er die Dusche anstellt.

Wenig später kommt er frisch geduscht mit feuchten Haaren und einem frischen Shirt anstelle des Hemdes und des Jacketts wieder raus. Offenbar hat er sich in der Kleidung nicht allzu wohl gefühlt oder sie hatte doch etwas abgekriegt. Die Jeans sieht jedenfalls noch ganz in Ordnung aus.

»Lass uns nun aufbrechen.«

»Du hast die Sonnenbrille für mich vergessen.«

»Ich habe eine gekauft. Die muss ich wohl zusammen mit dem Hut in meine Tüte gepackt haben, weil deine schon voll war. Jedenfalls kannst du sie bei der Dunkelheit ohnehin nicht tragen.«

»Tragen kann ich die schon, aber ob ich was damit sehe, ist wieder eine andere Sache. Und eine Hose wäre mir lieber gewesen als ein Kleid.«

»Eine Hose musst du eher anprobieren als ein Stretch-Kleid.«

»Auch wieder wahr.« Manche Hosen haben wirklich einen seltsamen Schnitt.

Wir verlassen das Stundenmotel wieder und laufen durch die Stadt, geführt von Nicholas' Smartphone-Navi.

Nach einer Weile erreichen wir eine Autovermietung. Ich warte draußen auf ihn, während er rasch den Deal abwickelt. Dann springe ich zu ihm in den silbergrauen Toyota RAV4.

»Wohin fahren wir?«, frage ich.

»Nach Osten.«

»Was für eine präzise Auskunft. Warum frage ich auch ... Gibst du meinem Vater eigentlich noch Updates darüber, wohin du mich verschleppst?«

»Die sind jetzt nicht mehr vorgesehen. Ich sage ihm nur dann und wann Bescheid, dass du OK bist. Er wird sich bei mir melden, sobald die Täter geschnappt wurden.«

Na klar, warum sollte mich das auch wundern? Als würde sich mein Vater wirklich für mich interessieren. Er wird seine Zeit gewiss nicht damit verschwenden, sich Updates von Nicholas über mich anzuhören.

»Und dann lässt du mich in seinem Auftrag verschwinden und ich erfahre kurz zuvor, dass die Attentate nur vorgetäuscht waren. Hauptsache, er ist mich los.« Meine Stimme klingt bitter.

»Du hast eine blühende Fantasie.«

»Ich will am liebsten wieder nach Hause. Mir behagt das alles nicht.«

»Glaube mir, hier ist es am sichersten für dich.«

Ich packe meine Tüte und meine Handtasche in den Kofferraum und setze mich auf den Beifahrersitz. Zumindest ist das Auto sauberer als das Motelzimmer, auch wenn es sich um ein älteres Modell handelt und jemand zuvor darin geraucht hat, denn es riecht leicht nach alter Asche.

»Ich hoffe, du kannst besser Auto fahren als Helikopter fliegen«, sage ich.

Nicholas schenkt mir einen grummeligen Seitenblick. »Das waren Böen und Turbulenzen. Da der Helikopter deines Vaters ein starres Rotorsystem hat, kann er so etwas schlechter ausgleichen als einer mit einem sogenannten Schaukelrotor. Ich frage mich, wo er dieses alte Teil aufgetrieben hat.«

Mein Vater und sein Sparwahn ... Einerseits will er unbedingt einen Helikopter besitzen, andererseits will er sparen, wo er nur kann. Es ist vermutlich ein Wunder, dass wir nicht abgestürzt sind.

»Was ist ein Schaukelrotor?«, frage ich.

»Die Rotorblätter sind beweglich am Helikopter angebracht. Sie bewegen sich auf einer Kreisebene und schneiden durch die sich bewegende Luftmasse. Bei einem Schaukelrotor kann sich ein Blatt absenken, wenn das gegenüberliegende angehoben wird.«

»Du magst Rap? Ich frage wegen deines Klingeltons.«

»Eigentlich nicht besonders. Ich habe den Song *X Gon' Give It to Ya* im Soundtrack von Deadpool gehört, und er ging mir einfach nicht mehr aus dem Kopf.«

Ich nicke. »Ja, der hat was. Das war während dieser epischen Kampfszene.«

Überrascht sieht Nicholas mich an. »Du magst Deadpool?«

»Ja, natürlich und ich werde eine der Ersten sein, die den zweiten Teil kauft.«

»Dann können wir dir ja ein nettes Kostümchen à la Deadpool schneidern. Damit wird dich garantiert keiner erkennen.«

Ich lache. »Ich weiß nicht, ob das so viel unauffälliger wäre.«

»Bisher habe ich immer Action- oder Science-Fiction-Filme ausgeliehen, wenn ich ein Date hatte, weil ich wusste, dass die Frau den Film nicht sehen will.«

Verwundert sehe ich ihn an. »Warum siehst du mit deinem Date einen Film an, von dem du weißt, dass sie ihn nicht mag?«

Nicholas schenkt mir ein Lächeln, das meine Unterhosen zum Schmelzen bringt. Allein für seinen Charme bräuchte dieser Bodyguard einen Waffenschein. »Weil ich hoffe, so zu mehr Sex zu kommen. Der Film ist für sie langweilig, also machen wir was anderes ...«

»Der Film ist also nur eine Ausrede?«

Er grinst breit. »Natürlich. Was hast du denn gedacht?«

»Ich mag Science Fiction und bin der totale Firefly-Fan.«

»Wow, wenn die Presse erfährt, dass du so ein Nerd bist, ist dein Image hinüber. Und was magst du nicht?« Er wackelt suggestiv mit den Augenbrauen.

»Willst du mich wohl flachlegen?«

»Ich will keine sechskant geschliffenen Eier.«

Ich lache. »Oho, der große, starke Bodyguard hat Angst vor meinem alten Vater.«

»Das habe ich nicht. Ich nehme meinen Job nur ernst, und der besagt, dass ich mich niemals mit Klientinnen einlasse. Um das zu wissen, brauche ich deinen Vater nicht.«

Erst flirtet er so schamlos mit mir und jetzt bringt er so einen Spruch. Natürlich will er nichts von mir. Er ist nicht mein Typ, und ich bin bestimmt nicht seiner. Wer weiß, auf welche Art von Frauen er steht.

Außerdem ist eine Beziehung ohnehin das Letzte, was ich jetzt bräuchte. Ich bin mir nicht mal sicher, ob ich wirklich hundertprozentig über Steve hinweg bin. Er war meine große Liebe gewesen.

Aber kann es überhaupt diese epische, wahre, große Liebe gewesen sein, wenn sie einseitig war? Wohl eher nicht, weil meine Liebe Steve überhaupt nichts bedeutet hat.

»Dann schaust du keine Liebesfilme?«, fragt er.

»Was denn? Deadpool ist doch ein Liebesfilm.«

»Das behaupten sie, aber ich bezweifle es irgendwie.«

»In den letzten Jahren wurden nur noch wenige romantische Komödien gedreht. Hollywood konzentriert sich derzeit auf High-Budget-Blockbuster.«

»So sind halt nun mal die Zeiten. In den Neunzigern gab es eine Flaute. Da wurden kaum High-Budget-Filme gedreht wegen der Rezession und der Box-Office-Flaute. Einige sagen, die vielen Raubkopien hätten das verursacht.«

Ich zucke mit den Achseln. »Das weiß ich nicht. Diese Zeit habe ich nicht miterlebt. Wie alt bist du?«

»Einunddreißig.«

»Na, dann warst du auch noch ziemlich jung, würde ich sagen. Woher weißt du das dann so genau?«

»Erstens kann man im Internet fast alles nachschlagen, und zweitens hatte mein Onkel Jimmy zu der Zeit eine Videothek. Er meinte, die krass überteuerten Leihlizenzen wären zum Teil schuld an der Piraterie gewesen. Sogar Videotheken gingen unter die Piraten und haben kopierte Filme verliehen, während das Original im Schrank blieb.«

»Krass.«

Er nickt. »Bei Leihlizenzkosten von um die 50 Dollar, was vor fünfundzwanzig Jahren noch viel mehr Geld war als heute, war das kein Wunder. Außerdem waren es noch die VHS-Filme. Die waren nach ein paar mal Schauen hinüber. DVDs halten bei richtiger Lagerung und sorgfältiger Verwendung fast ewig.«

»Hat dein Onkel diese Videothek noch?«

»Nein. Er hat sie geschlossen, als in seiner unmittelbaren Nähe eine sehr große Videothek aufgemacht hat. Jimmy meinte, es ist besser, er schließt gleich, bevor er in die roten Zahlen gerät.«

»Sehr vernünftig. Schade eigentlich.«

»So ist das eben. Die Zeiten ändern sich und man kann nicht gegen alle Entwicklungen etwas machen.«

»Schaust du dir eigentlich Liebesfilme an?«

Nicholas grinst. Seine strahlend blauen Augen funkeln vergnügt. »Du weißt doch, dass die meisten Männer so etwas nie zugeben würden.«

»Mir kannst du es verraten. Ich sags auch nicht weiter.«

Verschwörerisch zwinkert er mir zu. »Ich liebe *Love Vegas*, aber das bleibt unser Geheimnis. Wenn du es jemandem verrätst, muss ich dich eigenhändig um die Ecke bringen und deine Leiche irgendwo verscharren.«

Ich bekomme Schnappatmung vor Aufregung. Ein Mann, der zugibt, Liebesfilme zu mögen und Actionfilme aus genau den richtigen falschen Gründen schaut. Noch dazu jemand wie er, der die ultimative Männlichkeit ausstrahlt. Geht es noch besser?

Ich zippe mir symbolisch die Lippen zu, während ich mir vor Lachen fast in die Hose mache. »Ich werde das Geheimnis mit ins Grab nehmen. Ich schwör's. Niemand darf so etwas erfahren. Es würde dich entmännlichen.«

Er nickt mit gespieltem Ernst. »Aber natürlich. Mehr entmännlichen, als wenn dein Vater meine Eier sechskant schleifen würde. Der hat vielleicht Hobbys. Hat er das auch mit deinen Ex-Freunden gemacht?«

Ich erstarre kurz, da ich ungern an diese erinnert werde. »Ich wünschte, er hätte es getan …« Vielleicht hätte mich Steve ja dann in Ruhe gelassen, sodass ich meine Wunden in Ruhe hätte lecken können.

Offenbar bemerkt Nicholas meine Befangenheit, denn nach einem kurzen Stirnrunzeln wendet er sich mir nun deutlich ernster zu. »Es tut mir leid, wenn ich etwas angesprochen habe, das dir wehtut. Das wollte ich nicht.«

Jemand, der Rücksicht auf meine Gefühle nimmt? Dieser Mann wird ja immer traumhafter. Da kann ich sogar ein Auge zudrücken, was seine teilweise übertriebenen Sicherheitsmaßnahmen betrifft. Steve hatte nie dieses Einfühlungsvermögen besessen, was wohl hauptsächlich daran lag, dass er sich nur für sich selbst interessiert und nur sich selbst geliebt hat.

»Du hast es ja nicht extra gemacht«, sage ich.

Eigentlich hätte das halbe Jahr gereicht, um über Steve hinwegzukommen, aber wenn der Ex überall aufkreuzt und mit allen Mitteln versucht, einen zurückzugewinnen, wie will man dann über ihn hinwegkommen? Dass ich zu ihm zurückkehre, war für mich ausgeschlossen nach dem, wie er mich behandelt hatte. Irgendwann tut es einfach zu weh, und es ist eine Frage des Selbsterhaltes.

Ich lehne mich auf meinem Sitz zurück. Die Müdigkeit kann ich nicht länger zurückhalten und mir fallen die Augen zu.

Als ich erwache, weiß ich nicht, wie viel Zeit vergangen ist und wo wir uns befinden. Nicholas hat den Wagen vor einem weiteren dieser schaurigen Motels geparkt.

Er trägt unsere Sachen in unser Zimmer. Ich steige aus dem Auto und folge ihm hinein.

Diesmal interessiert es mich wenig, wie groß hier die Kakerlaken sind. Nicholas wird sie schon erschießen. Ich werfe mich in das erstbeste Bett, auf das ich stoße, da fällt mir ein, dass ich kein Nachthemd besitze.

»Du hast vergessen, mir ein Nachthemd zu beschaffen«, sage ich gähnend.

Nicholas zieht sich sein Shirt über den Kopf. »Sorry. Du kannst mein Shirt dafür verwenden.«

Ich vernehme seine Worte kaum, so beschäftigt bin ich damit, seinen Oberkörper anzustarren. Als er den Waffengurt und die schusssichere Weste ablegt, bleibt mir nämlich die Spucke weg und meine Kinnlade klappt nach unten. Bestimmt berührt sie fast schon den Boden. Meine Güte, ist dieser Typ heiß. Vermutlich wurden für ihn die Wörter *heiß* und *sexy* erfunden.

»Ist alles in Ordnung mit dir?«, fragt er.

»Ja. Danke für das Shirt. Warum ziehst du die Weste aus?«

»Hast du schon mal in so einem Ding geschlafen? Dann weißt du es.«

»Denkst du, wir sind hier sicher?«

»Sicherer als sonst wo.« Nicholas greift in seine Tüte und überreicht mir ein silberblaues Cubot-Smartphone. »Ich habe dir ein Smartphone mit einer Prepaidkarte nebst Ladegerät beschafft.«

»Und das ist sicherer?«

»Solange deine Verfolger nichts mit der U.S. Regierung zu tun haben. Die soll ein geheimes Programm namens PROTON haben, das Telefoniergewohnheiten trackt und damit auch nicht registrierte Prepaidkarten-Smartphones Personen zuordnen kann.«

Ich nehme das Smartphone entgegen und lade es sogleich. »Das muss ja ein wirklich sehr geheimes Programm sein, wenn du davon weißt …«

»Es steht auf der Website von *The Intercept*.«

Ich gehe ins Bad, schlüpfe aus dem Kleid und der Unterwäsche und ziehe Nicholas' Shirt über. Sogleich umhüllt mich sein herbmännlicher Duft und ich fühle mich sicher und geborgen und auch ein wenig erregt. Unsinn, das sind vom Schlafmangel hervorgerufene Halluzinationen. Mit Sicherheit fühle ich mich nicht derart stark zu meinem Bodyguard hingezogen.

Ich gehe nochmal kurz auf die Toilette, wasche mir die Hände und gehe zurück ins Schlafzimmer. »Du hast schon wieder ein Zimmer mit nur einem Doppelbett.«

»Es war kein anderes mehr frei.«

»Okay, wie du willst. Dann schläfst du eben auf dem Boden.«

»Mit Sicherheit nicht. Das Bett ist breit genug.«

Ich grinse ihn an. »Dann rufe ich eben meinen Vater an. Wie willst du deine Eier zum Frühstück? Sechskant geschliffen?«

»Gar nichts wirst du tun, du kleine Erpresserin. Dein Smartphone ist nämlich noch nicht geladen und dein Vater wird dir nicht glauben.«

»Warum sollte er mir nicht glauben?«

»Weil ich ihm erzählen werde, wie aufsässig du bist. Außerdem wird er auf die Schnelle keinen guten Bodyguard herkriegen.«

»Du willst mich also erpressen?«

»Nein, ich zähle nur die Fakten auf.«

Ich gähne. »Ich habe gerade keine Lust auf solche Kindereien.« Ich schlage die Bettdecke zurück, lege mich hin und decke mich zu.

Nicholas zieht sich die Jeans aus und steigt in Boxershorts zu mir ins Bett. Kurz schaukelt die Matratze, dann ist es wieder ruhig. Solange er auf seiner Seite des Bettes bleibt, soll es mir egal sein. Ich bin einfach zu müde, um mich noch länger darüber aufzuregen.

Seit ich mich von Steve getrennt habe, ist er der erste Mann, mit dem ich in einem Bett liege. Es ist schon irgendwie ein merkwürdiges Gefühl. Aber hier hat es rein gar nichts mit einer Beziehung zu tun. Ich bin seine Klientin und er ist ein Angestellter meines Vaters, was die Situation noch merkwürdiger macht. Jedenfalls ist er anders, als ich anfangs dachte. Er ist viel facettenreicher und kann unheimlich charmant sein, wenn er will.

Bevor ich noch weiter darüber nachgrübeln kann, fallen mir, eingehüllt in seinem Duft, die Augen zu.

Kapitel 9

Als ich erwache, bin ich noch etwas schlaftrunken. Die Ereignisse der vergangenen Nacht kommen wieder in mein Bewusstsein. Ich schwebe also tatsächlich in Lebensgefahr, auch wenn ich nicht begreifen kann, warum mir jemand nach dem Leben trachten sollte. Ich kann solche Menschen einfach nicht verstehen.

Ich liege warm eingekuschelt in diesem fremden Bett und fühle mich so geborgen wie lange nicht mehr, was wohl daran liegt, dass Nicholas seinen Arm um mich gelegt hat. Zwischen uns befindet sich ein Stück Decke, trotzdem kann ich die Wärme seines Leibes gut spüren und bin eingehüllt von seinem herrlich männlichen Duft.

Ich blicke über meine Schulter und sehe aus dem Augenwinkel sein Gesicht. Im Schlaf wirkt sein Gesicht etwas weicher, als würde eine Anspannung von ihm abgefallen sein, die er sonst mit sich herumträgt.

Ich drehe den Kopf wieder nach vorne und betrachte seinen Arm, den er während des Schlafes locker um meine Taille gelegt hat. Ob ihm das überhaupt bewusst ist? Vermutlich nicht.

Steve hat mich nie so im Arm gehalten, nicht mal nach dem Sex, und auch bei Alexis hatte es daran gemangelt. Eine Frau aus einem weniger dysfunktionalen Elternhaus hätte dieses Verhalten vermutlich als das Warnzeichen erkannt, das es ist. Solch eine Frau hätte wohl auch nicht das Bedürfnis, von einem nahezu Fremden im Arm gehalten zu werden.

Verdammt! Jetzt denke ich doch wieder an diesen Egozentriker Steve. Als hätte er auch nur einen Gedanken oder eine Träne verdient.

So schön es auch ist, in Nicholas' Armen zu liegen, es ist nicht richtig. Wir haben keine Beziehung und werden niemals eine haben. Das ist vollkommen unmöglich.

Vorsichtig umfasse ich seinen Unterarm und hebe ihn von meiner Taille. Ich werfe erneut einen Blick hinter mich. Wie man es von einem guten Bodyguard erwarten kann, ist er erwacht.

»Ich wollte dir nicht zu nahe treten. Es tut mir leid«, sagt er.

»Guten Morgen. Du musst keine Angst haben. Ist ja nichts passiert, weswegen ich dich bei meinem Vater verpetzen müsste, falls es deswegen ist.«

»Nein, darum geht es mir nicht. Ich will nichts tun, was du nicht möchtest. Es hat nichts mit deinem Vater zu tun.«

Eigentlich hätte ich gerne noch eine Weile in seinen Armen oder zumindest an seiner Seite gelegen, aber das kann ich nicht, ohne dass Erinnerungen oder verdrängte Sehnsüchte in mir hochsteigen. »Ist schon in Ordnung. Ich muss jetzt twittern«, sage ich rasch, erhebe mich und greife nach meinem neuen, inzwischen geladenen Smartphone, um meine Google-Cloud aufzurufen. Mit der synchronisiere ich mein Smartphone, sodass ich meine gespeicherten Nummern und meine Playlist abrufbereit habe.

»Du twitterst aber keine Fotos, die diesen Ort verraten könnten«, sagt Nicholas.

»Ich bin blond, dumm, naiv und todessehnsüchtig. Natürlich poste ich ein Bild von mir vor dem Motelschild oder noch besser dem Ortsschild. Am besten mache ich beides.«

»Ich wollte dich nicht beleidigen, aber so etwas hat es schon gegeben. Und nicht nur Schilder können einen Aufenthaltsort verraten.«

»Ich poste gar kein Bild. Zufrieden? Ich sage nur, dass ich gestern auf der Benefizveranstaltung war und einen Nagellack aus der Hello-Kitty-Kollektion von O.P.I. dabei getragen habe. Das muss sich für dich furchtbar oberflächlich anhören, aber die Leute wollen das wirklich wissen.«

Ungläubig starrt er mich an. »Ernsthaft? Die wollen wirklich wissen, welchen Nagellack du trägst?«

»Ja, ob du es glaubst oder nicht, das wollen sie. Es ist die Farbe *Let's be friends*.«

»Hello Kitty ist doch diese Mutanten-Katze«, sagt

er stirnrunzelnd. »Ich wusste gar nicht, dass Katzen Nagellack tragen.«

»Sie ist keine Mutanten-Katze, du Banause, sondern ein britisches Mädchen mit dem Sternzeichen Skorpion und der Blutgruppe A.«

Er hebt die Augenbrauen. »Ein Mädchen mit Schnurrhaaren?«

»Ja.«

Nicholas schüttelt den Kopf. »Für mich ist sie eine Katze. Die Japaner spinnen.«

»Du verstehst das einfach nicht.«

»Das muss ich auch nicht. Bist du nicht zu alt für so etwas?«

»Avril Lavigne hat einen Song nach ihr benannt, da war sie älter als ich jetzt.«

»Wenn du meinst.« Nicholas verschwindet im Bad, um sich zu duschen.

»Ich besorge uns was zum Essen. Hast du besondere Wünsche?«, fragt er, als er wieder daraus zurückkehrt.

»Kein Weizen und kein Zucker. Ein Kaffee wäre nicht schlecht. Besorgst du mir ein paar Granny-Smith-Äpfel, wenn du irgendwo welche findest?« Granny Smith ist die Apfelsorte, die am allerbesten für die guten Darmbakterien ist. Sie hilft mir, mein Gewicht stabil zu halten.

»Okay. Bis später.« Nicholas verlässt das Motel.

Ich nutze die Zeit seiner Abwesenheit, um mich zu duschen, zu frisieren und anzukleiden.

Anschließend wähle ich die Nummer meiner Freundin und Publizistin Eileen, die kurz darauf ans Telefon geht. »Hi, von dir erzählt man sich ja Sachen«, sagt sie.

»Was für Sachen denn?«

»Dass du mit deinem Bodyguard durchgebrannt bist.«

Ich verdrehe die Augen. So weit zu ten »Und wer verzapft so etwas?«

»Ich glaube, das ist auf dem Mist von Steve gewachsen.«

»Das hätte ich mir fast denken können. Der hat auch nichts Besseres zu tun, als zu tratschen.«

»Ja, sie sagen immer, Frauen wären solche Tratschen, aber der stellt die Schlimmsten von uns in den Schatten. Du bist dem Idioten wohl begegnet?«

»Natürlich. Der lauert mir doch überall auf.«

»Mel schwört, sie hat ihn erst vor zwei Wochen mit seiner Ex gesehen. Also ist seine Ex gar nicht so ex, wie er es immer behauptet hat.«

»Er sagt, sie wären nur Freunde, da er Wert darauf legt, sich mit seinen Ex-Freundinnen weiterhin gut zu verstehen.«

Eileen schnalzt abschätzig mit der Zunge. »Und das glaubst du ihm im Ernst? Der gabelt eine nach der anderen auf, macht sie anschließend zu seiner Ex und hält sich die Frauen warm, damit er auf die Schnelle immer was zum Flachlegen hat.«

»So etwas würde ich nicht mal ihm zutrauen«, sage

ich.

»Ich kannte mal einen Typen, der so etwas gemacht hat. Was Steve mit dir und dieser Tussi abzieht, ist jedenfalls seltsam. Irgendwas ist da faul. Zumal ich ihn vor fünf Wochen mit einer weiteren Frau rumknutschen gesehen habe.«

»Es ist mir egal, was er macht. Er soll mich einfach nur in Ruhe lassen.«

»Sieht nicht danach aus, als hätte er das vor. Der Typ ist auf Stunk aus, weil du ihm nicht mehr auf den Leim gehst.«

»Ich glaube, es geht ihm gar nicht um mich. Ich kann dir sagen, was sein Problem ist: Er will immer im Mittelpunkt stehen. Das war damals schon so gewesen, als wir noch zusammen waren. Gib meine Nummer bitte nur an meine Geschäftspartner weiter und natürlich an Cecily.« Kurz überlege ich, ob ich die Nummer an Ava weitergeben soll, entscheide mich aber dagegen. Schließlich gehört sie zum Kreis der Verdächtigen, da sie ein Motiv hätte, mich aus dem Weg zu schaffen, auch wenn ich mir das nicht von ihr vorstellen kann.

»Geht klar. Sonst noch etwas?«

»Danke, Eileen, danke für alles. Machs gut. Bye.«

»Bye.«

Ich drücke das Gespräch weg.

Ich erschrecke, als plötzlich die Tür aufgestoßen wird.

»Voilà, einmal ein Delight Salad, Pommes, Apfelpommes und einen zuckerfreien Kaffee mit Milch. Fürs Frühstück war es leider schon etwas spät.« Nicholas drückt mir eine der braunen Papiertüten vom Burger King in die Hände.

Stimmt, es ist ja schon nach halb elf. Wir haben heute wirklich lange geschlafen, was ja auch kein Wunder ist nach einer Nacht wie dieser. Bis vor einem halben Jahr war ich durchfeierte Nächte noch gewohnt gewesen, aber die Aufregung, wenn auf einen geschossen wird, ist ein ganz anderes Kaliber.

»Danke.«

»Granny Smith hatten sie im Supermarkt nicht. Daher bin ich gleich in den Burger King gegangen, da es dort warme Getränke gibt. Ich hoffe, die Apfelpommes tun es auch. Sie sind aus Jonagold-Äpfeln.«

»Wie kannst du nur so einen Body haben, wenn du den ganzen Tag solchen Junkfood in dich reinschlichtest?«

Nicholas grinst mich an, während er mir tief in die Augen schaut. »Dir gefällt also mein Body?«

Ich kann ja wohl kaum zugeben, dass ich ihm am liebsten die Kleider vom Leib reißen, ihn aufs Bett stoßen und bespringen würde. Aber so ein ganz klein wenig kann ich mich noch beherrschen.

»Na ja, er ist nicht übel«, sage ich so gelassen wie möglich. Er muss ja nicht wissen, wie anziehend er auf mich wirkt.

Er hebt fragend eine Augenbraue. »Nicht übel?«

Ich verdrehe die Augen. »Hey, komm, Nicholas, du

weißt genau, dass du gut aussiehst. Bestimmt fallen dir massenhaft Frauen zu Füßen.«

Er grinst verschmitzt. »Du findest mich also gutaussehend?«

»Du bist ein eingebildeter Idiot.«

Nicholas legt mit einer theatralischen Geste eine Hand auf sein Herz. »Das tut mir jetzt aber weh.«

»Also, verrate mir das Geheimnis deiner Figur.«

»Gewichte stemmen und die Ernährung.«

»Burger King? Das meinst du doch nicht ernst?« Wahrscheinlich können nur Männer so etwas ungestraft essen. Ich stelle die Tüte auf dem Tisch ab.

»In Ausnahmefällen wie diesen, also wenn ich auf der Straße bin, aber hauptsächlich wegen dem Kaffee. Wir sind bald da.«

»Wohin willst du mich verschleppen, falls ich das überhaupt wissen darf?«

»Zu mir.«

»Zu dir? Aber würden sie da nicht zuerst nach mir suchen? Schließlich geht das Gerücht um, dass wir miteinander durchgebrannt sind.«

Nicholas sieht mich für einen Moment verdutzt an, dann bricht er in Gelächter aus. Sein Lachen ist tief und verdammt männlich. Ich kann sehen, wie sich sein Kehlkopf dabei bewegt. An seinem kantigen Kinn befinden sich Bartstoppeln. Ob es eher kitzeln oder kratzen würde, wenn er mich küsst?

Sein Lachen ist verebbt. Als ich meinen Blick von seinen Lippen zu seinen Augen wandern lasse, wird mir bewusst, dass er genau weiß, dass ich seine Lippen angestarrt habe.

»Aber du würdest gerne mit mir durchbrennen?« In seinen Augen funkelt etwas. Ich weiß nicht, ob er seine Worte ernst meint.

»Natürlich nicht«, sage ich rasch.

»Ich bin nicht gut genug für dich, nicht wahr? Ich bin ja nur der Bodyguard, du aber die Tochter aus reichem Hause.«

Da verschätzt er sich aber in mir, wie leider nicht mal so wenige Leute. »Das habe ich nicht gesagt.«

»Aber du denkst es.«

»Aha, du bist also unter die Telepathen gegangen.«

Er grinst. »Ja genau. So wie bei Babylon 5. Aber das kann ich auch. Ich scanne jetzt dein Gehirn und du kannst dich ohnehin nicht dagegen wehren, denn ich bin ein Telepath der Stufe zehn.« Nicholas tritt zu mir, um mein Gesicht mit seinen Händen zu umfangen, so wie das die besagten Telepathen aus der Science-Fiction-Serie zu tun pflegen.

Ich sehe ihm tief in die Augen und versinke dabei regelrecht in seinem Blick. Du meine Güte, hat dieser Typ faszinierende Augen. Ob er sie von seiner Mutter oder seinem Vater geerbt hat?

Ich lecke über meine Unterlippe, ohne den Blick von Nicholas abwenden zu können. Wie von selbst landen meine Hände auf seinen muskulösen Oberarmen. Nach dem Duschen hat er ein dunkelblaues Shirt angezogen, und er riecht leicht nach dem Sandelholz-

Duschgel, das er benutzt hat.

Dann sind seine Lippen plötzlich auf meinen und ich vergesse die Welt um mich herum. Er vergräbt seine Hände in meinem Haar, um meinen Kopf sanft in den Nacken zu ziehen, damit er den Kuss vertiefen kann.

Wie von selbst öffnen sich meine Lippen unter dem Ansturm seiner Leidenschaft. Er dringt in mich ein und fordert meine Zunge zu einem sinnlichen Spiel auf. Ein Prickeln durchfährt meinen Körper, und ich schmiege mich an seinen harten, männlichen Leib. Seine starken Arme umfangen mich, halten mich fest und pressen mich an ihn.

Seine Bartstoppeln kitzelt leicht, als er den Kuss vertieft. Nicholas' Haar fühlt sich weich an, und sein herbmännlicher Duft umhüllt mich. Ich spüre seine Erregung an meinem Bauch.

Schweratmend löst sich Nicholas zu meiner Enttäuschung von mir.

Bedauern liegt in seinem Blick. »Das ist eine verdammt schlechte Idee«, sagt er.

»Weil mein Vater deine Eier sechskant schleifen wird?«

»Du sorgst dich also um meine Eier?«, fragt er mit einem Glitzern in den Augen. »Na, das ist doch mal interessant.«

Ich entschließe mich, ihm etwas von seiner Medizin zurückzugeben. Provozierend sehe ich ihn an. »Möchtest du denn, dass ich mir Sorgen um deine Eier mache?«

»Welcher Mann würde das nicht wollen bei einer Frau wie dir? Du bist unheimlich attraktiv.«

Er findet mich also attraktiv.

»Was hindert dich dann? Die Angst vor meinem Vater?«, frage ich provozierend. Das wäre nichts Neues. Die meisten Leute kuschen vor ihm und seiner cholerischen, aufbrausenden Art.

Er schüttelt den Kopf mit plötzlich finsterem Blick. »Nein. Ich lasse mich grundsätzlich nicht mit Klientinnen ein. Es könnte sie das Leben kosten, wenn ich abgelenkt bin. Meine ganze Konzentration hat sich darauf zu richten, dich zu beschützen und auf sonst nichts.«

»Du bist also nicht multitaskingfähig.«

»Das hat damit nichts zu tun. Wenn es um dein Leben geht, sollte es keine Abstriche und Ablenkungen geben.«

»Und danach? Was ist, wenn du den Job abgeschlossen hast und die Attentäter geschnappt wurden?«

»Wir kommen aus unterschiedlichen Welten.«

»So etwas soll Gerüchten zufolge gelegentlich funktionieren.«

»Ich bin kein Mann für eine feste Beziehung.«

Ich hebe eine Augenbraue. »Weil du dich nicht binden willst?«

Beinahe schon gehetzt sieht er mich an. Was belastet ihn so? »In meinem Job spielt es keine Rolle, ob ich mich binden will oder nicht. Der Job ist zu gefährlich. Ich kann keiner Frau zumuten, auf mich zu warten und ständig damit rechnen zu müssen, dass ich sterbe.«

Ich schlucke, denn dass er während eines Einsatzes – noch dazu während er mich beschützt – stirbt, will ich natürlich nicht. Das könnte ich nicht ertragen.

Und vermutlich hat er recht damit, dass es keine gute Idee wäre, wenn wir etwas miteinander anfangen würden. Allerdings habe ich den Eindruck, dass bei ihm noch etwas anderes dahintersteckt. Was das ist, frage ich nicht, da es mich nichts angeht. Schließlich hat er mir deutlich zu verstehen gegeben, dass er nicht an einer Beziehung mit mir interessiert ist.

Wir machen uns über unser supergesundes Frühstück her, bevor es kalt wird. Gelten Pommes nicht als Gemüse? Immerhin handelt es sich um Kartoffeln. Und der Delight Salad mit Tomaten und Gurken ist auch sehr lecker.

»Ich dachte immer, der Delight Salad wäre mit Hähnchen?«, frage ich.

»Das war er früher mal in zwei Varianten. Ich hoffe, das Balsamico-Dressing ist nach deinem Geschmack.«

Anschließend knabbere ich an meinen Apfelpommes. Die Apfelsorte gehört zwar nicht zu meinen Favoriten, aber sie ist essbar.

Zu meiner Überraschung isst Nicholas beinahe dasselbe wie ich. Er hat sich allerdings noch ein paar Chicken Wings dazu bestellt. Die werde ich das nächste Mal auch probieren und vielleicht auch die Zwiegelringe, auch wenn die paniert sind.

Zuletzt trinke ich meinen Kaffee, der nicht mal übel ist. Jetzt habe ich wenigstens etwas Warmes im Bauch und bin satt. Unterwegs können wir ja noch mal an einem Laden Halt machen und Mineralwasser und ein paar Granny Smith kaufen.

Nach dem Essen entsorgen wir die Verpackungen im Müllbehälter des Motels.

Ich packe meine wenigen Sachen zusammen, gehe ins Bad und erleichtere mich erst mal.

Glücklicherweise habe ich eine kleine silberne Haarbürste in meiner Lieblingshandtasche. Damit bringe ich mein Haar so gut wie möglich in Form. In meiner Handtasche finde ich ein Lipgloss und einen Abdeckstift, von denen ich Gebrauch mache. Ich verstaue alles wieder in meiner Handtasche und der Tüte und verlasse damit das Badezimmer.

Nicholas sitzt auf dem einzigen Stuhl und tippt auf seinem Smartphone herum. Ob er mit Social Media zugange ist?

»Wir müssen jetzt weiter. Das Zimmer ist nur bis Mittag bezahlt«, sagt er, als er mich bemerkt.

»Gibt es Neuigkeiten von meinem Vater oder über den Attentäter?«

»Bisher leider nicht, aber dein Vater ist natürlich an der Sache dran. Er hat übrigens auch Ava untertauchen lassen. Ich gehe davon aus, dass auch sie in Gefahr ist. Falls sie nicht die Täterin ist.«

»Das kann ich mir nicht vorstellen. Sie ist nicht der Typ dazu.«

»Man kann Menschen nicht in den Kopf schauen. Sie hat eine Menge zu verlieren, wenn du die Alleinerbin wärst.«

»Die bin ich aber nicht.« Genau genommen will mir mein Vater nichts vererben. Zumindest hatte er das vor einem halben Jahr in einem seiner berühmt-berüchtigten cholerischen Anfälle geschrien. Und das nur, weil ich stark alkoholisiert gewesen war nach der Trennung von Steve. Dad hat ja gerade so getan, als wäre ich Alkoholikerin und er müsse mich vor mir selbst schützen. Dass man sich nach einer tragischen Trennung von der vermeintlichen großen Liebe betrinkt, dürfte für die meisten Menschen verständlich sein, nur eben nicht für meinen Vater. Er hat mich gleich in eine Entzugsklinik gesteckt, wo ich mehrere Wochen verbracht habe. Schließlich hat man dort festgestellt, dass ich nicht süchtig bin, trotz der Beteuerungen meines Vaters. Ohne die hätte man mich womöglich früher rausgelassen, aber er musste das Entlassungsformular unterschreiben.

»Aber weiß sie das?«, fragt er.

Ich hebe die Achseln. »Bei meinem Vater blickt doch keiner durch.«

Wir verlassen das Motel. Nicholas gibt die Karte zurück in die Lockbox des Motels und schließt den Mietwagen auf.

»Wir fahren bis in die nächste Stadt. Dort werde ich den Wagen zurückgeben«, sagt er, während er unsere Tüten im Kofferraum verstaut.

»Und da wohnst du?«

»Nein, aber ich habe mein Auto dort geparkt. Ich wohne recht abgelegen. Ich habe das Häuschen noch nicht lange.«

Er hält mir die Autotür auf und schließt sie wieder, nachdem ich eingestiegen bin. Dann geht er um das Auto herum und nimmt auf dem Fahrersitz Platz.

Kaum, dass wir uns angeschnallt haben, braust er mit dem Wagen los.

Seine Worte von vorhin gehen mir wieder durch den Kopf. Er geht keine festen Beziehungen ein. Aber wer ist dann diese Frau, nach der er sich am Telefon erkundigt hat, die nach ihm Sehnsucht haben könnte? Sagt er mir die Wahrheit oder ist er wie Steve? Es könnte sich natürlich auch um eine Verwandte handeln.

»Wer ist Bonnie?«, frage ich.

Nicholas sieht mich verwundert an. Ich hätte es wohl nicht fragen sollen. Eigentlich geht es mich ja nichts an, aber wenn er mich küsst, denke ich, dass ich ein Anrecht darauf habe, von ihr zu erfahren.

Er zieht die Augenbrauen zusammen. »Woher weißt du von Bonnie?«

Nun bin ich leicht verlegen. »Ich habe dein Telefongespräch mitgehört. Unfreiwillig natürlich. Und nur einen Teil davon.« Schließlich habe ich Besseres zu tun, als andere Leute zu belauschen oder zu beobachten, was die machen. Nur Personen ohne ein eigenes Leben tun so etwas.

Nicholas sieht mich kurz nachdenklich von der Seite her an, bevor er seinen Blick wieder der Straße zuwendet. »Ich habe Bonnie an einer Autobahnraststätte gefunden. Sie war verwahrlost und abgemagert. Als ich sie im Tierheim abgeben wollte, hatte man mir gesagt, dass sie nicht die Kapazität sehen, diesen Hund aufzupäppeln, und wollten ihn einschläfern lassen.«

Vor Schreck klappt mir die Kinnlade herunter. Sprachlos starre ich Nicholas an. Wer macht so etwas mit einem wehrlosen, von ihm abhängigen Tier? Bonnie muss sich in einem grauenvollen Zustand befunden haben, wenn sogar das Tierheim sie aufgegeben hat.

Schmerz zeigt sich in seinem Blick, als er offenbar unschöne Erinnerungen hervorholt. »Sie ist ein Chihuahua. Ihr linkes Ohr sieht aus, als hätte ein anderer Hund es ihr abgebissen. Offenbar hatte es sich entzündet. Vielleicht war es einer der Züchter, der sie ausgesetzt hat, weil mit ihr kein Geld mehr zu machen ist. Ich habe keine Ahnung. Jedenfalls hatte sie keine Tätowierung am Ohr. Da ich gerade zwischen zwei Einsätzen war, also vor diesem hier, und ein paar Wochen lang Zeit hatte, habe ich sie mitgenommen und getan, was ich konnte.«

Mein Herz geht auf bei dem Gedanken an den großen, breiten Mann, der eine winzige, ausgemergelte

Hündin füttert, sich um sie kümmert und alles für das kleine Tier tut, damit sie wieder zu Kräften kommt. Wie viele Leute hätten sich die Mühe gemacht und dabei keine Kosten gescheut? Allein der Tierarzt muss Unmengen gekostet haben. Und die ganze Arbeit erst ...

Ich finde kaum die Worte, um zu beschreiben, was ich empfinde. Ich bin zutiefst gerührt. »Das ... das finde ich großartig von dir. Du hast ein gutes Herz. Dann ist es ja gut ausgegangen für Bonnie, und darüber bin ich froh.«

Vor allem frage ich mich, wie jemand einfach so einen Hund aussetzen kann. Wie herzlos muss so jemand sein? Als Kind habe ich mir nichts sehnlicher gewünscht als einen Hund. Es musste ja kein großer sein. Dann hätte ich wenigstens ein Wesen in meinem Leben gehabt, das mich um meiner selbst willen liebt. Doch mein Vater hatte mir das niemals erlaubt.

»Ich weiß, ich führe nicht das richtige Leben für einen Hund, und bin zu selten zuhause ...«, spricht Nicholas weiter. Seine Stirn ist umwölkt. Er hat ein schlechtes Gewissen, weil er seinen Hund oft allein lässt.

»Ohne dich würde sie wahrscheinlich gar nicht mehr leben. Hast du sie in einer Betreuung?«

»Wenn ich nicht zuhause bin, kümmert sich meine Nachbarin um sie.«

»Du bist ein guter Mensch. Ich liebe Hunde. Als kleines Mädchen wollte ich immer einen haben, aber mein Vater wollte das nicht.«

»Warum nicht?«

»Er war generell gegen Haustiere, da er der Ansicht ist, dass sie nur Dreck und Kosten verursachen.« Meine Stimme bebt, da alte Emotionen heraufbeschworen werden.

»Wie alt warst du da?«

»Ich wollte schon einen Hund, da war ich erst vier, aber zuletzt habe ich es mit fünfzehn versucht. Danach hatte ich es endgültig aufgegeben.«

»Da wärst du alt genug gewesen, um die Verantwortung für ein Tier zu übernehmen, wenn dein Vater hinter dir gestanden und dir geholfen hätte. Andererseits muss man ja auch überlegen, wie man das Tier betreuen lässt, wenn man in den Urlaub fährt. Der Schritt sollte gut überlegt sein.«

»Ich hatte es mir gut überlegt.«

»Das glaube ich dir sogar. Seit ich dich ständig um mich habe, weiß ich, dass das oberflächliche Bild, das die Presse von dir zeichnet, nicht stimmt. Du bist viel mehr. Du bist warmherzig, loyal, intelligent und kümmerst dich um deine Freunde. Du hast immer ein offenes Ohr für sie.«

Mein Herz klopft schneller. Seine Worte bedeuten mir sehr viel. »Danke. So was Nettes hat noch kaum jemand zu mir gesagt.« Wie erbärmlich klingt das denn? Aber es ist zu spät. Die Worte sind draußen.

Kurz huscht über sein Gesicht ein Ausdruck des Bedauerns.

»Wie lange wohnst du dort schon?«, frage ich, um ihn abzulenken.

»Ich besitze das Haus seit einem Jahr. Es ist nicht groß und liegt ziemlich abgelegen, aber ich wollte das so. Dort bist du sicherer als in einer Metropole. Hier würde dich niemand vermuten. Außerdem kenne ich das Land wie meine Westentasche.«

»Du trägst ja gar keine Westen.« Unwillkürlich wandert mein Blick zu seinen muskulösen Armen und den breiten Schultern, die von seinem dunkelblauen Shirt kaum verborgen werden. Wer kann schon einem Mann widerstehen, der nicht nur so gut aussieht, sondern auch noch einen guten Charakter, ein Herz für Tiere und Verantwortungsbewusstsein besitzt?

Ein Lächeln umspielt Nicholas' wohlgeformte Lippen. »Nein, dafür bin ich nicht der Typ. Ich besitze weder Westen noch Anzüge.«

»Nicht mal eine Lederweste?«

Er schenkt mir ein verführerisches Lächeln, das meine Knie weich werden lässt. »Schusssichere Westen habe ich, wie du weißt, aber die haben keine Taschen.«

Und ich weiß auch, wie er unter dieser Weste aussieht … Mein Mund wird trocken allein bei dem Gedanken daran.

Passenderweise wird gerade *Crazy for you* von Madonna im Autoradio gespielt …

Sie singt darüber, wie verrückt sie nach ihm ist und nie jemanden so sehr wie ihn wollte.

Es ist was dran. Ich muss mir selbst die Wahrheit eingestehen, egal wie ungelegen und zum falschen Zeitpunkt mir diese kommt. Ich will Nicholas. Ich will ihn wirklich sehr. Und es ist mehr als nur rein körperliche Begierde, denn damit könnte ich besser umgehen. Ich kenne eine Menge heiße, gut aussehende Typen, aber er ist viel mehr als das. Er ist etwas Besonderes.

Jedenfalls ist er ganz anders als Alexis oder Steve, die mir beide das Herz gebrochen haben mit ihrer oberflächlichen, selbstsüchtigen Art. Keiner von beiden war besser gewesen. Nicholas ist anders.

Wie recht Madonna mit dem hat, was sie singt. Dieser Mann riecht einfach göttlich. Ich könnte in seinem Duft versinken. Wenn ich nur an die Stärke und Wärme seiner Arme denke, wird mir ganz anders.

Zudem überkommt mich eine Erregung, wie ich sie lange nicht mehr verspürt habe. Wie schön wäre es, wenn ich ihn für immer an meiner Seite haben könnte.

Ich seufze. Was für ein schöner Wunschtraum …

»Du stammst aber nicht aus Virginia?«, frage ich Nicholas nach ein paar Minuten des Schweigens.

»Nein, aus Oregon.«

»Was hat dich hierhin verschlagen?«

»Ich wollte neu anfangen, das Alte hinter mir lassen.«

»Warum?«

»Manchmal braucht man das einfach.«

Er hat also eine Vergangenheit, die er hinter sich lassen will, aber er ist noch nicht bereit, mir zu sagen, was geschehen ist. Jetzt nachzubohren bringt nichts, sagt mir meine Intuition. Der richtige Zeitpunkt dafür wird schon noch kommen.

»Bist du oft umgezogen?«, frage ich.

»Ja. Ich war früher bei der Army und hatte Auslandseinsätze.«

»Dann entspricht Bodyguard zu sein ja deinen Fähigkeiten und Neigungen.«

Er nickt. »Das könnte man so sagen.«

»Wirst du das für immer machen?«

»Wahrscheinlich.«

Also gut. Er will darüber also auch nicht wirklich sprechen.

»Weiß man, wie alt Bonnie ist?«, frage ich.

»Man schätzt sie auf ungefähr zwei Jahre. Du wirst sie mögen.«

Ich lächle ihn von der Seite her an. »Davon bin ich überzeugt.«

»Sie ist wirklich sehr lieb. Wir sind bald da.«

Unterwegs hält Nicholas in einer kleinen Stadt, wo ich mein Haar zu einem Knoten am Hinterkopf zusammenbinde und die große Sonnenbrille aufsetze, die er mir besorgt hat. Dann setze ich mir den beigen Hut auf, um mein Haar zu verdecken.

Nicholas fährt zu einer Filiale der Autovermietung,

um danach sein eigenes Auto abzuholen, das er am Ortsrand geparkt hat. Dorthin gelangen wir mit einem der Linienbusse.

Nicholas hält mir die Tür seines Wagens, eines dunkelblauen Ford Escape SUV auf. Als ich einsteige, bemerke ich zuerst den leichten Zitrusduft, der von den weißen Wunder-Bäumen der Duftnote *Arctic White* stammt. Zumindest riecht es nicht nach kalter Asche oder gammeligen Pommes, wie ich es von Steve kenne.

Alexis' Auto war immer sauber gewesen, weil sein Chauffeur sich darum gekümmert hat, aber bei Steves Auto war das anders gewesen. Sein Aschenbecher ist regelmäßig übergequollen, und ich habe, ohne danach zu suchen, neben Pommesgäbelchen und Kaugummipapieren auch die einen oder anderen alten Pommes und Zwiebelringe im Fußbereich gefunden.

Wir kommen durch eine weitere Stadt, in der Nicholas auf dem Parkplatz eines Trader Joe's anhält. Neben dem Supermarkt befinden sich weitere Geschäfte, in denen ich fündig werden dürfte.

Während Nicholas im Trader Joe's ein paar Lebensmittel besorgt, plündere ich einen kleinen, aber nicht mal so schlecht sortierten Klamottenladen und die Drogerie daneben.

Hier ist alles ziemlich nahe beieinander gelegen, was sehr praktisch ist. Es ist ein wahres Einkaufsparadies, auch wenn die Auswahl natürlich nicht an die heranreicht, die ich gewohnt bin.

Zum Glück muss ich mich nicht mehr lange so einschränken. Bestimmt hat mein Vater bald den Täter geschnappt, und ich kann in meine gewohnte Umgebung zurückkehren. Ich sehe das Ganze als unfreiwilligen Urlaub an und versuche, alles entspannt anzugehen. Was bleibt mir auch anderes übrig? Wenn ich etwas aus dieser Sache gelernt habe, dann dass man nicht alles im Leben planen kann.

Glücklicherweise bekomme ich in der Drogerie alles, was ich benötige. Keiner scheint mich zu erkennen. Das Geschäft ist allerdings gerade auch nicht besonders frequentiert, obwohl der Nachmittag bereits fortgeschritten ist.

Außer zwei gelangweilt wirkenden Verkäuferinnen sehe ich nur einen Kunden und drei Kundinnen, eine davon mit einem Kleinkind, die hastig ihre Einkäufe erledigen. Offenbar sind gerade Windeln im Angebot ...

Nach Beendigung des Einkaufs laufe ich auf den Parkplatz des Lebensmittelgeschäfts nebenan, wo Nicholas bereits ein paar Lebensmittel in den Kofferraum einräumt. Darüber bin ich froh, denn es beginnt zu nieseln.

Ich stelle meine Tragetasche neben die Dinge, die Nicholas erworben hat.

»Hast du etwas Größeres vor?«, frage ich ihn, als ich die vielen Lebensmittel betrachte.

»Nein, ich habe nur gerne ein paar Vorräte zuhause.«

Er bringt den Einkaufswagen zurück, und dann fahren wir auch schon weiter.

Kapitel 10

Nicholas fährt seine Scheibe ein wenig herunter. Auch ich öffne mein Autofenster ein Stück und genieße es, wie der Fahrtwind durch mein Haar streicht. Es nieselt noch immer, aber es gelangt nichts davon ins Innere des Fahrzeuges. Stattdessen hüllt mich ein süßlicher, angenehmer Duft ein.

»Was riecht da so?«, frage ich.

»Gefällt dir der Duft?«

Ich nicke. »Ja.«

»Er stammt von den Kastanienbäumen, die die Straße säumen.«

Begeistert betrachte ich die weißen Blüten. Als Kind habe ich oft zusammen mit einer Freundin im Stadtpark Kastanien gesammelt und diese zum Basteln verwendet.

Wider Erwarten gefällt es mir hier auf dem Land, obwohl ich ein totales Stadtkind bin. Wer weiß, wann mich der Kulturschock ereilt … Vielleicht wird es ja auch gar nicht so schlimm.

Mittlerweile sind wir in einer sehr ländlichen Gegend angekommen. Ich sehe Äcker, Wiesen und Wälder, so weit das Auge reicht. Daher starre ich auch aus dem Fenster, als ich ein paar Rinder auf einer Weide sehe. Habe ich überhaupt jemals im wirklichen Leben Kühe gesehen?

»Du bist nie aus New York rausgekommen?«, fragt Nicholas, dem mein Staunen offenbar nicht entgangen ist, mit einem amüsierten Schmunzeln.

Ich schüttle den Kopf. »Nein, noch nie.« Mittlerweile frage ich mich, ob das ein Fehler war. Hätte ich nicht mehr von der Welt sehen sollen?

»Was sind das für Felder dort hinten?«, frage ich.

»Weizen, Sojabohnen und das weiter hinten dürfte Tabak sein. Landwirtschaft ist einer der größten Umsatzbringer in Virginia.«

Ich kräusle meine Stirn. »Sojabohnen?« Ich mag das Zeug nicht.

»Ja. Die Nachfrage ist groß, aber vieles wird auch aus Brasilien importiert, weswegen die dort mal wieder roden wie die Weltmeister. Das meiste wird für Mastfutter verwendet.«

»Das wusste ich nicht.«

Nicholas biegt erneut in eine Seitenstraße ab, die recht schmal wirkt. »Wir sind gleich da.«

Aufgeregt starre ich aus dem Autofenster, denn ich bin neugierig darauf, wie er wohnt.

Irgendwann kommt ein Haus an einem See, eingebettet in eine malerische Landschaft, in Sichtweite.

Ein Steg ragt in den See hinein, an dem ein kleines Boot angelegt ist. Wie idyllisch und friedlich es hier doch wirkt.

Unweit des Hauses parkt Nicholas auf einer geschotterten Fläche. Bin ich froh, dass ich Ballerinas trage, denn meine Pumps wären spätestens jetzt hinüber.

Nicholas tritt um das Auto herum, um mir die Tür zu öffnen. Er holt unsere Tüten aus dem Kofferraum und trägt sie zum Haus.

Das Haus ist relativ klein, aber es sieht nett aus und wirkt gemütlich. Es ist in einem hellen Eierschalenton gestrichen. Der Garten wirkt ein wenig verwildert, aber auch romantisch mit dem hohen Gras, den wilden Blumen und den rankenden Rosenbüschen.

»Bist du einer dieser Aussteigertypen?«, frage ich, als wir auf der Veranda stehen.

Überrascht sieht Nicholas mich an. »Nein, warum?«

»Weil du so ländlich in einem kleinen Haus lebst.«

Er hebt die Achseln. »Viele Leute leben abgelegen auf dem Land, ohne Aussteiger zu sein. Vielleicht verschlägt es mich nächstes Jahr ganz woanders hin.

Normalerweise bin ich nicht oft zuhause. Daher tut es mir um Bonnie leid. Ich sollte mir irgendwann noch einen Hund oder eine Katze holen, damit sie einen Spielkameraden hat, aber ich glaube, sie hat sich kürzlich mit einer Familie von Dachsen hier in der Gegend angefreundet. Sie ist überhaupt viel draußen in der

Natur.«

Das ist also einer der Gründe, warum er hier draußen wohnt.

»Hat sie Freilauf?«

»Ja. Anfangs war ich sehr vorsichtig und wollte das nicht, aber es hat sich bewährt. Sie läuft auch nicht allzu weit, höchstens bis zum Haus meiner Nachbarin und die hat nichts dagegen. Dabei bewegt sie sich auf Privatgrundstücken. Da darf nicht gejagt werden. In den öffentlichen Wald geht sie nicht. Der ist auch weiter weg. Und ich habe einen Zaun errichtet, dass sie dort nicht versehentlich reinrennt, weil sie irgendwas verfolgt.«

»Sie ist vermutlich gerade bei deiner Nachbarin?«, frage ich.

»Sie ist wahrscheinlich hier. Zwar hat Cherise versucht, sie mit zu sich zu nehmen, aber sie will das nicht. Daher habe ich eine Katzenklappe an der Hintertür, durch die sie rein- und rausgehen kann, wie sie will. Cherise kommt vorbei, um ihr regelmäßig frisches Futter zu geben.«

»Ist das ein Kirschbaum?«, frage ich, als ich den Baum mit den vielen Knospen betrachte.

»Ja, er wird bald blühen.«

»Du hast ja verdammt viele Rosenbüsche. Wann blühen die denn?«, frage ich.

»Soweit ich weiß, ab Juli bis zum ersten Frost.« Nicholas hält mir, ganz der Gentleman, die Haustür auf.

Es gibt einen kleinen Flur, wohl, damit man matschige Schuhe und die Jacken loswerden kann, bevor man das Wohnzimmer betritt. In New York ist man oft gleich im Wohnbereich, wenn man durch die Tür tritt.

Nicholas stellt die Tüten in der Küche ab.

Im Wohnzimmer entdecke ich gleich das kleine Fellbündel mitten auf dem Sofa, obwohl es ein extra Hundesofa gibt, das danebensteht. Sie sieht unglaublich niedlich aus mit den kleinen Knopfaugen und dem Stupsnäschen.

Bonnie springt auf, spitzt ihr verbliebenes Ohr und stürzt auf Nicholas zu. Der nimmt die kleine Hündin auf die Arme und drückt sie vorsichtig an sich. Die Kleine stupst sein Gesicht mit ihrem Schnäuzchen an und knuddelt sich an ihn. Mir geht das Herz auf bei dem Anblick von dem großen, starken Mann, der so vorsichtig und fürsorglich mit dem winzigen Tier umgeht.

»Ja, meine Kleine, ich habe dich auch vermisst. Ich werde jetzt eine Weile wieder bei dir sein.«

Ich trete zu den beiden heran. Bonnie ist trotz des fehlenden äußeren Ohres total süß und absolut hinreißend. Ich glaube, ich habe noch nie einen niedlicheren Hund gesehen.

»Denkst du, sie lässt sich streicheln?«, frage ich.

»Nähere dich ihr vorsichtig. Du wirst schon sehen, ob sie dich akzeptiert.«

Vorsichtig komme ich mit der Hand näher zu Bonnie, aber immer so, dass sie es sehen kann und es sie daher nicht überrascht.

Neugierig beäugt mich die kleine Hundedame. Dann beschnuppert sie meine Hand. Schließlich streichle ich ihr kleines Köpfchen und kraule sanft ihren Nacken, was sie sich gefallen lässt. Sie scheint sehr verschmust zu sein und ist offensichtlich froh, dass ihr Herrchen wieder da ist.

Ich mag gar nicht daran denken, wie knapp dieses süße Hündchen dem Tod entkommen ist. Wenn Nicholas nicht gewesen wäre ... Aber er hat sie glücklicherweise gefunden. Vielleicht war das Schicksal?

Ich sehe in die kleinen, runden Hundeaugen und bin verzaubert von ihr. Wie vertrauensvoll sie mich anschaut, obwohl sie schon so schlimme Dinge erlebt hat.

Nicholas lässt sie wieder runter, als sie mit den kleinen Beinen zu strampeln beginnt. »Man muss sie vorsichtig absetzen. So kleine Hunde vertragen den Sprung aus der Höhe nicht so gut wie Katzen.«

»Ist klar. Danke für den Hinweis.«

Ich sehe Bonnie nach, wie sie durch die Katzentür nach draußen verschwindet.

Nicholas reicht mir seine Hand. »Komm, ich zeig dir das Haus, damit du dich zurechtfindest.«

Nicholas zeigt mir, wo ich alles finde. Die Küche ist ebenfalls klein und ebenso funktionell wie gemütlich eingerichtet mit einer Kochnische und einer Essecke. Daneben befindet sich eine kleine Abstellkammer, in der Nicholas ein paar Dosen und diverse andere Vorräte lagert. Es gibt nur ein einziges Schlafzimmer mit einem gemütlich aussehenden, breiten Futonbett. Des Weiteren gibt es darin den üblichen Einbauschrank, eine Kommode und einen Stuhl.

Glücklicherweise lässt sich das einzige Badezimmer vom Flur aus erreichen. Es ist hellblau gefliest und besitzt trotz seiner geringen Größe eine Badewanne und eine Dusche. Dort kann ich auch bald die Badezusätze, die ich erworben habe, zum Einsatz bringen. Mehr Luxus brauche ich nicht, was mich wirklich überrascht.

Ich muss natürlich gleich mal nach der langen Autofahrt auf die Toilette. »Ich werde mich ein wenig frisch machen«, sage ich und nehme gleich meine Toilettenartikel mit, um sie dort zu verstauen.

Nicholas räumt gerade ein paar Einkäufe in seine Vorratskammer. »Ist gut. Ich werde derweil ein wenig Holz hacken. Falls es heute regnet und abkühlt, können wir es uns dann vor dem Kamin gemütlich machen.«

»Das klingt gut.« Das klingt nicht nur gut, sondern geradezu verführerisch. Mein Vater hat nie einen Kamin besessen und meine Freundinnen und deren Eltern auch nicht. Aber in einem kleinen Yogastudio, in dem ich mal einen Kurs absolviert habe, hat es einen gegeben, und der hat eine sehr angenehme, wohlige Wärme verbreitet.

»Kannst du bitte ein bisschen was zu Essen machen, bis ich wieder reinkomme?«, fragt Nicholas. »Ein paar Eier mit Speck wären fein.«

»Okay. Ich werde die restlichen Vorräte wegräumen. Geh du schon mal. Wer weiß, wann es richtig zu regnen beginnt.« Eier mit Speck werde ich als völlig Kochungeübte noch hinkriegen. Das ist der Nachteil oder Vorteil, wenn man für alles Bedienstete hat

Ich kann nicht mal besonders gut Autofahren, weil ich es nie machen muss. Vielleicht ist es ganz gut, dass ich selbständiger werde. Das war ja auch mein Plan gewesen.

»Danke«, sagt Nicholas und geht nach draußen.

Ich gehe auf die Toilette und wasche dann meine Hände und mein Gesicht. Nicholas hat frisch riechende Handtücher aufgehängt und im Badschrank befinden sich noch einige auf Vorrat.

Dann werfe ich einen Blick ins Wohnzimmer. Bonnie ist nirgendwo zu sehen. Vermutlich ist sie draußen.

Ich gehe in die Küche, wo ich erst mal die restlichen Vorräte verstaue. Zwar kenne ich Nicholas' System nicht, aber so schwer wird es nicht sein, das wiederzufinden, da seine Vorratskammer recht übersichtlich gestaltet ist.

Die restlichen Sachen bis auf sechs Eier und genügend Speck räume ich in den Kühlschrank und dessen Eisfach.

Dann durchsuche ich die Küchenschränke nach einer Pfanne, die ich auch bald finde. Ich gebe die Eier mit Speck in die Pfanne. Leider gelingt es mir nicht, die Eier ganz schalenfrei reinzukriegen, sodass ich mit einem kleinen Löffel in der Pfanne herumsuchen muss, bis ich hoffentlich alle Schalenreste erwischt habe.

Stirnrunzelnd betrachte ich die Knöpfe des Herdes und stelle ihn dann auf die höchste Stufe. So wird das Essen am schnellsten fertig sein. Nicholas wird bestimmt bald zurückkommen. Ich kann mir gut vorstellen, dass Holzhacken hungrig macht. Ich bin es jetzt schon allein von der langen Autofahrt und freue mich schon auf die Eier mit Speck.

In dem Moment kommt Bonnie in die Küche. Etwas Süßeres habe ich nie gesehen. Sie bettelt natürlich, und ich gebe ihr ein kleines Stückchen Wurst aus dem Kühlschrank. Irgendwo habe ich doch Hundefutter gesehen. Sie streicht um meine Beine herum und schaut mich aus ihren Kulleraugen ganz treuherzig an.

Endlich finde ich eine kleine Futterdose. Nicholas lagert einen großen Vorrat davon, aber der steht etwas versteckt in der Ecke der Speisekammer. Also ist die doch nicht so übersichtlich wie gedacht.

Jetzt brauche ich nur noch einen Dosenöffner. Irgendwo muss der doch sein. Ich kann den Hund ja schließlich nicht verhungern lassen.

Plötzlich geht ein Alarm los. Ich erschrecke und Bonnie flieht durch die Katzentür nach draußen.

Verdammt, das ist der Feueralarm. In der Küche qualmt und stinkt es. Schnell stelle ich den Herd aus und nehme fluchend die Pfanne von der heißen Kochplatte. Die Eier und der Speck sind ganz schwarz geworden.

Ich versuche, an den Rauchmelder ranzukommen, aber ich schaffe es nicht, da ich zu klein dafür bin. Der Lärm ist wirklich ohrenbetäubend. Ich suche nach irgendwas, mit dem ich ihn erreichen kann.

Plötzlich stürzt Nicholas herein und stellt den Rauchmelder ab. Er reißt die Fenster auf.

»Ist alles in Ordnung?«, fragt er. Sorge zeichnet sich auf seinem Gesicht ab.

Mir laufen die Tränen über die Wangen, was nicht nur am Rauch liegt, der in meinen Augen brennt. Ich nicke mit gesenktem Kopf. Das ist alles zu demütigend. Nicht mal ein paar Eier mit Speck bringe ich zustande.

Ich schlucke schuldbewusst. »Bonnie war da. Ich hatte sie nur füttern wollen und nicht gleich den Dosenöffner gefunden und dabei die Eier mit Speck vergessen.« Vielleicht hätte ich den Herd doch nicht so hoch einstellen sollen. Oder ich habe irgendwas anderes falsch gemacht. In anderen Ländern verhungern die Leute, und ich habe Essen einfach so vernichtet. Das kann man ja nur noch wegwerfen.

»Es tut mir leid«, sage ich. Meine Schultern beben und meine Tränen laufen ungehemmt über meine Wangen. Mein Vater hat recht. Ich bin zu nichts nutze und ohne ihn nicht lebensfähig. Und jetzt bin ich auch für Nicholas eine Last.

»Ich habe noch nie gekocht«, gestehe ich schluchzend.

Anstatt mich zu schelten, wie ich es erwartet habe, zieht Nicholas mich in seine Arme. »Ist schon in Ordnung. Es gibt Schlimmeres. Ich dachte schon, dir wäre etwas zugestoßen.«

Es berührt mich zutiefst, dass er zuerst an mein Wohlbefinden denkt.

»Ich ... ich bin in Ordnung, aber die Eier ...«

Verständnisvoll sieht er mich an. »Vergiss die Eier. So schlimm ist das nicht, Liebes.«

Oh mein Gott, er hat mich Liebes genannt.

»Dann essen wir eben Sandwiches zum Abendessen«, spricht er weiter. »Und du kannst uns ein paar Radieschen aus dem Garten holen, falls du die gern isst und es noch nicht regnet.«

Du meine Güte, er trägt kein Shirt! Warum fällt mir das jetzt erst auf? Offenbar ist ihm beim Holzhacken zu warm geworden, sodass er es ausgezogen hat. Und ich werde mit meinem Gesicht soeben gegen seine harte, männliche Brust gedrückt. Die Eier mit Speck sind vergessen. Stattdessen habe ich ganz andere Dinge im Kopf ...

Er fühlt sich so verdammt gut an, und es ist einfach nur schön, von ihm in den Armen gehalten zu werden. Das könnte ich den ganzen Tag haben. Leider ist es zu schnell vorbei, denn er löst sich von mir.

»Ich schaue, dass ich draußen noch schnell fertig werde, denn es kann jeden Moment regnen. Kommst du zurecht?«

Ich nicke, da mir die Worte fehlen. Ich kann ihn nur anstarren, als er mich noch einen Moment lang besorgt ansieht, mir beschreibt, wo ich die Radieschen finde und dann das Haus wieder verlässt.

Er ist ja so fürsorglich, verständnis- und liebevoll.

Ich kratze die Pfanne aus und gebe alles in den Müllbehälter. Dann gehe ich ins Bad, um mir die Hände zu waschen.

Als ich zurückkomme, gehe ich entschlossen zum Kühlschrank. Er hat Brot gekauft, das aus Mais- und Reismehl gebacken wurde. Dabei hat er also an mich gedacht ... Ich finde grünen Salat, Gurken, Schinken und Käse, womit ich Sandwiches zubereite.

Ich lege die Sandwiches auf einen Teller, den ich in den Kühlschrank stelle. Man weiß ja nie, ob sich Bonnie nicht sonst daran vergreift. Dann fallen mir die Radieschen ein, die Nicholas erwähnt hat.

Ich nehme eine Schüssel aus dem Schrank und verlasse das Haus. Zum Glück regnet es noch nicht und der feine Niesel stört mich nicht weiter.

Um die Radieschen zu erreichen, muss ich ein Stück laufen und komme dadurch in Sichtweite von Nicholas, der noch immer Holzscheite spaltet. Ich ernte ein paar der Radieschen, doch mein Blick wandert immer wieder wie von selbst zu Nicholas. Dabei vergesse ich die Schüssel mit Radieschen, die ich umklammert halte.

Er ist ein Bild von einem Mann. Die körperliche

Arbeit lässt seine Muskeln noch mehr hervortreten. Ich kann kaum den Blick von ihm abwenden. Eine dunkle Haarsträhne hängt ihm verwegen ins Gesicht. Über seinen Bauch wandert ein Schweißtropfen und verschwindet vorne über die V-förmigen Muskeln in seiner Jeans. Der glückliche Schweißtropfen! Dort wäre ich jetzt auch gerade gern ...

Als er meinen Blick bemerkt und mich feixend ansieht, spüre ich, wie die Röte in mein Gesicht aufsteigt. Er hat mich beim Gaffen erwischt ...

»Ich habe ein paar Radieschen geholt«, beeile ich mich zu sagen und drehe mein Gesicht weg, damit er meine Röte hoffentlich nicht sieht. Mein Gesicht fühlt sich heiß an.

»Super. Ich bin so gut wie fertig.« Nicholas spaltet den letzten Scheit und wirft ihn in einen schwarzen Eimer zu den anderen. Er nimmt sein Shirt auf, das er über den Ast eines Busches gehängt hatte, schnappt sich den Eimer und schlendert auf mich zu.

»Das haben wir ja gerade noch geschafft«, sage ich mit einem Blick zum Himmel, aus dem sich jetzt immer mehr Regentropfen lösen.

Nicholas lächelt mich wieder auf jene unnachahmliche Weise an, die mein Innerstes zum Schmelzen bringt. »Ja, das haben wir.« Seine Stimme ist tief und leicht rau. Sie berührt etwas tief in mir und bringt es zum Klingen. So wie er hat das noch kein Mann zuvor bei mir geschafft. Er hat etwas Besonderes an sich.

»Normalerweise habe ich einen Holzvorrat, aber

ich habe meiner Nachbarin gesagt, dass sie sich während meiner Abwesenheit welches holen kann, wenn sie sich schon um Bonnie kümmert. Ich hatte nicht geahnt, dass ich jetzt schon zurückkehren würde.«

»Das ist lieb von dir, dass du ihr das angeboten hast.«

»Es ist das Mindeste, was ich für sie tun kann, außer diverse Reparaturen in ihrem Haus.«

Nicholas verfügt also über handwerkliches Geschick. Ich habe noch nie in meinem Leben auch nur die Birne einer Lampe ausgetauscht, ganz einfach, weil ich es bisher nie musste. Wenn es möglich wäre, hätte mein Vater wohl auch Leute dafür bezahlt, für ihn und den Rest seiner Familie aufs Klo zu gehen ...

»Ihr steht einander sehr nahe?«, frage ich mit einem ganz leichten Anflug von Eifersucht.

»Hier hilft man sich eben in der Nachbarschaft. Seit ihr Mann vor zwei Jahren gestorben ist, ist sie allein. Ihre Kinder und Enkel wohnen weiter weg.«

Erleichtert atme ich aus. Sie ist also wesentlich älter.

»Du wirst sie noch kennenlernen, falls du länger hier bist.«

Ich nicke. »Hat mein Vater dir eigentlich ein Update geschickt?«

»Bisher gibt es nichts Neues.«

»Du hast doch hier Smartphone-Empfang?«, frage ich.

»Ja.«

Wir gehen zum Haus. Nicholas hält mir mit einer Hand die Tür auf und lässt mir den Vortritt.

»Wir könnten eigentlich auf der Terrasse essen. Die hat ein großes Dach. Da werden wir nicht nass«, schlägt Nicholas vor.

Ich nicke. Die Vorstellung gefällt mir. »Aber ist das nicht gefährlich, falls sich ein Attentäter in den Büschen herumtreibt?«

»Der Garten hinter dem Haus ist gut gesichert. Außerdem weiß niemand, dass du hier bist. Es kann auch niemand wissen. Woher auch? Deswegen sind wir ja hierher gekommen. Das Haus liegt ziemlich abgelegen und nur sehr wenige Leute wissen, dass ich ihr lebe. Trotzdem sollten wir natürlich weiterhin vorsichtig sein. Ich dusche noch rasch.« Nicholas trägt das Holz ins Wohnzimmer, hantiert am Kamin herum und begibt sich anschließend ins Bad.

Ich betrete die Küche und schließe das Fenster. Glücklicherweise hat es nicht reingeregnet. Lediglich das Fensterbrett ist etwas feucht geworden, sodass ich es abwische.

Der Rauch ist inzwischen vollständig rausgezogen und es riecht jetzt nach Blumen, Kräutern und Regen. So wie hier habe ich das noch nie wahrgenommen in der Großstadt. Das Leben auf dem Land ist wirklich völlig anders. Erstaunlicherweise denke ich, dass ich mich durchaus daran gewöhnen könnte.

Ich wasche die Radieschen und schneide sie in Scheiben, die ich auf einem Teller drapiere und leicht salze. Diesen stelle ich auf den Tisch. Dann mache ich uns eine Kanne Pfefferminztee. Da Nicholas mehrere Packungen davon auf Vorrat hat, vermute ich, dass er ihn gerne trinkt.

Anschließend säubere ich die eingebrannte Pfanne, trockne sie ab und stelle sie zurück in den Schrank.

Zwischendrin füttere ich Bonnie, die sich zu mir in die Küche gesellt und wieder gebettelt hat. Glücklicherweise habe ich den Dosenöffner gefunden. Gierig stürzt sie sich auf das Futter. Ich nehme ihren Wassernapf, schwanke ihn aus und befülle ihn mit frischem Wasser.

Ich stelle gerade ein paar Tassen und die Kanne auf den kleinen, runden Holztisch auf der Terrasse, da trägt Nicholas die Teller und das Besteck nach draußen. Sein Haar ist noch feucht und er trägt eine frische Jeans und ein schwarzes Shirt. Ihm entströmt ein Duft nach einem herbfrischen Duschgel. Auch rasiert hat er sich offenbar.

Dann hole ich die Sandwiches aus dem Kühlschrank und trage sie zusammen mit einer Kerze im Glas, die ich in einem der Küchenschränke gefunden habe, und einem Feuerzeug raus auf die Terrasse und setze mich Nicholas gegenüber auf einen der Klappstühle aus honigfarbenem Holz. Die dunkelgrün bezogenen Polster sind ungeheuer bequem.

Es steht noch ein Beistelltisch mit einem Radio auf der Terrasse und daneben befindet sich das obligatorische Hundesofa, diesmal eines aus dunkelrotem

Plüsch. Nicholas verwöhnt seine kleine Hundedame wirklich sehr.

Nicholas hat unsere Tassen bereits mit dem Pfefferminztee befüllt. Die Glaskerze zwischen uns verbreitet ein gemütliches Licht.

Der Regen prasselt jetzt gemächlich in dicken Tropfen herunter. Er hat nicht zu viel versprochen. Durch das großzügige Dach sind wir sicher vor dem Regen geschützt. Die feuchten Kräuter und die Kirschblüten verbreiten einen ganz wunderbaren Duft.

Wir wünschen einander einen guten Appetit und beginnen zu essen.

»Die Sandwiches sind nicht schlecht«, sagt Nicholas anerkennend.

»Ich konnte damit nicht allzu viel falsch machen. Du hast hier wirklich alles, was das Leben angenehm macht«, sage ich mit einem Blick auf den Lavendel, die Rosenbüsche und Bonnie, die versucht, Regentropfen zu fangen, und sich dabei immer wieder schüttelt, wenn sie einer an der Nasenspitze trifft. Es ist einfach ein zu süßes Bild, und ich muss lachen.

»Ja, hier lässt es sich leben.« Er beißt erneut in sein Sandwich.

»Ich wünschte, ich wäre schon früher öfter mal aus New York rausgekommen. Mal abgesehen von einem Trip mit meinem Vater nach London habe ich die Stadt kaum verlassen.«

»Und warum bist du es nicht?«

Ich hebe die Achseln. »Ich hatte nie das Bedürfnis dazu. Seltsam, nicht wahr?« Ich nehme einen Happen von meinem Sandwich, das in der Tat köstlich schmeckt.

»Es gibt so einige New Yorker, denen es ähnlich ergeht wie dir. Ich habe ein paar davon getroffen.«

Bonnie, inzwischen müde von der Jagd nach Regentropfen, kommt zu uns auf die Terrasse, schüttelt ihr Fell aus und verschwindet dann durch die leicht angelehnte Terrassentür ins Haus.

»Du kommst viel rum?«, frage ich.

»Das gehört zu meinem Job.« Er nippt an seinem Tee.

»Willst du den für immer machen?«, frage ich.

»Ich weiß es noch nicht. Warum isst du eigentlich glutenfrei? Hast du Zöliakie?«

»Nein, es wurde keine festgestellt, aber ich habe, seit ich mich glutenfrei ernähre, einen viel klareren Kopf und wie von selbst sieben Kilo in acht Wochen abgenommen, ohne weniger zu essen. Mein Arzt vermutet eine nichtzöliakische Glutensensitivität.

Er hat gemeint, ich solle zusätzlich auf Zucker verzichten, da das innere Entzündungen fördert.« Da, ich konnte es aussprechen, ohne mir die Zunge abzubrechen. Die Übung machts. »Das war vor etwa einem halben Jahr gewesen.« Soweit zu den Idioten, die denken, wenn man ein paar Kilo zu viel hat, läge es immer am Essen. Ich esse sogar mehr als früher.

»Ich habe davon gehört. In der Presse stand, dass

du magersüchtig geworden bist, zumal du für einige Wochen in einer Klinik verschwunden sein sollst.«

Wut steigt in mir hoch. »Das war keine Magersüchtigenklinik, und ich war dort nicht freiwillig gewesen.« Ich beiße in mein Sandwich.

»Wenn du nicht darüber reden willst, ist das für mich in Ordnung. Ich gehöre nicht zu den Leuten, die alles glauben, was über andere gesagt oder geschrieben wird.«

»Ich war in einer Alkoholentzugsklinik. Mein Vater hat mich gegen meinen Willen darin eingeliefert. Dann stellte sich aber heraus, dass ich kein Alkoholproblem hatte. Das muss eine große Enttäuschung für meinen alten Herrn gewesen sein.

Und seitdem ich die sieben Kilo aufgrund meiner glutenfreien Ernährung verloren hatte, wollte mich mein Ex wieder zurückhaben. Zuvor hatte ich ihm zu viele Speckröllchen. Aber die hatte ich schon, als er mich kennengelernt hat.«

Nicholas schüttelt ungläubig den Kopf. »Das verstehe ich nicht. Das ist, als würde man Himbeeren kaufen und sich anschließend darüber beschweren, dass es keine Erdbeeren sind.«

»Ich begreife es ja auch nicht. Vielleicht sollte ich sie mir wieder anfuttern, damit ich fortan meine Ruhe vor ihm habe. Wobei ich nicht glaube, dass das der einzige Grund für seine Hartnäckigkeit ist.«

»In erster Linie solltest du dich wohlfühlen und nicht darüber nachdenken, was Steve oder irgendjemand sonst will. Außerdem hat mir der Versuch, ihn durch einen Kuss in die Flucht zu schlagen, weitaus mehr zugesagt.«

Die Erinnerung an unseren ersten Kuss steigt in mein Bewusstsein. In seinen unwahrscheinlich blauen Augen erkenne ich, dass auch er gerade daran denkt. Sein Blick ist bezwingend. Er nimmt mich gefangen.

Dann wandert sein Blick zu meinem Mund. Ich räuspere mich und lecke mir über die Lippen.

Er lächelt mich betörend an, den Blick nach wie vor auf meine Lippen gerichtet. »Ich hätte nie gedacht, dir mal gegenüber zu sitzen«, sagt Nicholas.

Er isst die letzten Bissen seines Sandwiches. Ich kann meinen Blick nicht von seinen Lippen und seinem Adamsapfel abwenden.

»Ich hätte dasselbe auch nie von dir gedacht.« Meine Stimme klingt belegt. Die ganze Atmosphäre ist erotisch aufgeladen. Ich glaube, fast das Knistern hören zu können. Das ist intensiver als mit Steve oder Alexis zu unseren besten Zeiten, was mich durcheinanderbringt.

»Du hättest niemals erfahren, dass es mich überhaupt gibt, wenn ich nicht dein Bodyguard geworden wäre. Du siehst übrigens auch ohne Make-up gut aus.«

Erstaunt sehe ich ihn an. »Wirklich? Aber meine Wimpern sieht man so kaum noch.«

»Tilda Swanson hat auch so helle Wimpern und trägt fast nie Mascara. Trotzdem kommt niemand auf die Idee, sie als unattraktiv zu bezeichnen.«

»Sie ist aber auch nicht die klassische, feminine Schönheit.« Ich esse mein Sandwich zu Ende und nippe anschließend an meiner Tasse Tee.

Er hebt die Achseln. »Sie hat sich noch nie über Männermangel beklagen können. Ich denke, es liegt daran, dass sie einfach sie selbst ist. Wenn eine Frau sich selbst voll und ganz akzeptiert, so wie sie ist, dann kann das ungeheuer sexy sein.

Sie macht sich weniger Gedanken darüber, ob sie anderen gefällt oder den Erwartungen anderer entspricht, als dass sie sich selbst gefällt und sich in ihrer Haut wohlfühlt. So etwas führt zu einer unglaublichen Ausstrahlung.«

Mein Herz klopft schneller. Endlich ist da ein Mann, der mich versteht.

»Genau darum geht es mir«, sage ich. »Das ist es, was ich erreichen will, wenn ich Mode kreiere. Ich will damit die Individualität und die Persönlichkeit einer Frau unterstreichen. Sie soll sich nicht verkleidet fühlen, sondern wie sie selbst. Ebensolche Ziele verfolge ich mit meinen Nagellacken.«

Er sieht mir tief in die Augen. »Das sind gute Ziele.«

Nicholas nimmt einen Schluck Tee. Ein Tropfen davon perlt über seine Lippen. Er leckt ihn ab.

»Du magst also Tilda Swanson?«, frage ich.

Er nickt. »Sie erinnert mich an meine beste Freundin.«

Überrascht starre ich ihn an. »Du hast eine beste

Freundin?«

»Ja, beim Militär haben sie mich deshalb gehänselt. Anfangs zumindest, bis sie kapiert haben, dass Barbara verdammt hart im Nehmen ist.«

»Du kennst sie also schon so lange? Wie lange bist du schon Bodyguard?«

»Seit fünf Jahren. Sie ist zwei Jahre jünger als ich und war im Militär bei derselben Einheit gewesen. Als ich das Militär verließ und Bodyguard wurde, hat sie genau dasselbe getan.«

»Warum hast du dort aufgehört?«

Er wirkt nun sehr in sich gekehrt, als wäre er mit seinen Gedanken weit weg. »Weil ich dort aufhören musste. Ich konnte es nicht mehr länger dort aushalten.«

»Wegen der Kriege?«

»Unter anderem.«

Ich habe das Gefühl, dass er darüber nicht reden möchte.

»So was schweißt natürlich zusammen«, sage ich.

Er nickt. »Ja. Das kann man allerdings sagen.«

»Du bist der erste Mann, den ich kenne, der schon so lange eine beste Freundin hat. Ist das nicht ungewöhnlich?«

Er hebt die Achseln. »Das mag sein, aber Barb ist auch nicht wie die meisten Frauen. Sie will demnächst hier mal vorbeischauen. Vielleicht wirst du sie kennenlernen, wenn du dann noch hier sein wirst.«

Er hat also mit seiner besten Freundin erst kürzlich

telefoniert.

»Habt ihr eine Beziehung miteinander?« Die Worte sind draußen, bevor ich sie aufhalten kann. Freundschaft und Liebe schließen einander nicht aus, finde ich zumindest. Jetzt wird er denken, ich bin mehr an ihm interessiert, als ich sollte.

Nicholas lacht und schüttelt dann den Kopf. »Nein, auch wenn einige meiner Kameraden das immer angenommen haben. Ich bin nicht ganz ihr Typ.«

Meine Kinnlade klappt nach unten. Ungläubig starre ich ihn an. Wie kann dieser umwerfende, tolle, einfach atemberaubende Mann *nicht* jemandes Typ sein? »Das verstehe ich nicht.«

Er lächelt versonnen. Offenbar hat er meine Reaktion sehr genau mitbekommen. »Du bist eher ihr Typ.«

»Sie steht also eher auf Frauen.«

»Genau. Ich habe über deinen Motorradclub-Freund Joe Denver gehört, dass er ein Afghanistan-Veteran ist.«

Ich nicke. »Das ist richtig. War das einer der Gründe, warum du mir damals hinsichtlich der Benefizveranstaltung geholfen hast?«, frage ich.

»Einer von vielen.«

»Warst du dort gewesen? In Afghanistan?«

»Ja, das war ich.« Sein Blick wirkt entrückt und düster, als würde er in die Vergangenheit blicken und nichts Gutes dort entdecken.

Daher frage ich nicht weiter nach, was ihm damals

widerfahren ist, denn ich will uns die Stimmung nicht verderben.

Kapitel 11

»Das war schön, fast wie ein Picknick«, sage ich später und blase die Glaskerze aus.

Nicholas lächelt versonnen. »Eines Tages, wenn das Wetter schön und die Bedrohung vorüber ist, werde ich mit dir ein Picknick mitten auf dem See machen. Wir werden mit dem Boot hinausfahren und dort essen. Du glaubst gar nicht, wie schön das ist.«

Er will mich also nicht sofort nach der Beendigung seines Auftrags loswerden. Das werte ich als gutes Zeichen. Doch zuvor muss der erst mal abgeschlossen und die Bedrohung beseitigt werden.

Ich bin wie gebannt von seinem Blick, der so vieles verheißt. »Doch, ich glaube es. Ich kann mir gut vorstellen, dass so etwas traumhaft ist. Die Sonne, die sich auf der Wasseroberfläche spiegelt.« Ich lecke mir über meine plötzlich trocken gewordenen Lippen.

Sein Blick wandert von meinen Augen zu meinen Lippen, bleibt dort für einen atemberaubenden Moment hängen und kehrt wieder zurück zu meinen Augen. Ich glaube, darin ein Feuer brennen zu sehen, das von höchster Leidenschaft zeugt. Was natürlich Wunschdenken ist ...

Er lächelt sanft. »Oder die Sterne und der Mond, die sich im nachtdunklen Gewässer spiegeln, wenn es ein Mitternachtspicknick wird.«

Ich lächle ihn an. »Und der Wind in unserem Haar, das leise Plätschern des Wassers und die Ewigkeit des Universums über uns.« Und er sitzt mir gegenüber ohne eine Bedrohung im Hintergrund. Nur Nicholas und ich für immer. Ein Seufzen entkommt meinen Lippen. Man darf ja noch träumen ... Träume sind ja ohnehin oft besser als die Wirklichkeit.

»Das hört sich wirklich gut an.«

»Dann freue ich mich darauf«, sage ich mit rauer Stimme. Dieser Mann weiß, wie er tief in mir etwas berührt.

»Hast du jemals im Regen getanzt?«

Überrascht sehe ich ihn an. Wieder einmal hat er mich erstaunt. »Nein, niemals. Aber ich könnte mir vorstellen, dass das sehr schön ist.«

Sein Blick wird ganz eindringlich. Eine tiefe Leidenschaft liegt darin. »Dann wird es höchste Zeit. Lass es uns nachholen.«

»Jetzt?« Ich fühle mich atemlos vor Aufregung.

»Es gibt nur das Jetzt. Sowohl die Vergangenheit als auch die Zukunft sind eine Illusion, reine Konstrukte. Nichts davon ist greifbar oder real, auch wenn wir natürlich planen und uns absichern sollten. Wir haben nur das Jetzt, diesen Moment und den nächsten.« Nicholas erhebt sich und schaltet das Radio ein. Nach kurzer Zeit findet er einen Song, dessen Rhythmus mir durch den Leib dringt und eins wird mit dem Schlag meines Herzens.

Er sieht mir tief in die Augen und reicht mir seine Hand. »Jetzt, Tabitha. Dieser Moment gehört uns beiden ganz allein, nur uns.«

Als ich sie ergreife, kribbelt meine Haut wie elektrisiert. Sie fühlt sich warm an. Er besitzt lange, schlanke, starke Finger. Ich spüre leichte Schwielen von der körperlichen Arbeit an seinen Handflächen, doch diese stören mich nicht. Er führt mich die Stufen der Terrasse hinab mitten auf die Wiese hinter dem Haus.

Der Regen fällt jetzt nur noch leicht herunter. Ich muss lachen, denn die feinen Tropfen kitzeln auf meiner Haut. Der Duft des Regens hat es mir angetan.

Nicholas schenkt mir einen schmelzenden Blick, der mich alles vergessen lässt, außer ihn, und dann tanzen wir, wie ich noch nie zuvor in meinem Leben getanzt habe. Er schwingt mich herum und zieht mich immer wieder an seinen harten Leib.

Unentwegt schaut er mir dabei in die Augen. Sein Blick ist so intensiv, als könne er mir damit in meine Seele sehen. Ich bin wie hypnotisiert davon und kann nicht wegschauen. Ich verliere mich in den blauen Tiefen, die unergründlich erscheinen wie der Ozean.

Unser Tanz ist unkonventionell und leidenschaftlich. Es gibt keine falschen Schritte, keine Konventionen und keine Beobachter. Ich verschmelze mit dem Moment, mit *ihm*.

Er hält meine Taille umfangen, während ich meinen Oberkörper nach hinten neige.

Als ich mich wieder aufrichte, wandert seine Hand über meinen Rücken und malt Kreise darauf. Meine Haut kribbelt, wo er mich berührt.

Niemals habe ich mich lebendiger und femininer gefühlt als jetzt. Mein Herz schlägt schnell, und tief atme ich die frische Regenluft ein. Feine Tropfen fallen auf uns hernieder. Sie liebkosen meine Haut und schillern in Nicholas' dunklem Haar. Es ist wirklich ein ganz besonderer Moment, den ich nie vergessen werde.

Wir tanzen jetzt eng umschlungen, Leib an Leib, Haut an Haut. Sein Arm liegt um meine Taille und ich habe meinen linken Arm um seinen Hals gelegt. Ich blicke zu ihm auf, während seine Wärme und der maskuline Duft seines Leibes mich einhüllen. Ich bin wieder einmal vollkommen fasziniert von seinen ozeanblauen Augen.

Ein dicker Regentropfen fällt auf meine Wange und rinnt über meine sensibilisierte Haut. Nicholas küsst ihn mit solch einer unglaublichen Zärtlichkeit weg, dass es mir die Tränen in die Augen treibt. Zum Glück regnet es, sodass er nicht sieht, wie sie herabrinnen, diese Tränen der Freude.

Dann sind seine weichen Lippen plötzlich auf meinem Mund, den ich ihm unwillkürlich öffne, als ich seine Zunge spüre. Tief dringt er in mich ein und unser Atem vermischt sich. Seiner schmeckt nach einem Hauch von Pfefferminze.

Ich vergrabe meine Finger in seinem dichten Haar. Sein Blick dringt in meinen. Er zieht mich dichter an seinen Leib, falls das überhaupt noch geht.

Der Regen nimmt zu. Nicholas lässt daraufhin von mir ab, was ich sehr bedaure. Doch dann hebt er mich auf seine Arme und trägt mich ins Haus. Ich spüre seine Muskeln, als ich meine Arme um seinen Hals schlinge.

Die Terrassentür ist nur angelehnt, sodass er mich, ohne mich abzusetzen, hineintragen kann.

Vor dem Kamin lässt er mich sanft zu Boden gleiten. Nun stehe ich mit weichen Knien und schnell klopfendem Herzen vor ihm. Mein Herz, das für ihn schlägt ... Verdammt, ich werde mich doch hoffentlich nicht in ihn verlieben?

Er hat offenbar vorhin ein Feuer entfacht, das nun eine gemütliche Wärme verströmt. Wie umsichtig von ihm.

Bonnie hat es sich in der Nähe des Feuers in einem ihrer Hundesofas gemütlich gemacht und döst. Sie sieht unheimlich süß aus so zusammengerollt.

»Du musst das ausziehen, wenn du dich nicht erkälten willst«, sagt Nicholas mit rauer Stimme.

Ich schenke ihm ein Lächeln. »Da der Trick mit den Action- und Science-Fiction-Filmen bei mir nicht funktioniert, hast du dir also was Neues ausgedacht.«

»Du hast mich durchschaut.«

»Du bist wirklich ein ganz Schlimmer«, sage ich grinsend.

Sein Blick wird dunkel. »Und du bist eine ganz Süße. Ich weiß, dass ...«

Bevor er weitersprechen kann, presse ich meine Lippen auf seine und zerre an seinem Shirt. Ich ziehe ihm das feuchte Ding über den Kopf.

Nicholas hat es mit meinem Sommerkleid leichter. Nachdem er den Reißverschluss am Rücken geöffnet und mir die Träger von den Schultern abgestreift hat, fällt es von selbst zu Boden.

Sein bewundernder Blick gleitet über mich. »Du bist unglaublich schön.« Sein Blick hat beinahe etwas Ehrfürchtiges an sich. So hat mich in meinem ganzen Leben noch niemand angesehen. Möge doch dieser Moment ewig dauern ...

Als seine Hand zum Verschluss seiner Jeans gleitet, durchfährt mich Hitze. Er öffnet den Knopf und den Reißverschluss und zieht sich die Bluejeans herunter, sodass ich nun seine schwarzen Boxershorts sehen kann, die gut ausgefüllt sind.

Er besitzt lange, muskulöse Beine, die zum Rest von ihm passen. Nicholas tritt auf mich zu und küsst mich auf den Hals und auf das Schlüsselbein, wo ich besonders empfindsam bin. Ein Prickeln zieht daraufhin über meine Haut.

»Schließ deine Augen«, spricht er mit samtiger, tiefer Stimme gegen die sensible Haut meiner Schläfen.

Ich tue dies.

»Du bist eine absolut unglaubliche Frau.« Seine Stimme ist schwer vor Emotionen und klingt leicht belegt.

Sein Atem kitzelt meine Wange und meinen Hals. Da ich meine Augen geschlossen habe, empfinde ich alles noch intensiver. Ich nehme seine Ausstrahlung wahr und den herrlich maskulinen Duft seines atemberaubenden Leibes.

Ich strecke meine Hände nach ihm aus und lege sie auf seine Brust. Dabei spüre ich seinen kräftigen Herzschlag.

»Du bist so sexy«, haucht er in mein Ohr.

Alles, wovon ich jemals geträumt habe, scheint in Reichweite gelangt zu sein ... Ein Mann, der mich annimmt, wie ich bin, um meiner selbst willen. Dem ich nicht zu dick, zu farblos oder nicht griechisch genug bin.

Ich möchte mich fallen lassen und alles vergessen, die Vergangenheit, die Erwartungen der Gesellschaft und die meines Vaters, meine Ängste und alles, was mich zurückhält, zu sein, wer ich bin, und mir das zu nehmen, was ich will.

Und ich will Nicholas. Ich will ihn mit einer Intensität, die mich erschreckt. Selten habe ich jemanden so sehr begehrt in meinem Leben wie ihn.

Wie von selbst gleiten meine Hände über die samtige Haut seines Oberkörpers. Harte Muskeln liegen darunter. Er ist so stark und doch so sanft zu mir. Rücksichtsvoll ist er und liebenswert und er besitzt ein unheimlich großes Herz.

Ich spüre, wie er meinen BH öffnet und zu Boden gleiten lässt. Zärtlich umfasst er meine Brüste und liebkost sie. Ich zerfließe regelrecht unter seinen Berührungen.

Dann zieht er mir meinen Slip herunter, und ich öffne meine Augen wieder. Schließlich will ich Nicholas ansehen.

Mein Blick gleitet über ihn. Seine Haut ist etwas dunkler als meine. Mit einem Ruck zieht er mich an sich, und ich spüre seine lange Härte an meinem Bauch. Ich verspüre ein sanftes Ziehen in meiner Mitte, das sich in eine tiefe Sehnsucht verwandelt.

Ich neige meinen Kopf in den Nacken, um Nicholas ins Gesicht zu sehen. Sein Blick gleitet mit einer solchen Zärtlichkeit über mich, dass ich ein Ziehen in meinem Brustkorb verspüre.

Sanft umfasst er mein Gesicht und küsst mich tief, innig, zärtlich und leidenschaftlich zugleich. Meine Zunge spielt mit seiner. Mein Atem vermischt sich mit seinem. Mein Leib schmiegt sich an seinen, als er mich auf seine Arme hebt und ins Schlafzimmer trägt.

Die Laken duften leicht nach Lavendel und fühlen sich kühl und seidig an, als er mich auf dem breiten Bett sanft ablegt. Mein Haar liegt gefächert um meinen Kopf.

Nicholas betrachtet mich für einen Moment beinahe andächtig. Ich erkenne Begehren in seinem Blick und eine tiefe Sehnsucht.

»Willst du das wirklich?«, fragt er schließlich.

»Natürlich will ich dich.«

Nicholas gleitet über mich, um mich abermals zu küssen. Ich lege meine Hand an seine Wange und sehe ihm tief in die Augen.

Samtweich gleiten seine Lippen über meine. Zuerst spielerisch und dann mit einer tiefen Leidenschaft, die mich bis ins Innerste erschüttert, erobert er meinen Mund.

Seine harte, männliche Brust gleitet über meine sensiblen Nippel. Er trinkt das Stöhnen, das sich daraufhin meiner Kehle entringt, von meinen Lippen.

Dann gleiten seine Lippen tiefer über meinen Hals und über das Dekolleté. Keine Stelle lässt er aus, als er Liebkosungen auf meine Haut herabregnen lässt. Jeden einzelnen Zentimeter huldigt er mit Lippen, Zunge und Händen.

Meine Hände gehen ebenfalls auf Wanderschaft. Ich streichle seine Wangen, den Hals und die muskulösen Schultern, da rutscht er mit seinem Leib bereits tiefer.

Nicholas verteilt feine Küsse auf meinem Bauch. Ich winde mich und bäume mich auf, als er meinen Venushügel küsst und dann tiefer vordringt. Meine Hände krallen sich in sein weiches Haar, als er meine Schenkel auseinanderdrückt und mich nach allen Regeln der Kunst mit Zunge und Lippen verwöhnt.

Die Decke über mir und der Rest des Raumes verschwimmen. Ich gebe mich ganz den Empfindungen hin, die er in mir entfacht. Unglaubliche Lust durchflutet meinen Leib, aber auch das Gefühl, angenommen zu werden und endlich angekommen zu sein.

Ich schreie seinen Namen, als der Höhepunkt mich überkommt.

Nicholas lächelt, als er von mir ablässt und die Schublade des Nachtschränkchens öffnet, um diesem ein Kondom zu entnehmen. Dieses zieht er sich über und kehrt zurück zu mir.

Mein empfindsames Innerstes empfängt ihn willig, als wir uns endlich vereinigen. Jetzt gehöre ich ganz zu ihm und gebe mich ihm hin mit allem, was ich bin.

Jeder seiner Bewegungen komme ich entgegen und streichle ihn sanft. Sein Blick ist fest auf meinen geheftet. Ich glaube, so nahe war ich zuvor noch niemandem gewesen.

Ich spüre, wie er immer wieder tief in mich kommt und mich vollkommen ausfüllt. Wir sind ein Leib, vereint in Ekstase. Er küsst mir das Stöhnen, das sich meiner Kehle entringt, von den halb geöffneten Lippen. Ein weiterer Orgasmus bahnt sich an, der diesmal von tiefer kommt und sich anders, aber nicht weniger erfüllend anfühlt.

Seine Bewegungen werden schneller, er verharrt und kommt mit meinem Namen auf seinen Lippen, bevor er auf mich niedersinkt. Doch stützt er sich dabei auf die Ellbogen, um mich nicht mit seinem gesamten Gewicht zu belasten.

Einen Moment bleiben wir noch so verbunden und blicken einander stumm und staunend an. Dann zieht er sich aus mir zurück, entsorgt das Kondom, legt sich neben mich und schließt mich in seine Arme, sodass ich nun mit meinem Rücken an seine Brust gebettet bin. Ich fühle mich sonderbar geborgen, beinahe wie schwebend. Es ist wunderbar, einfach unbeschreiblich. Ich wünschte, er müsse mich niemals wieder loslassen.

Zärtlich haucht er mir einen Kuss auf die Schläfe. »Das war einzigartig.«

»Ja, das war es.« Ich bin noch ganz überwältigt von meinen Empfindungen. Die Leere tief in mir ist endlich gewichen. Ich fühle mich frei wie nie zuvor. Ich bin jetzt genau da, wo ich sein sollte. Wenn das nicht eine Fügung des Schicksals ist ...

Später lieben wir uns ein weiteres Mal, und ich schlafe anschließend mit einem Gefühl der Geborgenheit in seinen Armen ein.

Kapitel 12

Als ich am Morgen erwache, liegt Nicholas in der Löffelchen-Stellung hinter mir. Sein Arm liegt in beschützender Pose um meinen Leib. Habe ich mich jemals so geborgen, warm und sicher gefühlt? Ich kann mich nicht erinnern.

Er küsst mich auf die Schulter. »Bist du wach, meine Schöne?«

»Hm.«

»Möchtest du Kaffee oder Tee?«

»Hm.«

Er haucht mir einen Kuss auf den Hals, was angenehm kitzelt. »Ein herzhaftes oder ein süßes Frühstück, mein kleiner Morgenmuffel?«

»Hm.«

»Was möchtest du denn zum Frühstück, Liebes?«

Ich drehe mich zu ihm um. Er gibt einfach nicht auf. Auch das schätze ich an ihm … Er trägt nur eine Jogginghose. Wie kann er so früh am Morgen schon so atemberaubend aussehen? »Dich.«

Als er mich anlächelt, ist es für mich, als würde ich zum ersten Mal in meinem Leben einen Sonnenaufgang beobachten. »Mich bekommst du, so oft du willst. Wir werden trotzdem zuerst ein wenig essen. Vorhin hat dein Magen so gegrummelt, dass ich wirklich befürchtet habe, du würdest mich verschlingen.«

»Also gut. Kaffee mit Milch und das Frühstück herzhaft. Meine Vorlieben können aber täglich wechseln.«

Nicholas erhebt sich. »Das habe ich mir schon gedacht.«

»Wirklich?«

»Ja, du magst Abwechslung. Das sieht man an deiner Klamotten-Kollektion....

Erstaunt sehe ich ihn an. »Du kennst meine Klamotten-Kollektion?«

»Ich habe erst danach gegoogelt.«

»Dann weißt du auch, dass die ein Flop war.«

»Etwas zu klassisch war die, würde ich sagen.«

»Oh Mann, du wirst noch ein Frauenversteher.«

Er wirft ein Kissen nach mir. »Ist das nicht ein Schimpfwort? Du freches Ding.«

Ich schnappe mir das Kissen und werfe es zurück. Ehe wir uns versehen, befinden wir uns in einer wilden Kissenschlacht. Ein paar Federn fliegen durch die Luft und Nicholas' Haar ist ganz verstrubbelt. Ich selbst sehe wohl kaum besser aus. Hoffentlich ist mein Haar nicht ein totales Vogelnest. Viele Leute beneiden mich um meine Haarfarbe, doch dafür ist mein Haar ziemlich fein und verknotet schnell.

»Ich geh dann mal in die Küche und mache uns was, bevor du auf dieselbe Idee kommst und das Haus dabei abfackelst.« Er zwinkert mir frech zu.

»Du unverschämter Kerl!«

»Ich will dich bekochen und bin deswegen unverschämt? Du stehst wohl auf Arschlöcher oder was?«

»Nein, von denen habe ich wirklich genug. Ich weiß absolut zu schätzen, wenn du für mich kochst, sofern *du* die Küche dabei nicht abfackelst.«

Er grinst mich frech an. »Das habe ich bisher nicht geschafft. Ich glaube, was das betrifft, bist du erfahrener als ich.«

»Kannst du wirklich kochen? Hat das bisher jemand überlebt, etwas gegessen zu haben, das du gekocht hast?«, frage ich.

»Ja, ob du es glaubst oder nicht. Es waren allerdings eher einfache Sachen gewesen. Und wie ist es mit dir? Wie viele Leute hast du mit deinen Kochkünsten schon um die Ecke gebracht, und wie viele Häuser hast du abgefackelt?«

Als Antwort werfe ich ein Kissen nach ihm, das er geschickt auffängt. »Ich habe Hunger. Hör auf mit dieser Verzögerungstaktik, die dazu dient, deine grausigen Kochkünste zu verschleiern.«

Er wirft mir das Kissen zurück und zwinkert mir zu. »Ich mach dann mal was zu Essen.«

Er verlässt lachend den Raum, bevor ihn mein Kissen erneut treffen kann. Es knallt stattdessen gegen die Wand und fällt zu Boden.

Ich erhebe mich, um es zurück aufs Bett zu werfen und hülle mich in Nicholas' schwarzen Satin-Kimono, auf dessen Rücken ein goldener Drachen gestickt ist. Das Kleidungsstück riecht leicht nach ihm. Wie herrlich ...

Kapitel 13

Nicholas kam mir zuvor. Er war vor mir im Bad gewesen. Dafür riecht dort jetzt alles angenehm nach seinem Duschgel. Ich wähle meines mit dem Vanille-Duft, zu dem ich eine passende Bodylotion erworben habe. Zwar hatten sie nicht das, was ich sonst verwende, aber es ist okay.

Frisch geduscht, enthaart, eingecremt, dezent geschminkt und in das flaschengrüne Kleid gehüllt betrete ich die Küche. Inzwischen habe ich wirklich Hunger.

Glücklicherweise dringt aus der Küche bereits ein leckerer Duft nach gedünsteten Zwiebeln. Ich liebe gedünstete Zwiebeln. Roh mag ich sie allerdings nicht so. Erstens sind sie mir dann zu scharf und zweitens führe ich mich anschließend auf wie der Esel im Wald.

Die Kaffeemaschine läuft bereits, und er hat Tassen herausgestellt. Bonnie haut sich gerade ihr kleines Bäuchlein voll mit Hundefutter. Besonders damenhaft isst sie nicht gerade.

Nicholas hat sich, nachdem er im Bad war, eine Jeans und ein schwarzes Shirt übergezogen, auch wenn er nach wie vor barfuß ist. Ich weiß nicht, warum Männer so selten kalte Füße bekommen. Meine wären da längst eisig. Immerhin haben wir noch Frühling, auch wenn es recht warm für diese Jahreszeit ist.

Nicholas schneidet gerade Kartoffeln zu kleinen Würfeln. In einer Schüssel neben ihm befinden sich grüne Chilischoten.

»Kann ich dir dabei helfen?«, frage ich.

Er nickt. »Ja, schneide die Salami und die Chilischoten klein. In ein paar Minuten geben wir sie zu den Zwiebeln in die Pfanne.«

»Chilischoten? Sind die nicht arg scharf?« Mein Magen ist da leider recht empfindlich, auch wenn ich scharfes Essen mag.«

»Ich habe die milden gewählt. Auch die Salami ist eher mild gewürzt. Das ist schon allein für den Fall, dass Bonnie sich etwas mopst. Das soll sie zwar nicht, weil es nicht gut für sie ist, und ich passe auch immer auf, es passiert gelegentlich trotzdem.«

Ich spüre, wie mein Gesicht heiß wird. Hoffentlich glühe ich nicht rot wie eine Ampel. Ich hätte Bonnie wirklich gestern nicht das Wurststückchen füttern sollen. Aber wer kann schon diesem niedlichen Hundeblick widerstehen? Das nächste Mal, so nehme ich mir vor, werde ich hart bleiben und ihr eines der Hunde-Leckerlis geben, die ich gestern im Vorratsraum entdeckt habe. Ich weiß, dass Hunde diesen Mitleidsblick trainieren und nach Bedarf ein- und ausschalten können. Man darf sie nicht unterschätzen, nicht mal die kleinsten von ihnen.

Ich schneide zuerst die Salami und dann die Chilischoten klein und bin froh, nicht die Zwiebeln schneiden zu müssen. Mit Eileen habe ich mal versucht, etwas zu kochen. Das war nicht nur ein totales Desaster gewesen, sondern mir haben auch die Zwiebeln höllisch in meinen Augen gebrannt. Daran hat auch die Skibrille nichts geändert, die ich dazu aufgesetzt habe. Das nächste Mal versuche ich es mit einer Taucherbrille.

Als wir mit dem Schneiden fertig sind, geben wir die Kartoffeln, grünen Chilischoten und die klein geschnittene Salami in die Pfanne und braten das Ganze ungefähr fünf Minuten bei mittlerer Hitze an. Dann dreht er die Temperatur hoch.

»Was wird das überhaupt?«, frage ich, als Nicholas in einem Messbecher sechs Eier, Milch, Cayennepfeffer und Salz schaumig schlägt. Dann gießt er etwas neues Öl in die Pfanne.

»Das werden El-Paso-Omeletts. Du wirst sie mögen.«

»Sie riechen wirklich lecker.« Mir läuft das Wasser im Mund zusammen, und mein Magen meldet sich lautstark.

»Holst du bitte den geriebenen Hartkäse dort aus dem Schrank?« Nicholas deutet auf den Schrank neben mir. Dann rührt er nochmals die Zutaten in der Pfanne um, bevor er die Eier-Mischung hinzugibt.

Ich nehme den geriebenen Hartkäse aus dem Schrank und reiche ihn Nicholas.

»Danke, Liebes. Wir könnten eigentlich auf der Terrasse frühstücken, wenn du möchtest«, sagt er und gibt den gemahlenen Käse auf die Omeletts und stellt die gusseiserne Pfanne bei niedriger Temperatur in den Ofengrill.

Ich lächle ihn an. »Das wäre schön. Ich habe den hohen Zaun hinter der Hecke am hinteren Teil des Grundstücks gesehen. Hast du den errichtet?«

»Nein, das war der Vorbesitzer gewesen. Zwei meiner Nachbarn, die Schweine züchten, können einander nicht ausstehen. Bei einem von ihnen ist das Gatter des Schweinestalls defekt, sodass er es mit einem Brett abstützt, damit die Schweine nicht rausrennen.

Der andere Nachbar macht sich einen Spaß daraus, das Brett heimlich zu entfernen. Wundere dich also nicht, wenn hier irgendwann eine Horde Schweine auftaucht. Jedenfalls hat der Vorbesitzer hinter der Terrasse früher Kartoffeln angepflanzt und auf die waren die Schweine wohl besonders wild.«

»Oh Mann, ihr habt hier wirklich ganz andere Probleme als wir in New York.«

»Diese Besonderheit hat dazu geführt, dass ich das Grundstück behalten habe. Es ist sicherer als viele andere in der Gegend.«

»Und falls man hintenraus fliehen muss?«

»Dann schließt man das mit einem Sicherheitsschloss versehene Tor auf. Oder man schießt es auf, wenn man es sehr eilig hat.«

»Und falls das einer der Attentäter genauso macht?«, frage ich.

»Dann würde ich das hören.«

»Und wie ist das mit Schalldämpfern?«

»Ich werde dort versteckt eine Alarmanlage installieren. Wenn nicht alles so kurzfristig geschehen wäre, hätte ich das schon längst getan. Das Grundstück ist relativ leicht zu sichern. Außerdem nehmen Schalldämpfer nicht den gesamten Schall weg.«

»Daher hast du mich also hierher gebracht?«

»Hier kann ich dich besser beschützen als in New York. Außerdem weiß ja niemand, dass du hier bist, und es soll auch keiner herausfinden.«

Der Kaffee ist inzwischen durchgelaufen und verbreitet sein verführerisches Aroma. Fast mag ich den Geruch von Kaffee mehr als den Geschmack, den ich nur mit viel Milch ertragen kann.

Ich nehme die zur Kaffeemaschine gehörende silber-schwarze Isolierkanne, das Besteck und zwei blaue Tassen mit weißen Punkten, trage sie hinaus und stelle sie auf den kleinen runden Holztisch auf der Terrasse. Der Morgen ist lau und etwas frisch. Es duftet nach den Wildblumen, die auf der Wiese wachsen, die wohl früher ein Kartoffelacker gewesen ist. In Hausnähe hat Nicholas ein paar Gemüse- und Kräuterbeete angelegt, in denen allerdings auch einiges an Unkraut wuchert. Blumen hat er nicht gepflanzt. Er ist wohl eher der praktische Typ.

Die Gegend hier ist einfach traumhaft. Ich kann mich gar nicht sattsehen an all den blühenden Kirschbäumen und dem See im Hintergrund, über den die Sonne aufsteigt und das ganze Terrain in ein warmes Licht hüllt. Wie herrlich es doch hier ist. Es ist ein wahres Paradies.

Am Steg befindet sich ein kleines Holzboot. Wie romantisch es doch wäre, mit Nicholas damit auf den See hinauszufahren. Ich bin gerne hier mit ihm zusammen. Noch vor wenigen Tagen hätte ich mir das alles gar nicht vorstellen können. Da habe ich noch ein ganz anderes Leben geführt.

Nicht nur das Spiel aus Farben und Licht inspiriert mich für meine neue Nagellack- und Modekollektion, sondern auch der Gedanke an Nicholas. Ich werde mir später darüber Notizen machen, meine Produktentwicklerin anrufen und ein paar Flyer designen. Die Ideen halte ich nämlich für wirklich gut.

Nicholas kommt mit einer Fertigsalsa, den Tellern und einem Kännchen Milch auf die Terrasse. Die Glaskerze steht noch vom Vortag auf der Mitte des Tisches.

Wir setzen uns einander gegenüber. Nicholas entzündet die Kerze und schenkt uns Kaffee ein. Ein Sichtschutz aus Holz schützt uns vor der Sonne. Vermutlich hat er ihn auch aus anderen Sicherheitsgründen ... Dieser Mann ist wirklich von seinem Job besessen, was für seine Klienten aber vermutlich ein Segen ist, auch wenn es manchmal echt nervt.

Ich schneide mir ein Stück Omelett ab und esse es. Ein sagenhafter Geschmack verbreitet sich auf meiner Zunge. Ich bin erstaunt. Dass er derart gut kochen kann, hätte ich nicht gedacht. »Wow, das ist ja wirklich gut. Woher hast du das Rezept?«

»Aus einem Buch von Owen Rossan, das ich von einem guten Freund geschenkt bekommen habe. Es enthält lauter einfache, praktische Gerichte.«

»Du hast das echt drauf.«

Ein Mann, der so aussieht wie Nicholas, einen Beschützerinstinkt und ein großes Herz für Tiere hat und dazu noch so gut kochen kann ... Ich hätte nie gedacht, dass es so jemanden in einer Person geben könnte.

»Was wirst du nach diesem Auftrag machen?«, frage ich.

Er hebt die Achseln. »Das lasse ich auf mich zukommen. Vielleicht ziehe ich wieder nach Ohio. Das Haus hier ist schon extrem abgelegen.«

»Hast du dort noch Verwandte?«

»Mein Vater und meine jüngere Schwester Cathy leben dort. Er ist Rinderzüchter im Corn Belt in der Nähe von Wapakoneta, der Kleinstadt, in der Neil Armstrong geboren wurde.«

Du meine Güte. Dort muss es ja noch ländlicher sein als hier, falls das überhaupt geht.

»Du bist also in Kuhställen aufgewachsen?«

»Auf Weiden. Schon mit acht Jahren habe ich die Kühe auf die Weide getrieben.«

»Heutzutage ginge das gar nicht mehr. Da würde gleich die Polizei bei deinem Vater vor der Tür stehen. Die Viecher müssen doch viel größer gewesen sein als du damals. War das nicht gefährlich?«

»Wenn man weiß, wie man mit ihnen umzugehen hat, ist die Gefahr wirklich sehr gering, da die Tiere friedlich sind. Anders sieht es aus, wenn man mit Stieren zu tun hat. Aber die hat man normalerweise nicht auf der Weide mit den Kühen. Jedenfalls bin ich dadurch schon als Kind sehr selbständig gewesen.«

»Das glaube ich. Was hat dich denn nach Virginia verschlagen?« Ich nehme einen weiteren Bissen von meinem Essen.

»Der Zufall. Ich habe dieses Grundstück hier sehr günstig erworben und ein wenig renoviert. Eigentlich wollte ich es, wenn der Marktwert gestiegen ist, zu einem höheren Preis wieder verkaufen, aber dann trat Bonnie plötzlich in mein Leben.«

»Du warst zuvor also so etwas wie ein Nomade?«, frage ich.

»Ja, das bringt allein schon mein Job mit sich.« Nicholas führt seine Gabel zum Mund.

»Möchtest du irgendwann mal was anderes machen?«

»Ich hatte mit dem Gedanken gespielt, mich umzuorientieren, aber das ist nicht so einfach und ich weiß nicht, ob es durchführbar ist. Wir steuern wahrscheinlich auf eine Rezession zu. Außerdem braucht man erst mal einen Plan, ein Konzept. Ich will es für Bonnie tun, denn wer kümmert sich um sie, wenn ich erschossen werde? Cherise kann es nicht tun, obwohl sie es gerne würde. Das würde deren Katze auf Dauer nicht zulassen. Sie ist ziemlich eifersüchtig. Auf Katzen eigentlich noch viel mehr als auf Hunde.«

»Ich finde es gut, dass du für Bonnie den Job aufgeben willst. Und ich bin froh, dass du diesen Auftrag angenommen hast.«

Nicholas sieht mir tief in die Augen. »Das bin ich auch. Sonst hätte ich dich nicht kennengelernt.«

Ich schlucke. »Und ich dich nicht.«

Das Klingeln der Türglocke unterbricht uns.

»Das wird der Postbote mit der Alarmanlage sein, die ich bestellt habe«, sagt Nicholas, erhebt sich, durchquert das Haus und geht zur Tür.

Ich höre, wie er mit jemandem ein paar Worte wechselt und dann mit einem großen Karton zurückkehrt, den er im Wohnzimmer auf den Tisch abstellt.

»Wann hast du die denn bestellt?«

»Als wir im ersten Motel waren. Für mich selbst hatte ich bisher keine gebraucht. Mit dir hier ist das allerdings was anderes.«

»Das hast du wirklich vorausgesehen.«

»Ich habe manchmal Vorahnungen, aber was genau stattfinden wird, weiß ich nicht.« Er runzelt die Stirn. »Du glaubst mir nicht?«

»Das fällt mir schwer.«

»Die Erfahrung hat mich gelehrt, darauf zu hören.«

»Und nichtsahnende Frauen dann einfach in Neandertalermanier über deine Schulter zu werfen ...«

»Wenn es nicht anders geht, dann ja. Ich muss jetzt die Alarmanlage installieren.«

»Glaubst du denn, wir werden sie brauchen? Hast du so eine Vorahnung?«

Er hebt die Achseln. »Ganz sicher kann man sich da nicht sein, aber ich habe das Gefühl, dass es richtig ist, wenn ich sie installiere. Wenn man dich hier findet, dann bist du nirgendwo sonst sicher, außer man schafft dich an einen wirklich sehr entlegenen Ort.«

»Du hast also ein komisches Gefühl?«

Schließlich nickt er. »Ja, das habe ich, aber ich will dir keine Angst damit einjagen.«

»Es schadet ja nichts, vorsichtig zu sein. Nur irgendwann muss ich zurück in mein Leben. Ich bin gerade dabei, einige Sachen für mich aufzubauen.« Der Zeitpunkt hätte nicht schlechter für mich sein können, aber so etwas kann man sich ja bekanntlich nicht aussuchen.

Nicholas trinkt seine Kaffeetasse leer. »Ich werde mich dann an die Arbeit machen.«

»Ist okay. Im Wohnzimmer habe ich einen Laptop auf einer der Kommoden gesehen. Kann ich den später mal benutzen?«

»Ja, natürlich. Das Passwort ist Bonnie13.«

»Danke.«

Nicholas geht ans Werk. Ich räume derweil alles auf ein Tablett und trage es in die Küche.

Dort wähle ich von der Playlist auf meinem Smartphone den Song Is his love? von Whitesnake, der älter ist als ich selbst, aber immer noch aktuell und zeitgemäß, finde ich.

Vor allem heute ist er sehr aktuell für mich.

David Coverdale singt: »Is this love or am I dreaming?«

Mir kommt das alles ebenfalls vor wie in einem Traum.

Ich räume das Geschirr in die Spülmaschine und schalte sie ein. Das restliche Zeug stelle ich in die Schränke, wo es hingehört.

Bonnie kommt und bettelt um Futter. Ich säubere ihren Napf und gebe ihr frisches Futter, das ich mundgerecht kleinmache, bevor ich es ihr vorsetze. Gierig stürzt sie sich darauf, als hätte sie Hunger leiden müssen.

Ich schenke mir eine Tasse Kaffee ein und gebe viel Milch hinzu. Dann setze ich mich auf einen der Küchenstühle und will meinen Kaffee trinken, da höre ich das Zuschlagen der Katzentür. Doch Bonnie isst nach wie vor noch aus ihrem Napf.

Ob das die Katze meiner Nachbarin ist? Die wird doch nicht so dreist sein ... Doch, sie ist es.

Tatsächlich stolziert eine grau-weiße Katze durchs Haus, als würde es ihr gehören. Sie hat eine große, tote Maus in ihrer Schnauze, die sie auf den Küchenboden plumpsen lässt. Die Maus ist jedoch nicht tot, denn sie rennt sofort durch die Küche. Die Katze eilt hinterher und ich hüpfe kreischend auf den nächstbesten Küchenstuhl. Es gibt ja wohl kaum was ekeligeres als Spinnen oder Nager.

Bonnie erblickt die Maus ebenfalls, hört mit dem Fressen auf, hüpft um meinen Stuhl herum und versucht, zu mir nach oben zu gelangen. Sie hat offenbar auch Angst vor der Maus.

Schließlich wage ich mich zu ihr herunter, um sie aufzuheben und mit ihr vorsichtig auf den Stuhl zu steigen. Das gelingt mir gerade noch rechtzeitig, bevor die Maus an uns vorbeirennt, gefolgt von der Katze.

Vielleicht bin ich ja doch nicht fürs Landleben geeignet. In unserem New Yorker Haus hat es niemals irgendwelches Ungeziefer gegeben, zumindest nicht so großes. Natürlich hatten auch wir Fliegen, Stechmücken und manchmal Silberfischchen, aber doch nicht so etwas.

»Was ist denn hier los?«, fragt Nicholas, der im Türrahmen steht. Sein Mundwinkel zuckt und seine Augen funkeln amüsiert.

»Da ist eine Maus.«

Flugs versteckt sich die Maus unter einem der Küchenschränke und wird prompt von der Katze belagert.

Bonnie und ich trauen uns wieder von unserem Stuhl herunter, da das Nagetier offenbar von der Katze in Schach gehalten wird.

Nicholas grinst ungeniert. »Ihr habt wirklich ein Bild abgegeben, wie ihr da bibbernd auf dem Stuhl gewesen wart.«

»Dein Hund hatte auch Angst.«

»Bei ihr kann ich das ja noch verstehen. Sie ist selbst nicht allzu viel größer als die Maus.«

Natürlich. Er ist der Sohn eines Kuhhirten, aber ich bin in der Großstadt aufgewachsen. Er kann mich nicht verstehen. Wir sind sehr verschieden. Noch verschiedener, als ich gedacht habe.

»Ich habe nun mal Angst vor den Biestern, du Klugscheißer. Hast du denn vor nichts Angst?«

Plötzlich ernst geworden, sieht er mich an. »Doch, auch ich habe vor etwas Angst, Tabitha.«

Ich sehe ihm tief in die Augen, in denen ich eine unsägliche Düsternis erkenne. »Wovor hast du Angst, Nicholas?«

»Ich ...«

In diesem Moment ertönt »Counting Stars« von OneRepublic als Klingelton meines Smartphones. Ich sehe aufs Display und erkenne Eileens Nummer. Ich überlege schon, den Anruf nicht anzunehmen, um unser Gespräch weiterführen zu können, doch kaum dass die Melodie aufgehört hat, ruft sie noch einmal an. Es ist also wichtig.

Eileen ist ohnehin nicht der Typ für Nichtigkeiten. Wenn sie anruft, ist es nicht, um nur allgemeines Geplauder und Tratsch auszutauschen. Das ist etwas, was ich an ihr schon immer geschätzt habe.

Ich nehme den Anruf an.

»Hey, gut, dass ich dich erwische. Wie geht es dir?«, fragt Eileen fröhlich.

»Danke, gut. Und dir?«

»Man schlägt sich so durch. Deine Nagellackkollektion hat irgendwie einen Nerv getroffen. Das Zeug verkauft sich wie verrückt.«

Vor Freude reiße ich die Augen auf. Mein Herz klopft schneller. »Wirklich?«

»Ja, deine Marketingstrategie hat wohl voll gezündet. Zumindest sieht es danach aus. Wie viel sich letztendlich verkaufen wird, werden wir noch sehen.«

»Die war auch teuer und aufwendig genug. Ich hoffe nur, dass ich Break-even erreiche.« Ich habe mir die Hacken dafür abgelaufen, mit gefühlten tausend Leuten geredet, gefragt, zugehört und unzählige Probeflaschen an die offenbar richtigen Frauen verschenkt. Zufriedene Kundinnen sind die beste Werbung. Ich hoffe nur, dass ich bei dieser Sache nicht draufgelegt habe. Es war nicht ohne Risiko.

»Jeder lobt die Farben, die Brillanz und die Haltbarkeit. Die Beautybloggerinnen und die Rezensentinnen auf Amazon überschlagen sich vor Lob.«

»Ob sie das auch würden, wenn ich eine bisher Unbekannten wäre und nicht die Tochter des Medienmoguls?« Diese Selbstzweifel sind so verdammt hartnäckig. Wie oft hat mir mein Vater gesagt, dass ich ohne ihn nichts bin, nichts kann, nichts wert bin …

»Jetzt red dir nicht wieder so etwas ein. Die größten Erfolgshindernisse bestehen oft in unseren Köpfen, und es ist nicht immer leicht herauszufinden, wo wir uns selbst im Weg stehen.«

»Ja, da hast du wohl recht.« Ich versuche mich, von Eileens Optimismus anstecken zu lassen.

»Das war's fürs Erste. Hier ist die Hölle los. Ich melde mich bald wieder, spätestens wenn es was Neues gibt.«

»Danke, Eileen.«

»Gerne. Du weißt doch, dass du jederzeit auf mich zählen kannst. Also mach's gut. Bye. Und vergiss nicht, dich zu feiern. Bei all deinen Misserfolgen hattest du dich selbst runtergemacht, aber Erfolge nimmt man oft zu selbstverständlich. Es ist kein Zufall. Sei stolz darauf. Feiere es. Schade, dass du jetzt nicht in New York sein kannst.«

Ich verspüre eine tiefe Sehnsucht, jetzt mit Eileen und meinen anderen Freunden und Bekannten zusammen zu sein. Ich vermisse New York, aber noch mehr vermisse ich die Leute, die mir wichtig sind.

»Du glaubst gar nicht, wie gerne ich jetzt in der Stadt wäre«, sage ich.

»Ich kann's mir vorstellen. Bis bald.«

»Bye, Liebes.« Ich lege auf.

Ich bin Eileen ungeheuer dankbar, dass sie mir helfend zur Seite steht. Dabei müsste sie als Tochter reicher Eltern nicht arbeiten. Sie ist wirklich jemand Besonderes. Vor allem hat sie recht, was das Feiern betrifft. Es ist nur schade, dass ich noch nicht mit ihr feiern kann, was ich aber vorhabe, so bald wie möglich nachzuholen.

Ich reiße meinen Arm in die Luft. »Hast du Champagner im Haus?«, frage ich einen verdutzt dreinschauenden Nicholas.

»Nein.«

Fröhlich sehe ich ihn an. »Dann besorg uns welchen. Es gibt einen Grund zum Feiern.«

Kapitel 14

Dieser Nachmittag wird mir wohl ewig im Gedächtnis hängen bleiben. Zwar regnet es draußen ununterbrochen und es donnert und blitzt, aber das kann meine gute Laune nicht verderben.

Nicholas hat wieder seinen Kamin im Wohnzimmer angeheizt und davor eine Decke auf dem Boden ausgebreitet.

Auf dieser machen wir gerade ein Picknick. Wir essen Mean Green Bean Casserole und Chicken Wings und trinken Champagner dazu. Uns ist es egal, ob es zusammenpasst.

Da Nicholas keine Champagner- oder Sektgläser besitzt, trinken wir ihn barbarischerweise aus Saftgläsern.

»Früher habe ich das Zeug mal aus meinen Pumps getrunken«, sage ich kichernd.

»Das müssen wilde Zeiten gewesen sein.«

»Es war eine Phase.« Ein Lachen entringt sich meiner Kehle. »Wow, die Mean Green Bean Casserole haut richtig rein.«

»Du bist angetrunken«, stellt er fest.

»Bin ich nicht. Früher konnte ich alle unter den Tisch trinken und habe sie, wenn man mich zu meinem Auto getragen hat, nach Hause gefahren.«

»Das ist illegal.«

»Ich habe einen Chauffeur«, erkläre ich frech zwinkernd. »Und der darf natürlich nicht trinken. Diese ganzen Corporate-Klone meines Vaters trinken nie was. Sie leben nur für ihn. Dieser Mr. Preston hat keine Freizeit. Rund um die Uhr muss er rufbereit sein.«

»Dein Vater wird ihn dafür gut bezahlen.«

»Das hoffe ich, denn ein Schmerzensgeld steht ihm dafür zu.«

Nicholas runzelt nachdenklich die Stirn. »Ist es so schlimm?«

Ich nicke und bekomme prompt einen Schluckauf. »Hicks. Ja. Ich habe auch mal für ihn gearbeitet. Die Schreckschraube, die seine Sekretärin ist, hat mich schikaniert.« Schnell nehme ich einen großen Schluck, damit der verdammte Schluckauf wieder aufhört.

»Und was hat dein Vater dazu gesagt?«, fragt Nicholas.

»Gar nichts. Er hat mir kein Wort geglaubt, sondern gedacht, ich will mich nur vor der Arbeit drücken. Wenn ich gute Ideen hatte, hat sie die für ihre eigenen ausgegeben. Wurde irgendwas verbockt, hat man es mir in die Schuhe geschoben. Und sie hat mir die allerletzten Drecksjobs gegeben. Sogar das Klo musste ich putzen. Das Männerklo! Hast du eine Ahnung, wie viele Schamhaare ich wegputzen musste?

Ich bin heute noch davon traumatisiert. Ich dachte, heutzutage rasiert man sich. Vielleicht tun das manche auf der Arbeit im Klo. Igitt!« Ich schüttle mich noch heute, wenn ich nur daran denke, auch wenn ich natürlich die ganz dicken Gummihandschuhe dabei getragen habe.

»Und dein Vater fand das in Ordnung?«

»Der?« Ich schüttle den Kopf, was ich sofort bedaure, da sich um mich herum alles dreht. »Anfangs hatte er noch keine getrennten Klos. Ja, ich weiß, die sind Vorschrift. Jedenfalls hat irgendein Tampon das Klo verstopft.

Das hat er der Auszubildenden auf den Schreibtisch geknallt und gesagt, das wäre so eine Sauerei und das nächste Mal soll sie so ein Zeug in den Mülleimer werfen anstatt ins Klo. Als wäre das, was er getan hat, keine Sauerei gewesen ...«

Nicholas starrt mich mit großen Augen an. »Das hat er wirklich getan?«

»Ja, tatsächlich. Er hat mehrere solche Dinge getan.«

»Woher wusste er, dass es von ihr ist? Da war bestimmt kein Namensschildchen dran.«

»Weil seine Sekretärin die Menopause schon hinter sich hat, ich zu dem Zeitpunkt glücklicherweise nicht mehr drin gearbeitet habe und es keine weiteren jüngeren Frauen in der Abteilung gab.« Das wäre es noch gewesen, dass er das Ding auf meinen Schreibtisch geknallt hätte, und ich habe die grauenvolle Ahnung, dass genau das geschehen wäre, wenn ich noch dort gearbeitet hätte.

»Und woher weißt du es?«, fragt Nicholas.

»Der Hausmeister hat es mir erzählt, kurz, bevor er selbst gekündigt hat.«

»Dein Vater muss eine überaus beliebte Person sein.«

»Ja, die ist er. Reden wir über was anderes. Über meinen Dad zu reden macht mir immer die Stimmung kaputt und heute lasse ich mir die mit Sicherheit nicht verderben.«

Nicholas hebt sein Glas. »Da hast du recht. Auf dich und deinen Erfolg!«

Auch ich nippe an meinem Glas. »Was lange währt, wird endlich gut.« Mir entkommt ein Pups. »Oh, nein, ich bin auf einen Trompetenkäfer getreten.«

Nicholas bricht in schallendes Lachen aus. Es klingt so ungeheuer männlich, so tief und kehlig.

»Das sind deine bösen grünen Bohnen. Du wolltest sie ja unbedingt machen«, rechtfertige ich mich.

»Ja, sie sind ja auch sehr gesund.«

»Normalerweise hasse ich grüne Bohnen, aber in dem Auflauf sind sie durchaus zu ertragen.«

»Das hättest du mir sagen sollen.«

»Der Name des Auflaufs hat so gut geklungen.«

»Du isst etwas nur, weil der Name gut klingt?«

Ich grinse. »Aber natürlich. Du nicht?«

»Nicht wirklich.«

»Das solltest du aber. Du solltest abenteuerlustiger werden. Du bist viel zu sehr ein Sicherheitsfreak.«

»Ich bin kein Sicherheitsfreak.«

»Natürlich bist du das.« Ich lege eine Hand auf seine muskulöse Brust, die sich unglaublich gut anfühlt.

»Es gehört zu meinem Job, auf deine Sicherheit bedacht zu sein.«

»Ich mag deinen Beschützerinstinkt. Irgendwie ist das total sexy.«

Verwundert sieht Nicholas mich an. »Ist er das? Bisher hatte ich den Eindruck, dass dich das eher genervt hätte.«

»Ja, das war, als ich noch nüchtern war.«

»Aber du fühlst dich doch nicht nur deswegen zu mir hingezogen?«

»Nein, natürlich nicht. Du bist so viel mehr. Viel, viel mehr.«

Interessiert fällt sein Blick auf mich. »Bin ich das für dich?«

Ich nicke. »Natürlich weiß ich noch nicht alles über dich, aber ich kann dich einschätzen. Du fühlst dich für andere verantwortlich. Für mich, deine Nachbarin und Bonnie. Du hast ein großes Herz.«

»Möchtest du noch etwas von der Mean Green Bean Casserole?«

Ich fasse mir grinsend an den Bauch. Wenn er

noch einmal Mean Green Bean Casserole sagt, sterbe ich vor Lachen. Der Name ist einfach zum Schießen. »Nein, ich denke, das wird genügen. Hoffentlich werde ich nicht erfrieren, weil meine Bettdecke heute Nacht schweben wird.«

Nicholas lacht rau und tief. Er schüttelt den Kopf. »Auch auf die Gefahr hin, dass ich vergast werde, ich wärme dich gerne.«

»Du bist ein wahrer Gentleman und so aufopferungsbereit. Außerdem bist du ja selbst schuld. Warum kochst du auch Bohnen?«

»Du hättest ja nicht so viel davon essen müssen.«

»Aber wenn es so gut schmeckt. Du solltest dir ein Vorbild an mir nehmen. Ich koche so schlecht, dass mich andere freiwillig bekochen.«

Nicholas grinst. »Das tue ich gern. Sehr gern sogar. Ich kann sogar noch viel mehr kochen, als du denkst.«

Erstaunt starre ich ihn an. »Dann muss ich dich heiraten.«

Nicholas zieht mich in seine Arme. »Du kannst jemand Besseren finden als mich.«

»Aber was ist, wenn ich nur dich will?«

»Ich arbeite für deinen Vater. Er wird mir die Eier in Sechskantform schleifen. Schon vergessen?«

Ich seufze. »Das sind seine üblichen Drohungen. Damit kann er niemanden mehr hinter dem Ofen hervorlocken. Apropos hervorlocken. Was ist eigentlich mit dieser Maus in unserer Küche? Sind Katzen nicht eigentlich dazu da, Häuser frei von Nagern zu halten?

Sie hat das Vieh reingetragen, es belauert, schließlich die Lust daran verloren, Bonnies Napf leergefressen und jetzt pennt die Katze auf ihrem Sofa.« Bonnie hingegen hat sich auf unser Sofa gelegt. Wo sollte sie auch sonst schlafen, da sich die Katze so breitgemacht hat. Die Katze liegt auf dem Rücken und hat alle viere von sich gestreckt. Die Mäusejagd scheint wirklich sehr anstrengend gewesen zu sein.

Nicholas hebt die Achseln. »Was soll ich machen? Eine Falle kann ich nicht auslegen wegen Bonnie. Höchstens eine Lebendfalle. Mal sehen, wo man so etwas herbekommt.«

»Ich fasse es nicht! Ohne die Katze hättest du keine Maus. So habe ich mir das Landleben nicht vorgestellt.«

Nicholas schmunzelt. »Ja, es hat so seine Tücken.«

»Wenn ich das meinen Freunden erzähle, wird mir das niemand glauben.«

Er grinst. »Der Kulturschock muss unheimlich groß sein.«

»Das ist er. Heute Nacht betrete ich bestimmt nicht die Küche.«

»Keine Sorge, die Maus ist bestimmt schon längst woanders.«

Entsetzt starre ich ihn an. »Woanders? Du meinst, sie hat das Haus verlassen?«

»Bei dem Regen ist das unwahrscheinlich. Sie könnte inzwischen überall sein. Im Bad oder im Schlafzimmer ...«

Ich gebe ihm einen Schubs vor die Brust. »Du bist so ein Arsch!«

Lachend fällt Nicholas nach hinten, zieht mich jedoch mit sich, indem er meine Unterarme ergreift. Ich falle auf seine Brust.

Sogleich legt er beide Arme um mich. »Keine Sorge, ich werde dich vor ihr beschützen. Schließlich bin ich dein Bodyguard.«

»Da bin ich aber froh.« Ich setze mich auf, küsse ihn auf die Lippen und lasse meine Hand unter sein Shirt wandern. Ich kann einfach nicht genug von ihm kriegen.

Nicholas hilft mir, das Shirt auszuziehen, indem er sich ebenfalls aufsetzt. Er streift mir das Kleid über den Kopf.

»Hello-Kitty-Unterwäsche?«, fragt er erstaunt.

»Ja. Ich hätte nicht gedacht, in diesem Kaff welche zu finden. Ich habe auch ein Nachthemd mit ihr drauf gekauft.«

Sein Blick tastet mich ab wie eine leidenschaftliche Berührung. Ich erkenne so viel Hitze und Leidenschaft in seinem Blick. »Du wirst es nicht benötigen.« Seine Stimme klingt belegt.

»Wirklich nicht?« Ich sehe ihn provozierend an und lecke mir langsam über die Lippen, weil ich weiß, dass ihn das wahnsinnig macht. Wie hypnotisiert folgt sein Blick meiner Bewegung.

»Du bist so heiß«, sagt er und zieht mir das Bustier über den Kopf.

Ich knöpfe seine Jeans auf und ziehe den Zipper nach unten, da ertönt *X Gon' Give To Ya* von DMX. Was für ein beschissenes Timing!

»Musst du da rangehen?«, frage ich, als Nicholas nach seinem Smartphone greift, das er immer in Reichweite hat. Meistens trägt er es in seiner Jeanstasche bei sich.

Nicholas schaut auf das Display. »Es ist Mr. Preston.« Er nimmt das Gespräch an, während ich frustriert aus dem Fenster starre, wo gerade der Regen aufgehört hat.

Nicholas meldet sich mit seinem Nachnamen.

»Haben beide einen Bodyguard?«, fragt Nicholas.

Ich höre zwar Mr. Prestons Stimme, kann seine Worte aber nicht vernehmen.

»Danke für die Info. Haben Sie weitere Hinweise?«

»Okay. Bye.« Nicholas legt auf.

Neugierig sehe ich ihn an. »Weswegen hat er denn angerufen?«

»Auf deine Stiefschwester wurde ein Anschlag verübt. Sie wurde dabei verletzt.«

Meine Kinnlade klappt nach unten. Schockiert starre ich ihn an. Mona ist die erste Verletzte. Das darf doch nicht wahr sein. Sie hat ebenso wenig mit den dunklen Geschäften meines Vaters zu tun wie ich. Zudem ist sie nicht mal mit ihm blutsverwandt.

»Ist sie schwer verletzt?« Meine Stimme klingt tonlos. Den Schock muss ich erst mal verdauen.

»Sie hatte noch Glück im Unglück, denn es war nur

ein Streifschuss.«

»Warum sind sie hinter Mona her?«

Er hebt die Achseln. »Keine Ahnung. Selbst dein Vater kann sich keinen Reim darauf machen. Ich werde dir erklären, wie die Hausalarmanlage funktioniert und dir den Code dafür geben. Ich habe auch Fenster- und Türsicherungen eingebaut. Die Fensterscheiben kann ich in der Kürze der Zeit nicht mehr gegen Sicherheitsglas austauschen.«

»Wer weiß, wie lange ich überhaupt hierbleiben muss.«

Erneut ertönt sein Smartphone. »Das ist Cherise, meine Nachbarin.« Er nimmt das Gespräch an. Wieder kann ich nur seinen Teil des Gesprächs mithören und ich weiß nicht, ob das richtig ist. Es ist mir unangenehm.

»Gut, danke. Und selbst?«

»Ja, sie ist hier.«

»Sie kann so lange bleiben, wie sie möchte, solange sie Bonnie nicht ärgert.«

»Oh, danke, das ist sehr lieb von dir. Natürlich. Ich …«

Plötzlich ertönt *Counting Stars*. Es ist wie immer. Das Leben ist tatsächlich wie eine Ketchupflasche. Erst kommt gar nichts und dann alles auf einmal.

Es ist wieder Eileen.

»Hi, Eileen. Was gibt's?«, melde ich mich.

»Neuigkeiten natürlich. Oder denkst du, ich rufe dich nur an, um zu sagen, dass ich für meinen Neffen eine Torte backen soll?«

Ich pruste los. »Du und eine Torte backen? In der Küche bist du doch mindestens ebenso schlecht wie ich, und ich habe letztens beinahe Nicholas' Küche abgefackelt.«

»Nicholas?« Eileens Stimme klingt so verdammt neugierig.

»Ich meine natürlich Mr. Sands.«

»Du brennst also schon seine Küche nieder. Das hört sich ganz nach einem intimen Techtelmechtel an. Habt ihr was miteinander?«

»Ja, aber behalte es für dich.«

»Du weißt doch, dass ich keiner Menschenseele davon erzählen werde.«

»Was für einen Kuchen willst du denn backen?«

»Was heißt ich will? Der junge Mann will eine Maincraft-Creeper-Torte.« Eileens Stimme klingt verzweifelt.

»Oho, er steht also auf die Bad Boys. Das sind doch diese grünen Bösewichte, die in der Nähe der Spieler explodieren.«

»Ja, genau die. Quadratisch muss das Ding sein, was bedeutet, dass ich keinen fertigen Tortenboden dafür bekomme. Aber das ist noch nicht mal das Schlimmste. Weißt du, wie aufwendig es ist, eine Creeper-Torte zu machen? Ich brauche diesen komischen Fondant in sieben Farben. Das muss ich mithilfe eines Lineals ausmessen und in kleine quadratische Stücke schneiden, die dann richtig angeordnet ein Creeper-Gesicht ergeben. Das kann ja Stunden dauern.«

Ich kann mir vorstellen, wie Eileen gerade ihre Haare rauft.

»Das hört sich schlimm an.«

»Es ist schon schlimm genug, all diese Farben zu beschaffen. Hier in den Supermärkten habe ich sie nicht bekommen. Ich werde sie wohl im Internet bestellen müssen. Hoffentlich schicken die das noch rechtzeitig. Das ist ja schon in drei Tagen. Was soll ich nur machen?«

»Hm, lass mich mal überlegen.«

»Ja, ich weiß, du bist nicht die richtige Person dafür. Ich sollte jemanden fragen, der was vom Backen versteht.«

»Ich hab's. Muss es ein Creeper *vor* der Explosion sein?«, frage ich.

»Davon hat er nichts gesagt.«

»Nach der Explosion sind die doch einfach nur dunkel und unförmig. Also matsch mit Mousse au Chocolate irgendwas zusammen und behaupte, es sei ein Creeper nach der Explosion. Und je explodierter deine Torte aussieht, desto bester.«

»Du bist ein Genie! Du hast mich gerettet. Wie soll ich dir nur danken?«, fragt Eileen freudig.

»Indem du mich nie zum Essen einlädst, wenn du selbst gekocht hast.«

»Du bist so eine Zicke.«

»Nicholas kann kochen.«

»Oh, du Angeberin. Jetzt werde ich neidisch. Aber

nach den Reinfällen der Vergangenheit hast du es echt verdient, mal jemanden kennenzulernen, der anders ist. Dein Vater wird mit deiner Wahl nicht gerade einverstanden sein.«

»Um dieses Problem werde ich mich kümmern, wenn es auftritt. Also schieß los. Weswegen hast du mich angerufen? Hast du weitere Tortenprobleme, die ich für dich lösen kann?«

Eileen atmet tief durch. »Also, ich habe eine gute und eine schlechte Nachricht. Welche willst du zuerst hören?«

Ich verdrehe die Augen. »Diese Frage ist ja so ein Klischee.«

»Also gut. Dein Ex Steve heult der Presse vor, dass du seine große Liebe warst und ihn eiskalt abserviert hast für Nicholas. Außerdem seist du krankhaft eifersüchtig.«

»Hat der sie noch alle?«

»Hat der sie jemals alle gehabt? Jedenfalls graben sie jetzt die alten Sachen wieder aus, deinen Aufenthalt in der Entzugsklinik. Natürlich wissen sie nicht, wo du gewesen bist und weswegen, aber es gibt wieder die wildesten Gerüchte. Immerhin warst du damals für ein paar Wochen komplett verschwunden.«

»Ich bin auch jetzt wieder verschwunden.«

»Ja, aber diesmal wissen sie, warum. Oder zumindest glauben sie, es zu wissen. Damals wurde alles totgeschwiegen, und das mit dem Yoga-Retreat im Kloster hat uns keiner geglaubt.«

»Dabei war das eine gute Idee gewesen.«

»Ja, wäre da nicht die unwichtige Kleinigkeit gewesen, dass die wissen wollten, in welchem Kloster du dich aufgehalten hattest.«

»Das konnte ich denen nicht sagen, weil die im Kloster ja nicht lügen dürfen.« Das hätte ich mir besser überlegen sollen, aber welchen Aufenthaltsort hätte es denn geben sollen? Eine Fettabsaugeklinik? Das ist das nächste Gerücht, das vermutlich mein Vater in die Welt gesetzt hat, aber auch da fehlt mir der Aufenthaltsort. Lügen fliegen früher oder später immer auf.

»Weiß Steve überhaupt, was er tut?«, frage ich.

»Das hat der doch noch nie gewusst. Wenn der halbwegs bei Trost gewesen wäre, dann hätte er dich nicht so mies behandelt.«

»Er hat mich gar nicht behandelt.« Er hatte mich in irgendwelche Clubs geschleppt, nur um mich dann für den Rest des Abends zu vergessen und zu ignorieren und das jedes Mal. Erst, wenn es darum ging, nach Hause zu gehen, hat er sich wieder an mich erinnert.

Oder wenn ein anderer Mann es gewagt hat, mich anzusprechen. Andere Frauen ansprechen konnte ich nicht jedes Mal, da die meistens zu zweit oder in größeren Gruppen mit ihren Freundinnen ausgehen und man sich da wie ein Eindringling fühlt und es erfahrungsgemäß allzu oft auch ist.«

»Du hättest mich oder eine andere Freundin mitnehmen können.«

»Diese Clubs waren nicht euer Ding, glaub's mir. Sei froh, dass du nicht dabei warst.«

»Aber wir hätten es für dich getan.«

»Ihr hättet euch für mich aufgeopfert, und das wollte ich nicht.«

»Aber so hattest du dich aufgeopfert.«

Damit hat sie leider recht. Um Liebe zu finden, hatte ich mich zum Affen gemacht. Genutzt hat es nichts, sondern eher das Gegenteil bewirkt. Diesen Fehler werde ich nie wieder begehen. Ich werde mich nie wieder verbiegen lassen, sondern für mich einstehen und meine eigenen Interessen vertreten, und wenn es einem Typen nicht passt, kann er gehen.

»Ich bin ja nicht der Ansicht, dass man ständig aufeinanderhocken sollte, aber er hätte sich keinen Zacken abgebrochen, wenn er ab und zu mal ein, zwei Minuten bei mir vorbeigeschaut hätte. Für andere Frauen hatte er ja immer Zeit an jenen Abenden. Aber so etwas wird es nie wieder geben.« So weit zu meiner angeblichen Eifersucht ... Ist ja nicht unbegründet gewesen, dass ich mich vernachlässigt gefühlt habe.

Eileen seufzt. Ihr brauche ich nichts zu erzählen. Sie weiß, was damals geschehen ist. »Er hatte dich mies behandelt. Das ist meine Meinung. Und jetzt macht er auf den armen Tropf, der seine unsterbliche Liebe verloren hat.«

»Ich frage mich, warum er das tut. Er will mich doch nicht ernsthaft zurückhaben. Damals hat er mir so oft die kalte Schulter gezeigt und das nicht nur, wenn wir ausgegangen sind.« Schon im Bett war es so, dass er sich seine Befriedigung geholt hat, und ich dann zusehen konnte, wo ich bleibe. Nicht mal eine Umarmung war danach drin gewesen, sondern er war auf Distanz gegangen.

»Was weiß ich? Bei dem Typen habe ich doch noch nie durchgeblickt. Vielleicht gehört er zu den Leuten, die erst dann erkennen, was sie gehabt haben, wenn sie es verloren haben?«

Ich starre aus dem Fenster, wo die Sonne mittlerweile wieder zum Vorschein kommt. »Wäre das möglich?«

»Selbst wenn. Ich würde ihm keine zweite Chance geben, aber letztendlich ist es deine Entscheidung.«

»Ich will den Arsch natürlich nicht zurückhaben. Dafür hat er zu viel kaputt gemacht. Wer mich einmal so behandelt, hat mich verloren. Ich denke, er will nur Publicity. Bestimmt hat er sich gut bezahlen lassen für seine Tränendrückerstory. Vielleicht braucht er einfach nur Geld. Sein Vater hatte sein Budget schon mal gekürzt, weil Steve nie mit seinem Geld haushalten konnte.«

»Sein Alter hat doch Geld wie Heu.«

»Ja, aber er hat noch einen jüngeren Sohn, der kein solcher Hallodri wie Steve ist und der voraussichtlich die Firma des Vaters übernehmen wird. Aber lass uns den Idioten jetzt vergessen. Was ist die gute Nachricht?«, frage ich.

»Halt dich fest. Die Cosmopolitan will ein Inter-

#view mit dir.«

Der Atem bleibt mir kurz weg vor Erstaunen und Freude. »Die Cosmopolitan? Sag mir, dass ich richtig gehört habe.«

»Du hast richtig gehört, Süße. Die Cosmopolitan. Sie wollen einen Bericht über dich, deine Erfolgsstory und das, was dich inspiriert, bringen.«

»Das ... das ist ja großartig!«, sage ich.

Eileens Stimme klingt ganz aufgeregt. »Ja, das ist es. Und das hast du dir alles hart erarbeitet. Du bist die nächste Essie Weingarten.«

»Nichts gegen Essie, wirklich nicht, aber ich will ich selbst sein und nicht die Kopie von jemand anderem. Klar hat sie mich inspiriert, aber was ich mache, ist doch irgendwie anders. Ich will mein eigenes Ding durchziehen.«

»Das tust du ja auch. Du solltest verdammt stolz auf dich sein. Wenn ich bei dir wäre, so würde ich dir jetzt auf die Schulter klopfen. Schade, dass du nicht hier bist.«

Ich vermisse Eileen sehr. »Das finde ich auch. Ich wäre jetzt so gerne bei dir.«

Eileen seufzt. »Ja, ich würde eine Flasche Champagner von meinem Vater klauen und mit dir auf deinen Erfolg anstoßen. Das ist nichts Selbstverständliches. Du arbeitest schon so verdammt lange dafür, hast dir den Kopf zermartert, nachgeforscht, was die Leute wollen und was die kommenden Trends sein könnten, um die Zukunft aktiv mitzugestalten. Du solltest deinen Erfolg feiern.«

»Ja, das sollte ich wohl wirklich.« Und ich weiß auch, wie verdammt flüchtig Erfolg sein kann oder wie lange man dafür arbeiten muss. Es ist ja nicht so, als würde ich das erst seit ein oder zwei Jahren machen. Wobei ich denke, dass die persönliche Veränderung, die ich in der letzten Zeit durchmache, einen Einfluss darauf hat. Willst du die Welt verändern, verändere dich zuerst selbst. Das ist das Einzige, auf das man wirklich Einfluss hat. Manchmal hapert es an der Einstellung, sodass man etwas Bestimmtes nicht erkennen oder lernen kann.

»Also besorg dir 'ne Flasche und stoß auf dich an. Wann kommst du eigentlich zurück nach New York?«

»Ich weiß es nicht.«

Am anderen Ende der Leitung ist Schweigen.

»Eileen? Ist alles in Ordnung?«

Sie räuspert sich. »Es ist nur so, sie wollen das Interview bereits in den nächsten Tagen durchführen. Die Fragen schicke ich dir durch.«

»Ich schick sie dann mit den Antworten zurück.«

»Sie haben einen Fotografen bestellt und wollen ein Foto von dir vor einem Stand mit deinen Nagellacken machen.«

»Das kann man doch irgendwo stellen für die Fotos. Der Stand muss ja nicht in New York sein, sondern nur so aussehen.« Fieberhaft überlege ich, wie ich solch einen Stand hierhin bringe. In der hiesigen Drogerie habe ich jedenfalls keinen gesehen. Bei einigen der dortigen Produkte ist es ohnehin fraglich, wie alt die sind. Oh Mann, wie ich New York vermisse. Jeden Tag vermisse ich es mehr.

»Die Fotos sollen in einer der renommiertesten Parfümerien New Yorks gemacht werden.«

»Jemand will mich töten«, sage ich nüchtern. »Wenn ich mich in der Stadt blicken lasse, kann ich mir ebenso gut eine Zielscheibe auf die Stirn malen. Bei der Benefizveranstaltung damals war es verdammt knapp gewesen.«

»Vielleicht können wir dich heimlich in die Stadt schleusen, die Fotos und das Interview durchführen und dich dann wieder untertauchen lassen. Wenn du es nicht machst, werden sie dich fallen lassen wie eine heiße Kartoffel, was ich auch verstehen kann. In ein paar Tagen sind das alte Nachrichten. Die will dann keiner mehr hören. Die Leute stehen Schlange für so eine Chance. Die meisten bekommen sie nie im Leben. Und verpasste Gelegenheiten kommen oft nie wieder.«

Ich nicke, da ich das Dilemma verstehe, denn zu oft habe ich bei anderen gesehen, dass verpasste Chancen oftmals einmalig waren. »Verdammte Scheiße. Ich finde eine Lösung.« Mein Augenlid fängt an, nervös zu zucken. »Wie viel Zeit habe ich?«

»Übermorgen solltest du aufkreuzen. Beantworte schon mal die Interviewfragen. Wir sollten ihnen bald Bescheid sagen. Ich kann verstehen, in was für einem Dilemma du dich befindest. Ehrlich gesagt möchte ich nicht in deiner Haut stecken.«

»Auf meine Stiefschwester wurde ein Anschlag verübt. Sie hat einen Streifschuss abbekommen.«

»Aber warum sollte jemand es auf Mona abgesehen haben?«, fragt Eileen verwundert.

»Das weiß ich eben auch nicht. Warum hat es jemand auf mich abgesehen? Oder auf die ganze Familie? Offenbar hat sich mein Vater diesmal mit jemand ganz besonders Fiesem und Skrupellosem angelegt.«

Eileen flucht leise. »Aber das ist eine Jahrhundertchance. Wer weiß, ob du so eine nochmal bekommen wirst. Erfolg hat auch immer ein wenig mit Glück zu tun, damit, zur richtigen Zeit am richtigen Ort zu sein und das Richtige zu tun. Denke ich zumindest. Für einen kommt es früher, aber für die meisten später, wenn sie lange genug durchhalten.«

Ich weiß genau, was sie meint, denn genau das geht mir jetzt ebenfalls durch den Kopf. Werde ich meine womöglich einmalige Chance verpassen, wenn ich sie nicht ergreife? Wird es eine zweite Chance geben?

Die Verkäufe haben zwar gut gestartet, aber werden sie so bleiben, wenn ich nicht bald wieder in New York aufkreuze und mich endlich mal wieder ums Marketing kümmere? Meiner Freundin kann ich auch nicht alles aufbürden. Sie hat schließlich noch ein Leben.

»Warum geschieht das alles gerade jetzt? Jahrelang habe ich daraufhin gearbeitet und nichts ist passiert. Das Interview mit der Cosmopolitan wäre meine große Chance für einen Durchbruch«, sage ich.

Da habe ich einmal Glück und schon gibt es etwas, das dieses verhindern will. Wenn das Interview mit der Cosmopolitan ins Wasser fällt, dann könnte mir das einige Steine in den Weg legen. Folgenlos verläuft so etwas nie, da sich die Verlagsleute untereinander kennen und ich ohnehin schon den Ruf habe, schwierig und verwöhnt zu sein.

Kurz vor meinem unfreiwilligen Klinikaufenthalt hatte ich eingewilligt, ein Interview mit der Zeitschrift einer Drogeriekette durchzuführen, das ja bekannterweise ins Wasser gefallen ist. Das hatte vor Ort stattfinden sollen. Ich hatte nicht mal mehr die Gelegenheit gehabt, abzusagen, sondern hatte die Frau unfreiwillig auf die übelste Weise versetzt.

Bei denen bin ich unten durch und kann auch nicht erklären, was damals geschehen ist, da die Folgen noch schlimmer wären. Das hier ist jedoch eine ganz andere Größenordnung mit weitreichenderen Folgen für mich, sollte ich es platzen lassen.

»Ja, es ist schon ungerecht. Was sollen wir tun? Ich meine, du kannst doch dein Leben nicht aufs Spiel setzen. Sollte dir etwas zustoßen, würde dir der ganze Erfolg auch nichts mehr bringen.« Eileen klingt so ratlos, wie ich mich fühle.

Ich seufze. »Ich weiß es nicht. Wenn sie wenigstens dazu bereit wären, es zu verschieben.«

»Sie hat leider von Anfang an klargestellt, dass das nicht infrage kommt. Nur aktuelle Neuigkeiten sind gute Neuigkeiten. Die Nachrichten von gestern können andere bringen. Ihr Magazin habe einen Ruf zu verlieren, und die Konkurrenz schläft nicht. So ungefähr hat sie sich ausgedrückt, als ich sie danach gefragt habe.«

»Dann wollen die mich mit Sicherheit auch zu meinen persönlichen Angelegenheiten befragen.«

»Davon gehe ich auch aus.«

»Bis wann will sie eine Antwort haben?«, frage ich.

»Bis morgen.«

Nervös starre ich aus dem Fenster. »Das ist verdammt knapp. Dann schlafe ich mal drüber. Vielleicht fällt mir bis dahin etwas ein. Aber ich sehe kaum eine Möglichkeit, es nicht zu tun.«

»Ich auch nicht. Solch eine Chance kann man sich eigentlich nicht durch die Lappen gehen lassen. Ich muss jetzt leider weiter. Ich habe meiner Mutter versprochen, mit ihr auf eine Vernissage zu gehen.« Eileen klingt bedauernd.

»Okay. Wir telefonieren morgen wieder miteinander. Ich wünsche euch beiden viel Spaß. Danke für deinen Anruf. Bye«, sage ich.

»Gern geschehen. Bye.«

Ich beende die Verbindung und kaue nervös auf meiner Unterlippe. Was soll ich nur tun?

Wo ist eigentlich Nicholas? Während ich telefoniert habe, hat er offenbar das Wohnzimmer verlassen.

Ich ziehe mein Bustier und das Sommerkleid wieder an, denn die Lust auf Sex ist mir zumindest im Moment vergangen.

Kapitel 15

Nicholas betritt den Raum mit einem kleinen Tablett, auf dem sich zwei Tassen befinden. »Ich dachte, du könntest jetzt ein heißes Getränk brauchen.«

Nicholas stellt das Tablett auf dem Boden neben mir ab.

Dankbar sehe ich ihn an. »Was ist es denn?«

»Nanaminztee.«

Ich nehme eine der Tassen. »Danke. Das ist sehr umsichtig von dir.«

»Ich habe einen Teil eures Gesprächs unfreiwillig mitgehört. Du planst doch hoffentlich nicht, jetzt schon nach New York zu gehen?«

Ich atme tief durch, aber der Druck auf meinem Brustkorb will nicht weichen. »Aber es ist die Cosmopolitan! Dieses Interview ist wirklich sehr wichtig für mich.«

»Dein Leben ist auch wichtig. Mir ist es verdammt wichtig.«

Verzweifelt ringe ich mit den Händen. »Und was

soll ich dann tun? Mir diese einmalige Chance durch die Lappen gehen lassen? Damit mein Vorhaben schon wieder floppt?«

»Lass dich nicht entmutigen. Wenn du Erfolg haben wirst, dann doch nicht wegen diesem Interview, sondern weil die Sachen, die du verkaufst, gut sind.«

»Qualität allein bringt nichts, man muss auch einen Nerv bei den Leuten treffen. Und einen Bedarf decken. Wie auch immer. Das Interview würde mir immens weiterhelfen.«

»Du befürchtest also, dass es floppt?«

»Ich befürchte, dass die Leute etwas nur wegen des illustren Namens Maynard kaufen, aber dann enttäuscht sind, weil sie genau deswegen höhere Erwartungen hatten.«

»Wenn du das befürchtest, warum verkaufst du deine Sachen nicht unter einem Pseudonym?«

»Weil es dann gar keiner kaufen würde.«

Nicholas starrt mich an. »Du denkst also, die Leute wollen dich nur, weil du die Tochter von Jerome Maynard bist?«

Ich nicke. »Ja.«

»Ich glaube nicht, dass das wirklich der Fall ist.«

Es klingelt an der Tür.

»Das könnte Barbara sein. Nenn sie auf keinen Fall Barbie, wenn du noch länger leben willst«, sagt er grinsend.

»Das werde ich mir merken. Es wäre doch ein Jammer, wenn du mich die ganze Zeit vor irgendwelchen Bösewichten beschützt, nur damit mich deine beste Freundin wegen einer falschen Anrede tötet.«

»Das wäre tatsächlich sehr ironisch.« Er springt auf und geht zur Tür. Ich folge ihm, da ich neugierig auf Barb bin.

Doch keine hochgewachsene Frau, die Tilda Swanson ähnelt, steht vor der Tür, sondern eine Frau um die sechzig, die kaum größer ist als ich, und eine Frau in ungefähr meinem Alter, die salopp in Jeans und einem weißen Shirt gekleidet ist.

»Hi. Ich habe nichts mehr von dir gehört. Da dachte ich, wir schauen mal bei dir vorbei«, sagt die ältere Dame mit einem freundlichen Lächeln. Sie trägt eine blaukarierte Bluse zu ihren Bluejeans. Ihr langes, weißes Haar hat sie zu einem Flechtzopf zusammengebunden, der über die Hälfte ihres Rückens reicht.

»Kommt doch rein«, sagt Nicholas.

»Wir wollen nicht stören. Du hast ja Besuch. Deine Freundin?«, fragt die ältere Frau, die mir einen neugierigen Blick zuwirft. Mir fallen die Lachfältchen um ihre graugrünen Augen auf.

»Eine Klientin.«

Eine Klientin? Ich bin nur eine Klientin für ihn?

»Das ist doch Tabitha Maynard!«, sagt die Jüngere mit einem Stirnrunzeln.

Die Ältere sieht sie erstaunt an. »Ihr kennt euch bereits?«

»Nein. Sie ist die Tochter dieses Millionärs Jerome Maynard, der damals mit seiner Telekommunikationsfirma groß rausgekommen ist. Seine vierte Hochzeit vor ein paar Jahren war groß in den Zeitungen gestanden.«

Die alte Dame zuckt mit den Achseln. »Ach der.«

Offensichtlich interessiert sie sich nicht besonders für den üblichen Tratsch und Klatsch, was sie mir noch sympathischer macht.

»Ja, es soll aber niemand wissen, dass sie hier ist«, sagt Nicholas.

»Über unsere Lippen kommt nichts. Du weißt doch, dass ich mich an diesem ganzen Getratsche nicht beteilige«, sagt die Ältere.

»Darf ich euch einander vorstellen? Das ist meine Nachbarin Cherise Webster und ihre Großnichte Jenny«, sagt Nicholas freundlich.

»Hi, freut mich, Sie kennenzulernen«, sagen Cherise und Jenny beinahe unisono und reichen mir ihre Hand. Cherises Handschlag ist fest, während Jennys weich ist. Der Blick der älteren Frau ist offen und freundlich, während der ihrer Großnichte verhalten wirkt. Trotzdem ist sie nicht unfreundlich, nur eben etwas reservierter. Schließlich sind nicht alle Menschen gleich, was auch gut so ist.

Cherise lächelt mich freundlich an. »Jenny studiert Psychologie. Sie hat gerade Ferien. Offenbar wurde es ihr in der Stadt zu langweilig. Da ist sie mal wieder zu mir rausgefahren. Ich habe Erdnusscremesuppe für euch dabei, dafür, dass Nicholas letztens das Dach meines Hühnerstalls repariert hat.« Sie reicht Nicholas eine dieser alten Blechsuppendosen, die ich noch von meinem Vater früher kenne. Er hat diese damals öfters mit ins Büro genommen.

»Danke. Das wäre doch nicht nötig gewesen. Das habe ich doch gern gemacht.«

»Papperlapapp. Du machst was für mich, also mach ich was für dich.«

»Du tust schon genug für mich und Bonnie.«

»Wo ist eigentlich die Kleine?«

»Sie schläft gerade«, sagt Nicholas.

Ich blicke zum Hundesofa, wo Bonnie sich zusammengerollt hat. Als es vorhin geklingelt hat, hat sie nur kurz mit ihrem Ohr gewackelt. Ihre Pfötchen zucken. Offenbar träumt sie davon, draußen herumzurennen.

Während Nicholas und Cherise sich fröhlich unterhalten, beäugt mich Jenny misstrauisch und wirft immer wieder Nicholas verstohlene Blicke zu.

Als Cherise sich verabschiedet, weil sie einen Friseurtermin in der Stadt hat und danach noch einkaufen will, strahlt Jenny Nicholas regelrecht an. Wenn die nicht in ihn verknallt ist, dann heiße ich Heathcliff ...

»Schaut doch mal bei uns vorbei, aber ruft vorher an, damit ich zuhause bin und Bescheid weiß«, sagt Cherise und geht mit ihrer Großnichte zu ihrem Jeep in Camouflageoptik, der ohne Probleme aus einem Militärcamp stammen könnte.

Nicholas und ich winken ihnen zum Abschied,

dann gehen wir zurück ins Haus.

Bonnie ist erwacht und blinzelt uns an, ohne sich zu erheben. Nicholas durchquert das Wohnzimmer und betritt die Küche, wo er den Behälter, den Cherise ihm gegeben hat, in den Kühlschrank stellt.

»Ich hoffe, du magst Erdnusscremesuppe«, sagt er.

»Ich habe noch nie welche gegessen.«

»Aber das solltest du. Das ist eine Spezialität hier in Virginia. Cherise macht alles mit Kartoffelstärke. Sie baut die Kartoffeln dafür selbst an.«

»Wie gewagt bei all den Schweinen, die hier frei herumrennen. Und die Erdnüsse baut sie auch selbst an?«

»Die sind gekauft.«

Ich überlege, ob ich das von vorhin ansprechen soll, und entscheide mich dafür. »Warum hast du mich vor den beiden als deine Klientin bezeichnet?«

»Weil du meine Klientin bist. Dein Vater bezahlt mich dafür, dass ich dich beschütze.«

»Hast du Angst vor meinem Vater?«, äußere ich meinen Verdacht, warum er unseren Beziehungsstatus verschwiegen hat.

Nicholas sieht mich verwundert an. »Nein. Wie kommst du denn darauf?«

Es klingelt an der Tür. Ob das diesmal seine beste Freundin ist oder irgendein anderer Nachbar?

Nicholas geht zur Tür. Als er sie öffnet, bin ich erstaunt. Die Frau ist mit ihren hohen Absätzen genauso groß wie Nicholas. Tatsächlich ähnelt sie Tilda Swanson mit ihrem kurzen, platinblonden Haar, doch sie ist muskulöser und hat auf dem linken Oberarm ein Tattoo in Tengwar, der elbischen Schrift Tolkiens, die ich natürlich nicht lesen kann.

Aber es sieht verdammt interessant aus, genau wie der Rest der Frau. Barbara trägt ein schwarzes, ärmelloses Shirt mit einem Stehkragen und dazu eine weitgeschnittene, schwarze Hose und schwarze Stiefeletten mit hohen, spitzen Absätzen.

Außer knallrotem Lippenstift scheint sie kein Make-up zu tragen. Ich beneide sie um ihren makellosen Teint. Ich kann mir nicht vorstellen, dass diese Frau jemals irgendwo übersehen wird, was nicht an ihrer Größe allein liegt.

»Hi, Nicholas, lange nicht gesehen.« Barbara und Nicholas umarmen einander. Man merkt ihnen die Vertrautheit an.

»Hi, Barb. Wie geht es dir? Komm doch rein.«

Sie lacht. »Schlechten Menschen geht es immer gut. Das weißt du doch.«

»So schlimm bist du nun auch wieder nicht.«

»Und wie läuft es bei dir?« Barbs Blick fällt auf mich, als sie den Flur betritt. Ihre Augen werden groß und rund vor Erstaunen. »Wer ist das denn?«

»Sie ist eine Klientin.«

Warum sagt er ihr nicht, dass ich seine Partnerin bin? Ich bin doch seine Partnerin oder etwa nicht? Einmal Sex mit jemandem zu haben, macht das nicht automatisch aus einem. Ernüchterung überkommt mich. Ich habe wieder denselben Fehler gemacht und mir einen Mann ausgesucht, der emotional nicht verfügbar ist.

Barb mustert mich nachdenklich. »Wenn du es sagst.«

»Barb, darf ich vorstellen, das ist Tabitha. Tabitha, das ist Barb.«

Ich reiche Barb meine Hand. Ihr Händedruck ist ziemlich fest. »Hi, schön, dich kennenzulernen.«

»Es freut mich auch, dich kennenzulernen. Du bist die Tochter dieses Medienmoguls, nicht wahr?«, fragt mich Barb.

»Ja.«

Barb lässt ihren Blick über mich wandern. »Ich habe mich dir anders vorgestellt. Weniger natürlich. Wie viele dieser High-Society-Tussis eben. Aber du bist anders. Du bist irgendwie echter.«

Verwundert hebe ich die Augenbrauen. »Echter?«

»Authentischer. Aber du hältst was von dir zurück.«

»Hast du Psychologie studiert?«, frage ich.

»Nein, aber ich habe eine Menge Erfahrung und ein Gespür für Menschen. Wenn man queer ist, dann erfährt man ganz andere Seiten von Menschen, sowohl im Guten als auch im Schlechten.«

Ich nicke. »Das kann ich mir vorstellen.«

Nicholas führt Barb ins Wohnzimmer, wo sie sich auf dem Sofa niederlässt. »Was darf ich euch anbieten?«, fragt er.

»Einen Latte Macchiato bitte«, sagt Barb.

»Mir dasselbe bitte.«

Nicholas verschwindet in der Küche.

Als Barb lächelt, fallen mir ihre grün-braunen Augen auf. »Komm, steh nicht rum und setz dich zu mir. Ich beiße nicht, außer du stehst drauf.« Sie zwinkert mir zu und tätschelt das Sofa neben sich.

Ich lasse mich also neben ihr nieder.

Bonnie kommt angelaufen und springt zu uns aufs Sofa.

»Hallo, meine Süße. Tante Barb hat dir was Schönes mitgebracht.« Barb kramt in ihrer riesigen, schwarzen Handtasche drei Packungen Premium-Hundefutter heraus und legt sie auf den Wohnzimmertisch.

»Sie wird ja erst gegessen haben?«, fragt sie mich.

Ich nicke. »Ja, sie hat ganz schön reingehauen.«

»Dafür, dass Nicholas sie gerettet hat, ist er mein Held«, sagt Barb. »Wenn man ihre Narben erblickt, wird man traurig und wütend zugleich. Nicholas hat ein halbes Jahr gebraucht, bis sie nicht mehr bei fast jeder Bewegung zusammengezuckt ist.«

»Dafür hat sie es jetzt gut.«

Barb nickt. »Ja, Nicholas verwöhnt sie sehr.«

»Das hat sie auch verdient.«

»Das finde ich auch.«

»Du kennst ihn schon lange«, sage ich.

»Vermutlich kenne ich ihn besser als sein eigener Vater.«

»Was ist mit seiner Mutter?«

»Sie ist gestorben, als er neun Jahre alt war. Nicholas musste früh erwachsen werden. Schon damals hat er sich um seine jüngere Schwester Cathy gekümmert. Er hat sie betreut, während der Vater arbeiten war.«

»Cathy und er haben also ein sehr enges Verhältnis?«

Barb nickt und bedenkt mich mit einem abwägenden und fragenden Blick. »Ja, sie stehen einander sehr nahe.« Sie runzelt die Stirn. »Mich wundert es, dass du das nicht weißt. Ich hätte schwören können, dass ihr was miteinander habt. So, wie er dich ansieht und du ihn …«

Kurz zögere ich. »Ich weiß ehrlich gesagt nicht ganz, wie ich bei ihm stehe.«

»Er hat seit damals keine Beziehung mehr gehabt. Selbst mit mir will er nicht darüber sprechen und über Amanda auch nicht …«

»Amanda?«, frage ich.

»Seine Ehefrau.«

Ich spüre, wie meine Gesichtszüge entgleisen, als der Schrecken mich durchfährt. »Was? Er ist verheiratet? Dieser Schuft …«

Beschwichtigend hebt Barb eine Hand. »Er war es. Drei Jahre lang. Es steht mir nicht zu, diese Geschichte zu erzählen. Das muss er selbst tun.«

»Denkst du, er ist darüber hinweg?«

Barb hebt die Achseln. »Ich vermute nicht, sonst könnte er darüber reden, oder er will es einfach nicht.

Wenn er darüber weg wäre, hätte er eine Beziehung gehabt, oder?«

»Er sagt, er kann keine Beziehung eingehen wegen seines Jobs.«

Sie seufzt. »Das ist durchaus ein berechtigter Einwand. Ich würde niemandem zumuten wollen, bei jedem Einsatz Angst um mich haben zu müssen. Andere sehen das anders, aber das ist einfach meine Einstellung und Nicholas' auch.«

Die Tür geht auf und Nicholas kommt mit einem kleinen Silbertablett mit drei Gläsern lecker aussehender Latte Macchiato rein.

»Voilà, die Damen.«. Vor jeder von uns stellt er ein gut gefülltes Glas hin.

Wir bedanken uns bei ihm.

Ich nippe an meinem Latte Macchiato, der absolut köstlich schmeckt. Er ist ungesüßt und mit viel cremigem Milchschaum, wie ich ihn gerne trinke.

»Wie ist es dir in der letzten Zeit ergangen?«, fragt Barb.

»Ich habe mich hier gut eingelebt. Die Nachbarn sind nett und froh, dass das Haus endlich wieder bewohnt wird.«

»Hast du vor, hierzubleiben?«

Nicholas hebt die Achseln. »Ich weiß es noch nicht. Für Bonnie wäre es ideal. Aber ich könnte ebenso gut auch in die Nähe meines Vaters ziehen. Er wird Bonnie sicherlich schnell ins Herz schließen und Cathy ist ohnehin schon ganz vernarrt in sie.«

»Aber er kann doch mit so kleinen Hunden nichts anfangen.«

»Das habe ich mir früher auch gedacht. Da unterschätze Bonnie mal nicht. Und wie geht es dir?«, fragt Nicholas.

»Ich habe jemanden kennengelernt.«

Neugierde blitzt in seinen Augen auf. »Erzähl.«

»Sie ist klein, süß, schön, unglaublich intelligent und liebenswert.«

»Wie heißt sie denn?«, fragt er.

»Malivalaya Tantasatityanon, aber ihre Freunde nennen sie Mali.«

Bei dem Namen hätte ich auch einen Spitznamen. Wer kann den aussprechen, ohne sich die Zunge abzubrechen?

Nicholas grinst. Seine Augen leuchten. »Wenn du so einen Namen ohne zu Stottern aussprechen kannst, dann ist es was Ernstes.«

»Das kannst du laut sagen.«

»Sie ist also aus Thailand?«

»Ja, ihre Familie besitzt ein thailändisches Restaurant in Akron. *Anand* heißt es nach dem Namen ihres Großvaters.«

»Noch nie von gehört, aber ich war nur kurz in Akron auf der Durchreise. Wie habt ihr euch kennengelernt?«

»An einer Bushaltestelle. Sie hat den letzten Bus verpasst, und ich habe ihr angeboten, sie mitzunehmen.«

»Die Retterin in der Not.«

Barb nickt. »Dafür hat sie mich in ihr Restaurant eingeladen. Zwar finde ich, dass der Geruch thailändischen Essens irgendwie an meine Biotonne erinnert, aber der Geschmack und die gesundheitlichen Vorteile haben mich überzeugt.«

»Erzähl mir etwas von Mali.«

»Sie hat ähnliche Interessen wie ich. Der Funke ist gleich übergesprungen.«

»Wirst du zu ihr nach Akron ziehen?«

Sie nickt. »Es ist geplant.«

»Aber was ist mit deinem Job? Kommt sie damit klar?«

»Ich werde mir eben einen anderen Job suchen. Wie oft im Leben findet man schon die wahre große Liebe?«

»Ob sie das ist, kannst du jetzt doch noch gar nicht wissen.«

»Aber spüren kann ich es.«

»Das haben andere auch schon gedacht und sich geirrt. Überstürze mal nichts.«

»Das tue ich ohnehin nicht. Und was ist mit euch? Ich dachte, du würdest dich nie mit einer Klientin einlassen?«

Nachdenklich zieht er die Augenbrauen zusammen. »Woher weißt du das? Habt ihr darüber geredet?«

»Na hör mal. So wie du sie ansiehst und sie dich, ist das für jeden offensichtlich.«

»Mist, ihr Vater hat mir angedroht, meine Eier sechskant zu schleifen, sollte ich Tabitha anfassen. Ich hoffe, du hältst dicht.«

Barb lacht lauthals. »Herrlich. Falls du einen Bodyguard benötigen solltest, stehe ich dir zur Verfügung. Wer hat es überhaupt auf Tabitha abgesehen?«

»Wenn wir das wüssten, könnte sie schon wieder in New York sein und ihren Geschäften nachgehen.«

»Aber ihr habt doch bestimmt die eine oder andere Vermutung.«

»Wir denken, dass ihre Stiefmutter Ava dahinterstecken könnte.«

»Das denkst du, aber nicht ich«, sage ich.«

Interessiert sieht Barb mich an. »Und wer denkst du, könnte dir ans Leder wollen?«

Ich zucke mit den Achseln. »Ich habe keine Ahnung. Ich habe ja niemandem was getan.«

Barb verdreht ihre bemerkenswerten Augen. »Als würde einen das schützen.«

»Mein Vater denkt, es ist ein geschäftlicher Rivale von ihm.«

»Könnte es eine Rivalin von dir sein? Geschäftlich oder anderweitig?«, fragt Barb.

Ich sehe sie nachdenklich an. Wäre das möglich? »Möglich ist natürlich alles, aber ich bin derzeit für niemanden eine ernsthafte Konkurrenz.«

»Es sei denn, jemand will, dass du erst gar nicht hochkommst ... Und was ist mit deinem Ex-Freund? Fühlt der sich nicht gekränkt von deiner ständigen

Zurückweisung?«

Sie hat also die letzten Zeitungsberichte gelesen ...

»Das hätte der sich früher überlegen müssen. Wenn wir früher ausgegangen sind, hat er mich stets den ganzen Abend ignoriert, mich regelrecht wie Luft behandelt, während er mit anderen Frauen geflirtet hat.«

»Dann wundert es mich, dass du es mit ihm beinahe ein Jahr lang ausgehalten hast. Dem hätte ich spätestens nach dem dritten Vorfall den Laufpass gegeben. Sein Verhalten war völlig respektlos.«

»Er war nicht immer so. Die ersten paar Monate war er sehr aufmerksam gewesen, hat mir nach allen Regeln der Kunst den Hof gemacht. Ich dachte, er wäre die große Liebe, und dann kam der Absturz, die totale Kehrtwende. Zuerst habe ich den Fehler bei mir gesucht und mich gefragt, was ich getan habe, um das auszulösen.«

Barb runzelt die Stirn. »Ich bin zwar keine Psychologin und sollte mit solchen Diagnosen vorsichtig sein, aber es hört sich sehr nach einem Narzissten an. Es ist einer Freundin von mir so ergangen. Die wickeln dich ein, weil du für sie zur Befriedigung ihrer Bedürfnisse taugst. Wenn sie gerade mal keine Verwendung für dich haben, ignorieren sie dich wie ihren Staubsauger oder Computer. Und genauso lieben sie dich: wie ihren Staubsauger oder Computer, weil du einen Zweck für sie erfüllst. Das ist die einzige Art, wie sie Beziehungen führen können.«

Nachdenklich kaue ich auf meiner Unterlippe. »Das würde natürlich einiges erklären.« Steves völlige Unfähigkeit, ein schlechtes Gewissen zu haben beispielsweise. »Aber ich will jetzt nicht mehr an diesen Typen denken«, sage ich.

»Und wenn er dahinter steckt?«, fragt Barb.

»Dann kann ich auch nichts dagegen tun. Die Gesetzeslage ist leider so, dass die Polizei erst handeln darf, wenn bereits etwas passiert ist.«

Barb nickt. »Natürlich dürfen sie ihn nicht vorsorglich einbuchten, aber Personenschutz und so etwas sollte schon was bedeuten, wenn dich jemand so stalkt wie er.«

Könnte Steve hinter den Anschlägen stecken? »Aber er will doch mit mir wieder zusammenkommen. Wenn ich tot bin, dürfte das schlecht funktionieren. Das ist doch unlogisch.«

»Es ist sein Ego, das ihn handeln lässt. Du lehnst ihn ab, und es gibt nichts, was Narzissten weniger ertragen können als ein Nein.«

»Egal, ob er ein Narzisst ist oder nicht, fest steht, dass bei ihm mehr als eine Schraube locker ist, aber das macht ihn noch nicht zu einem potenziellen Mörder«, sage ich.

»Du solltest dich in jedem Fall von ihm fernhalten«, sagt Barb.

»Das habe ich ohnehin vor.«

»Daher ist es gut, dass du nicht in New York bist.«

»Die Cosmopolitan will ein Interview mit mir führen und ein paar Fotos von mir in einer der bekanntesten Parfümerien New Yorks machen. Ich muss bis morgen zu- oder absagen. Das alles soll in den nächsten drei, vier Tagen erfolgen.«

»Ist dieses Interview sehr wichtig?«, fragt Barb.

»Zwar sind die Verkäufe gut angelaufen, aber wir haben noch nicht annähernd die Deckung der Kosten erreicht. Das Interview könnte mich verdammt weit bringen. Dann wäre ich endlich unabhängig von meinem Vater.«

Barb nimmt einen Schluck von ihrem Latte Macchiato. »Ist ein ziemlicher Kotzbrocken, dein Alter, nicht wahr?«

»Ja, das kann er sein. Aber ich finde seine Gefühllosigkeit am bedrückendsten.«

»Man liest so einiges in der Zeitung über ihn. Wie er seine Frauen gegen jüngere oder schönere austauscht, ist ja bezeichnend«, sagt Barb.

Erstaunt sehe ich sie an. »Das ist dir aufgefallen?«

»Natürlich ist mir das aufgefallen. Es wirkt außerdem immer alles so inszeniert: die Hochzeitsbilder, die Fotos von Weihnachten mit der Familie.«

Ich nicke. »Das war auch alles inszeniert. Ich muss jedes Jahr ordentlich gekleidet und frisch vom Friseur antanzen. Sobald die Fotos gemacht wurden, bin ich schon wieder abgemeldet.«

Barb seufzt. »Das ist ja noch schlimmer, als ich mir das vorgestellt habe.«

Nicholas hört unserem Gespräch sehr aufmerksam

zu. Er wirkt erschüttert über das, was ich über meine Familie gesagt habe. Aber so ist das nun mal bei uns. Ich habe alles, was man auf dieser Welt käuflich erwerben kann, außer Liebe. Wahre Liebe ist kostbar und unbezahlbar.

Barb hält ihm ihr Glas hin. »Machst du uns bitte was anderes, Koffeinfreies?«

»Ich hab auch entkoffeinierten Kaffee.«

»Mann, bist du aber gut ausgestattet. Entkoffeinierter Kaffee ... Ich bin froh, wenn ich in meiner Küche überhaupt Kaffee finde.«

Nicholas grinst seine Freundin an. »Du bist ja auch selten zuhause. Bei dir wird er nur alt, trocknet aus und schmeckt dann nach ungewaschenen Achselhöhlen oder noch schlimmer. Was für ein Glück, dass du jemanden aus der Gastronomie kennengelernt hast. Ohne Mali würdest du irgendwann verhungern oder dich nur von Wurst und Äpfeln ernähren.«

Barb grinst. »Das Kochen liegt nicht jedem.«

Kapitel 16

Der Nachmittag vergeht wie im Flug. Nicholas und Barb tauschen Anekdoten aus ihrer gemeinsamen Zeit bei der Army und ihrem späteren Job als Bodyguards aus. Es ist klar, dass sie ein Herz und eine Seele sind.

Am Abend teilen wir uns die Erdnusscremesuppe, die Nicholas auf der Terrasse serviert, nachdem er Bonnie mit einer der von Barb mitgebrachten Döschen Gourmet-Futter versorgt hat. Gierig stürzt Bonnie sich auf ihre Portion. Lächelnd gehe ich an ihr vorbei aus der Küche, um das Geschirr rauszutragen.

Der Abend ist angenehm lau. Noch hat die Sonne nicht so viel Kraft wie im herannahenden Sommer. Die Kirschblüten fallen bereits herab wie ein zartrosa Regen und zieren die Wiese. Die sanfte Brise trägt ihren Duft zu uns her. Langsam färbt der Himmel sich in einem sanften Roségoldton, der mich inspiriert.

Die Erdnusscremesuppe schmeckt besser als erwartet. Ich hätte nie gedacht, dass man so etwas aus Erdnüssen machen kann.

Nicholas hat uns zusätzlich noch ein paar Steaks zubereitet, die wir als nächsten Gang zusammen mit Bratkartoffeln mit Speck verzehren.

Barb zeigt uns Fotos von ihrer Freundin, die sich als sehr hübsch und zierlich herausstellt. Sie hat taillenlanges, schwarzes Haar und große Mandelaugen. Auf dem Bild trägt sie ein royalblaues Kleid, das ihre Haarfarbe und ihre zarte Figur unterstreicht. Sie lächelt auf dem Bild freundlich und wirkt sehr sympathisch. Ich bedaure, dass ich sie niemals kennenlernen werde.

Meine Tage hier sind gezählt. Jeden Moment kann Mr. Preston anrufen und uns Bescheid sagen, dass keine Gefahr mehr für mich besteht. Zumindest hoffe ich darauf, dass das bald geschieht. Es wäre eine immense Erleichterung in vielerlei Hinsicht für mich, aber mein Status mit Nicholas ist immer noch ungeklärt.

Wir öffnen eine Flasche Rotwein. Sowohl Barb als auch Nicholas trinken sehr wenig, was sie sich von Berufs wegen angewöhnt haben.

»Ist alles in Ordnung mit dir?«, unterbricht Barb meine Gedanken.

»Ja.«

»Du wirkst nur ein wenig bedrückt.«

»Ich habe daran gedacht, dass Mr. Preston noch nicht angerufen hat.«

»Sicher wartest du schon sehnsüchtig auf den Anruf, damit du zurück nach New York kannst«, sagt

Nicholas.

»Ja.« Natürlich will ich das Interview mit der Cosmopolitan machen, und ich vermisse Eileen.

»Wegen der Sache mit der Cosmopolitan ist mir etwas eingefallen«, sagt Barb. »Warum lässt du hier nicht ein paar Fotos von dir machen und lässt eine Fotomontage erstellen? Die können die Bilder doch ausschneiden und vor den Fotos von dieser Parfümerie einfügen, solange die Lichtverhältnisse ähnlich sind. Photoshop macht es möglich.«

Überrascht sehe ich sie an. Diese Frau ist wirklich findig. Das muss man ihr lassen. »Die Idee ist genial. Warum bin ich selbst noch nicht darauf gekommen?«

»Manchmal sieht man den Wald vor lauter Bäumen nicht.«

»Ich hoffe nur, dass das reichen würde. Ich gehe aber davon aus, dass eine Interaktion mit den Kundinnen erwartet wird.«

Barb nickt. »Das wäre möglich.«

»Wir sollten reingehen. Mir wird es so langsam zu kühl«, sage ich.

»Ja, das finde ich auch.«

Wir tragen unser Geschirr und Besteck in die Küche und begeben uns ins Wohnzimmer.

Barb blickt auf ihre schlichte, schwarze Lederarmbanduhr. »Es ist schon spät. Ich habe in einem Hotel in der Nähe eingecheckt. Mein Flug morgen geht um 6.30 Uhr in der Frühe. Ich sollte so langsam los. Es war wirklich schön, dich mal wiederzusehen. Und es war schön, dich kennenzulernen, Tabitha.«

Nicholas und Barb umarmen sich.

Barb umarmt auch mich zu meiner Verwunderung. »Sei geduldig mit ihm. Er hat viel mitgemacht«, flüstert sie mir ins Ohr.

Was meint sie damit? Seine Ehe? Was hat seine Frau ihm angetan?

»Mach's gut. Es hat mir viel bedeutet, dich kennenzulernen«, sage ich.

Barb sieht ihren besten Freund an. »Besuch uns mal, wenn du wieder in Ohio bist. Ich werde in der nächsten Zeit in Akron sein. Und ruf mich an.«

»Das mache ich. Beides natürlich. Ich freue mich schon, Mali kennenzulernen.«

»Und sie dich. Und bring die Kleine mit.«

Damit meint sie sicher Bonnie.

»Mach ich.«

»Bye.« Barb verlässt das Haus und geht zu ihrem SUV.

»Bye.« Nicholas folgt ihr und winkt ihr, als sie sich ins Auto setzt und davonfährt.

»Ich mag deine beste Freundin.«

»Ja, sie ist jemand Besonderes.«

Kapitel 17

Als wir einige Minuten später in der Küche sitzen, lastet mir einiges schwer auf meiner Seele und vieles liegt mir auf der Zunge.

»Wie steht es eigentlich um uns?«, frage ich.

Verwundert sieht Nicholas mich an. »Wie meinst du das?«

»Was wird aus uns, wenn dein Auftrag vorbei ist?«

Er erhebt sich und geht zum Küchenschrank, wo er sich zwei Finger breit Sherry in ein Glas gießt. Mit diesem kehrt er zu mir zurück. Seine Miene ist verschlossen. »Dann bringe ich dich zurück zu deinem Vater.«

»Ist das alles?«

»Du weißt, dass ich dir nichts bieten kann und dass du etwas Besseres kriegen kannst als mich. Habe ich dir mehr versprochen?«

Enttäuschung schnürt mir den Hals zusammen. »Nein, das hast du nicht. Ich dachte nur, es hätte dir mehr bedeutet«, presse ich die Worte mühsam hervor.

»Wenn ich emotional involviert bin, kann ich dich nicht beschützen.«

»Aber auch dieser Fall ist irgendwann zu Ende. Ich werde dann keinen Schutz mehr benötigen. Barb bewegt sich ja auch ohne Bodyguard nachts durch die Stadt.«

»Barb *ist* ein Bodyguard. Die Frau ist 1,80 m groß, durchtrainiert, eine Afghanistan-Veteranin und hat den schwarzen Gürtel in Jiu-Jitsu.«

»Was ist Jiu-Jitsu? Doch nicht so etwas wie Renn-da-vu? Denn darin habe ich die schwarze Socke.«

Nicholas sieht mich todernst an. Und ich dachte, mein Vater hätte diesen Gesichtsausdruck perfektioniert und für sich patentieren lassen. »Das ist absolut nicht witzig. Jiu-Jitsu ist eine waffenlose Selbstverteidigung, die von den japanischen Samurai entwickelt wurde. Bisher hast du dieses überbehütete Leben im Haus deines Vaters geführt. Du weißt gar nicht, was da draußen alles für Gefahren auf dich lauern.«

»Was willst du tun? Mich im Haus einsperren?«

»Nein, das wäre Freiheitsberaubung, aber ich kann die Verantwortung für das Leben einer anderen Person nicht übernehmen.«

Ich lache, doch es klingt so freudlos, wie ich es empfinde. »Das kann doch nicht dein Ernst sein. Du übernimmst mit jedem Bodyguard-Auftrag die Verantwortung für das Leben einer anderen Person.«

Nicholas fährt sich mit beiden Händen durch sein

volles, dunkles Haar. »Du verstehst es nicht. Wenn ich arbeite, bin ich emotional nicht involviert. Das bedeutet, ich kann jederzeit kühl und berechnend agieren. Wenn ich emotional involviert bin, kann ich das jedoch nicht mehr. Dann reagiere ich womöglich irrational und werde angreifbar.«

»Nein, du hast ein Bindungsproblem.«

»Das mag sein, aber es ist besser, ich habe ein Bindungsproblem, als dass ich die Schuld an deinem Tod trage.«

»Geht es darum? Die Schuld am Tod einer anderen Person? Warum ist deine Ehe gescheitert? Oder ist sie gestorben?«

Hatte ich gedacht, Nicholas' Miene sei bisher verschlossen gewesen? Wie ich mich doch getäuscht habe. Es geht noch schlimmer. Und wie verdammt unsensibel ich bin, denn ich scheine genau ins Schwarze getroffen zu haben.

Er starrt mich mit brennender Intensität im Blick an, während sein Gesicht einer starren Maske gleicht. Sein ohnehin kantiges Kinn wirkt angespannt. »Barb hat dir was gesagt.« Es klingt wie eine Feststellung.

Hoffentlich bekommt sie keinen Ärger deswegen.

»Sie hat gar nichts gesagt, außer dass du mal verheiratet gewesen bist. Mehr weiß ich nicht. Du hättest es mir sagen sollen.«

»Warum?«

»Weil wir verdammt nochmal miteinander geschlafen haben«, stoße ich wütend hervor.

»Hast du mir etwa alles über deine Ex-Freunde erzählt?«

»Nein, aber ich war nicht verheiratet gewesen.«

»Spielt das eine Rolle? Ich bin es nämlich nicht mehr. Und was damals geschehen ist, geht niemanden etwas an.«

Niemanden? Auch mich nicht?

»Wenn du so denkst ...«

Er nickt. »Ja, so denke ich. Und ich werde nicht darüber reden.«

»Aber es wäre der erste Schritt, um die Vergangenheit zu überwinden.«

»Ich will sie nicht überwinden. Ich darf sie nicht überwinden, denn sie ist ein Mahnmal, das verhindern soll, dass sie sich wiederholt. Das sieht man oft in der Geschichte der Menschheit: Wiederholungen.«

Ich verdrehe die Augen. »Die geschehen, wenn man etwas nicht verarbeitet, sondern lieber verdrängt. Wenn man nicht darüber redet. Wenn man etwas Schlimmes aus Scham oder anderen Gründen totschweigt.«

»Nochmals: Es geht dich nichts an. Misch dich nicht ein.«

Er will mich also nicht wirklich an seinem Leben teilhaben lassen. Irgendetwas Schlimmes ist damals geschehen. Offenbar kam seine Ehefrau ums Leben und er gibt sich die Schuld daran. Und deswegen denkt er vermutlich, er habe keine neue Frau verdient, und stößt alle, die sich ihm nähern wollen, von sich.

Kurz gesagt: Er ist emotional nicht verfügbar und will es auch nicht sein. Je mehr ich versuche, ihm nahezukommen, desto mehr zieht er sich vor mir zurück.

Und was das bedeutet, weiß ich zur Genüge. Ich weiß auch, wohin das führt: Man reibt sich dabei nur auf und erreicht doch nichts. Am Ende ist man bei solchen Männern immer die Verliererin.

Eigentlich darf ich froh sein, dass er mir nichts vormacht, wie die anderen es getan haben. Die Männer, die mich hingehalten und ausgenutzt haben. Bei ihm weiß ich wenigstens, wie ich dran bin, dass es keine gemeinsame Zukunft gibt.

Das macht es aber keineswegs einfacher für mich, denn in diesem Moment wird mir bewusst, dass ich schon zu viel für ihn empfinde. Aber ich werde darüber hinwegkommen. Mein Stolz ist angekratzt und mein Herz tut weh, aber es wird nicht darüber zerbrechen. Ich habe es nicht nötig, einem Mann hinterherzulaufen, der mich nicht will. Das hat schon bei meinem Vater nicht geklappt.

»Wenn du mich nicht wirklich willst, hättest du nicht mit mir ins Bett gehen sollen«, sage ich.

»Ich habe dich gefragt, ob du es wirklich willst.«

»Du bist ein verdammtes Arschloch.«

»Lieber bin ich ein Arschloch, als dass ich für deinen Tod verantwortlich bin. Es tut mir leid, wenn ich dir wehgetan habe.« Bedauernd sieht er mich an.

»Du hast ja einen Knall. Okay, wenn du das so haben willst, aber denke ja nicht, dass ich noch einmal mit dir im selben Bett schlafen werde«, sage ich und schließe mich im Bad ein, um zu weinen.

Nach einer Weile gelingt es mir, es zu unterdrücken. Ich will schließlich morgen nicht ganz verheult aussehen. Nahezu lautlos zu weinen habe ich bereits im Hause meines Vaters perfektioniert.

Daher schleiche ich mich in die Küche, um mir zwei Beutel Schwarztee zu besorgen, die ich mit kaltem Wasser anfeuchte und im Schlafzimmer auf meine Augen lege.

Kapitel 18

Ich fahre zusammen, als ein Klopfen an meiner Tür erklingt.

»Was willst du?«, frage ich unwirsch.

»Mr. Preston hat angerufen«, sagt Nicholas.

»Ich hoffe, er hat mal ausnahmsweise gute Nachrichten.«

»Die hat er. Die Täterin wurde geschnappt.«

»Wirklich?« Mein Interesse ist geweckt. Eigentlich sollte ich mich darüber mehr freuen ... Schnell werfe ich einen Blick in den kleinen Klappspiegel, den ich immer in meiner Handtasche dabei habe. Man sieht keine Spuren mehr von meinem Weinen. Sehr gut. Ich entsorge die Teebeutel.

Dann öffne ich die Tür und trete hinaus.

Nicholas trägt nur eine Jeans und sonst nichts. Ich vermeide es, seine nackte, muskulöse Brust und das leicht zerwühlte Haar anzusehen, sondern verschränke die Arme vor der Brust und sehe ihm reserviert in die Augen. »Wer war es?«

»Deine Stiefschwester Mona.«

Überrascht sehe ich ihn an. »Das glaube ich nicht. Aber sie wurde doch auch verletzt.«

»Die Verletzung hat sie sich selbst zugefügt, vermutlich, um nicht auf der Liste der Verdächtigen zu landen. Sie hat ein Verhältnis mit deinem Adoptivbruder.«

Überrascht starre ich ihn an. »Mit Jayden? Das glaube ich nicht. Die beiden passen doch gar nicht zusammen und haben sich immer gezofft.«

»Das sehen die beiden offenbar anders.«

»Und warum weiß ich nichts von ihrem Verhältnis?«

»Weil Jayden es offenbar geheimhalten wollte. Sie sind sogar heimlich verlobt.«

»Heimlich verlobt? Wie immer erfahre ich alles zuletzt. Warum wollte sie mich töten?«

Sie halten es wahrscheinlich wegen Dad geheim. Der würde so etwas gar nicht gutheißen. Ein Quasi-Inzest, auch wenn es natürlich keiner ist, weil die nicht blutsverwandt sind. Aber ich weiß ja, wie mein Vater in dieser Hinsicht denkt.

»Weil dein Vater vorhat, deinen Adoptivbruder zu enterben und dich als seine Haupterbin einzusetzen.«

Dann ist Mona also hinter Jaydens Geld her.

Ich starre ihn an. Das kann doch nicht sein Ernst sein. »Das ist ein Aprilscherz? Oder nimmt Mr. Preston neuerdings Drogen? Bei dem Job sollte mich das nicht wundern.«

»Nein, das ist sein vollkommener Ernst. Dein Adoptivbruder hat keinerlei Absichten, die Firma deines Vaters weiterzuführen. Er ist nur an Frauen, Alkohol und Partys interessiert.«

»Du hast schnelle Autos, protzige Prestigeobjekte und Prostituierte vergessen. Obwohl letztere vermutlich unter der Rubrik Frauen laufen. Und ich habe übrigens auch nicht die Absicht, die Firma weiterzuführen. Ich war nie dazu vorgesehen gewesen.«

»Ja, aber du machst etwas aus deinem Leben.«

»Ach wirklich? Für meinen Vater sind meine Kleider-, Taschen- und Nagellackkollektionen nur Hobbys.«

»Seitdem du finanziellen Erfolg damit hast, offenbar nicht mehr.«

»Ich weiß ja noch gar nicht, ob es dabei bleibt.« Man kann schneller fallen, als man aufsteigt. Und ein guter Start kann sich als Schuss ins Leere entpuppen. Noch bin ich nicht etabliert.

»Aber er sieht offenbar, dass du etwas tust und nicht so schnell aufgibst.«

Ich tippe mir mit dem Zeigefinger gegen die Stirn. »Ich glaube, Außerirdische haben meinen Vater entführt und gegen einen Doppelgänger ausgetauscht, wenn er etwas sieht, das ich tue, und auch noch einen Wert darin erkennt. Wie hat man herausgefunden, dass Mona die Täterin ist?«

»Die Bodyguards deines Vaters haben sie auf frischer Tat ertappt. Sie wollte deinem Vater Rattengift in den Kaffee tun. Man hat sie in polizeiliches Gewahrsam genommen.«

Sie wollte meinen Vater vergiften? So wenig wir uns nahestehen, das will ich nicht. Ich bin froh, dass die Bodyguards den Tötungsversuch abwenden konnten.

»Und was ist mit Jayden? Weiß er davon?«, frage ich.

»Der ist in Untersuchungshaft, um festzustellen, ob er auch darin involviert ist.«

Ich schlucke. »Wenn die Täterin also geschnappt ist, gibt es keinen Grund mehr für mich, noch länger hierzubleiben, nicht wahr?« Oder gibt es doch einen? Bitte sag etwas, Nicholas. Sag, dass ich einen Grund habe, hier bei dir zu bleiben.

Doch er schweigt.

Und das sagt mir mehr, als tausend Worte es vermocht hätten.

Ich wende mich ab, damit er die Träne nicht sieht, die über meine Wange rinnt. »Ich packe dann mal«, sage ich und stürme ins Schlafzimmer.

Als hätte ich viel zu packen ... Aber ich muss meinen Kopf klar bekommen. Natürlich bin ich froh, dass die Bedrohung vorüber ist, aber Nicholas nie wieder zu sehen, trifft mich doch tiefer, als ich das will. In den letzten Tagen habe ich erkannt, dass er ein wunderbarer Mensch ist. Warum verhält er sich nur in dieser Hinsicht so mies?

Um mich zu schützen. Vor was? Vor einer Wiederholung seiner Vergangenheit? Das ist doch absurd. Er will sich selbst schützen vor einem weiteren Verlust. Es geht nur um ihn, nicht um mich. Und mich will er nicht. Vor emotional nicht verfügbaren Männern sollte ich mich fernhalten. Ich sollte endlich meine Lektion lernen.

Ich schmeiße meine wenigen Sachen in die Kaufhaustüte und gehe dann ins Bad, um mein Make-up und diverse Körperpflegemittel einzusammeln, die ich erworben habe.

Kurz bleibe ich vor dem Spiegel stehen, um mich anzusehen. Ich bin etwas blass und meine Augen sind leicht gerötet. Ich benutze ein wenig cremefarbenen Lidschatten, um das abzudecken, und lege ein wenig Mascara auf.

Dabei fällt mir auf, dass ich das Schmuckherz noch immer trage, das Nicholas mir gegeben hat. Ich nehme es ab und lege es auf die kleine Anrichte neben dem Waschbecken, denn ich will nichts an mir haben, das Nicholas gehört.

Nachdem ich das Bad wieder verlassen habe, stelle ich meine Sachen neben der Haustür ab und gehe zu Bonnie, die mich neugierig beäugt. Offenbar spürt sie meine Anspannung. Tiere sind ja so sensibel.

Sie liegt auf dem Sofa zusammengerollt. Ich kraule sie sanft. Sie schmiegt ihr winziges Köpfchen in meine Hand. »Ich werde dich vermissen, Kleine«, sage ich leise zu ihr.

Bonnies Blick wirkt traurig. Fast scheint es mir, als

würde sie meine Worte verstehen.

»Ich gehöre nicht hierher«, sage ich und das ist wohl wahr. Ich bin ein Großstadtgirl und habe einiges in New York zu erledigen. Außerdem will Nicholas mich nicht. Es ist ja nicht so, als hätte er mir falsche Versprechungen gemacht ...

Ich bemerke Nicholas' Schritte, erhebe mich und wende mich zu ihm um.

»Bist du bereit? Dein Vater hat bereits einen Helikopter losgeschickt.«

Warum muss seine Stimme so verdammt ausdruckslos klingen? Warum fühlt er sich nicht so aufgewühlt wie ich? Oder kann er es nur besser verbergen?

Es spielt keine Rolle. Ich muss hier weg.

»Ich bin bereit«, sage ich tonlos und nehme meine Handtasche und die große Tüte.

Nicholas steht neben der Haustür, ohne sie zu öffnen.

»Was ist?«, frage ich.

»Ich glaube, es ist noch nicht vorüber.«

Mein Herz klopft plötzlich schnell. Was meint er damit? Doch nicht etwa ... uns? Hoffnung steigt tief in mir auf. Hoffnung, die er sogleich zunichtemacht.

»Die Bedrohung.«

»Aber Mona ist doch geschnappt worden, und auch Jayden ist nicht auf freiem Fuß. Also, wo liegt das Problem?«, frage ich.

»Ich habe dieses seltsame Gefühl.«

Wut steigt in mir auf. »Das kannst du später meinem Vater erklären. Jetzt fahr mich verdammt nochmal zum Helikopter. Ich habe genug Zeit hier in der Einöde verplempert wegen ein paar geldgeilen Säcken. Ich habe in New York zu tun und kann nicht länger hier auf der Schweinefarm abhängen.« Wenn er mich von sich stößt, so kann ich dasselbe auch mit ihm tun.

Nicholas' Gesichtszüge verhärten sich. »Mein Haus ist keine Schweinefarm.«

»Das mag sein, aber der Unterschied ist nicht so groß.«

»Bist du wieder die verwöhnte Prinzessin?«

»Ich war nie jemand anders.« Bewusst verstecke ich mich hinter dieser Fassade. Sie ist mein Schutz, mein Panzer. Wenn alle denken, dass ich oberflächlich bin, dringen sie nicht nach innen vor, wo ich verletzlich bin.

»Wo hast du die Kette mit dem Anhänger hingetan?«, will er wissen.

»Ins Bad. Es ist vorbei. Ich brauche sie nicht mehr.« Mit *vorbei* meine ich nicht nur seinen verdammten Auftrag, sondern alles, was ihn betrifft.

»Ich sehe das anders. Ich habe das Gefühl, dass es noch nicht vorbei ist.« Nicholas stapft zurück ins Bad, um es zu holen. Er will es mir umlegen, doch das lasse ich nicht zu.

»Ich brauche es wirklich nicht mehr, und ich will es auch nicht mehr länger tragen. Mein Vater wird dich auch nicht mehr bezahlen, jetzt, da die Täterin gefasst wurde«, sage ich.

»Du bist so verdammt dickköpfig«, sagt er.

»Ich habe eben meinen Stolz.« Manchmal ist Stolz das Einzige, was einem noch bleibt ...

Nicholas lässt das Schmuckstück mit einem resignierten Gesichtsausdruck in die Tasche seiner Jeans gleiten.

Ich greife nach der Klinke, doch Nicholas kommt mir zuvor und öffnet die Haustür. Er hält die Tür für mich auf und folgt mir.

Auch die Tür des SUVs hält er mir auf. Er mag ein Idiot sein, doch er ist der verdammt höflichste Idiot, der rumläuft.

Ich schaue auf mein Smartphone, um die Uhrzeit zu erfahren.

»Fährst du bitte zur nächsten Apotheke. Ich brauche ein Mittel gegen Reiseübelkeit«, sage ich, denn den peinlichen Vorfall während der Anreise möchte ich auf keinen Fall wiederholen.

Eine viertel Stunde später hält Nicholas vor einer Apotheke, die ich sogleich betrete. Natürlich folgt er mir. Wahrscheinlich hat er viel zu viel Angst, dass ich mir beim Sturz von einer Treppenstufe den Hals brechen oder das falsche Medikament kaufen und daran sterben könnte, was er dann meinem Vater erklären müsste ... Dann bekäme er sein Geld wohl nicht vollständig.

In der Drogerie daneben erwerbe ich eine Flasche

Mineralwasser, denn trocken will ich die Tablette nicht herunterwürgen, was zudem auch auf den Magen gehen könnte. Natürlich folgt er mir auch hierhinein wie ein Schatten.

Dann haste ich zurück zum Auto. Ich lese sogleich den Beipackzettel und schmeiße mir die vorgesehene Dosis ein, denn das Zeug braucht ja ein bisschen Zeit, bis es wirkt. Wenn es mir bereits schlecht ist, bleibt es auch nicht mehr drin. Den Rest der Fahrt schweige ich und starre aus dem Seitenfenster, ohne Nicholas auch nur einmal anzusehen.

Als wir bei dem vereinbarten Ort ankommen, an dem sich der Helikopter befindet, fühlt sich mein Hals etwas starr an. Ich steige aus und schnappe meine Handtasche und die Tüte, die ich der Einfachheit halber auf die Rücksitzbank gelegt habe.

Ich erkenne den Piloten, den mein Vater beschäftigt. Mit seinem weißen Haar erinnert er mich an Steve Martin.

»Guten Tag, Miss Maynard«, begrüßt er mich.

»Hi, Mr. Jameson.« Ich steige diesmal in den hinteren Bereich des Helikopters ein.

Zu meinem Missvergnügen setzt sich Nicholas mir gegenüber.

»Kannst du dich nicht neben Mr. Jameson setzen?«, frage ich, ohne meine schlechte Laune zu maskieren.

»Sind wir aber schlecht drauf. Mr. Jameson hat übrigens Kotztüten besorgt.«

»Wie umsichtig von ihm, aber die werde ich ja diesmal hoffentlich nicht benötigen.«

Als er mir den Sicherheitsgurt anlegt, halte ich kurz die Luft an, denn ich will seinen berauschenden Duft nicht einatmen. Ich will nicht in Versuchung geführt werden, ihn ein letztes Mal zu berühren. Es gehört mit zum Schwersten, was ich jemals getan habe.

»Warum fliegst du überhaupt mit?«, frage ich schnippisch.

»Ich muss nochmal zu deinem Vater.«

»Ja, natürlich.« Was hatte ich auch anderes erwartet?

Ich stelle meine Tüte und die Handtasche neben mir ab, lehne mich zurück und schließe meine Augen. Wenigstens ist mir diesmal nicht schlecht. Doch dafür macht sich in mir eine bleierne Erschöpfung breit. Wider Erwarten schlafe ich ein.

Kapitel 19

Eine sanfte, tiefe Stimme weckt mich.

»Wach auf, Tabitha. Wir sind da.«

Als ich die Augen öffne, erblicke ich Nicholas' Gesicht, das sich dicht vor mir befindet.

»Hör mir zu. Es hätte ohnehin nicht mit uns geklappt. Wir sind zu verschieden. Du bist ein Großstadtgirl und eine reiche Erbin und ich nur der Sohn eines einfachen Ranchers. Dein Vater würde es nie gutheißen. Das alles war ein Fehler gewesen. Du kannst was Besseres haben als mich.«

Was fällt ihm ein, noch Salz in meine Wunde zu streuen? Daran ändern auch sein bedauernder Tonfall und die Besorgnis in seinem Blick nichts.

»Vergiss es. Das interessiert mich nicht. Ich will einfach nicht mehr darüber reden«, sage ich und setze dabei eine abweisende Miene auf, denn ich will das alles schnellstmöglich hinter mich bringen. Er soll mich einfach in Ruhe lassen.

Der Helikopter landet diesmal auf der großen Wiese hinter dem Haus meines Vaters. Heute ist ja auch kein Killer hinter mir her. Jeder kann wissen, wo ich mich aufhalte.

Ich löse meinen Sicherheitsgurt, schnappe mir meine Handtasche und die Tüte und steige aus dem Helikopter.

»Danke, Mr. Jameson«, sage ich freundlich zu dem treuen Piloten und stakse dann auf das Haus zu, ohne auch nur einmal zurückzublicken.

Am Hintereingang wartet bereits die Haushälterin Mrs. Mary Quinn auf mich, eine kleine, etwas mollige Frau mit kurzem, grauweißen Haar, die meist bequeme Hosen und pflegeleichte Blusen trägt. Sie begrüßt mich herzlich.

»Ich bin ja so froh, dass alles vorüber ist«, sagt sie und drückt mich kurz an sich.

Mein Vater lässt sich natürlich nicht blicken. Warum sollte er auch? Es interessiert ihn ja nicht wirklich, dass ich zurück bin.

»Ich habe dir ein paar glutenfreie Kekse ohne Zucker gebacken«, sagt sie.

»Die schmecken bestimmt abenteuerlich.« Statt Zucker nimmt sie Zimt oder andere abenteuerliche Gewürze, weswegen die Ergebnisse nicht immer genießbar sind, aber die Absicht zählt.

»Hast du noch ein paar von deinen Marzipanröllchen?«, frage ich. Die esse ich eher selten, aber jetzt brauche ich sie dringend.

Mrs. Quinn nickt eifrig. Ihre Augen leuchten erfreut. »Aber natürlich. Ich habe welche mit getrockneten Heidelbeeren hergestellt und mit reiner Schokolade übergossen. Sie sehen nicht besonders gut aus, aber sie sind so, wie du sie magst.«

Fein gemahlene Mandeln mit leckerem Honig ... Zwar ist da auch Zucker enthalten, aber aufgrund der Zusammensetzung ist das gesünder als andere Süßigkeiten. Damit wäre ich gerettet. Ich brauche jetzt dringend etwas Süßes als Trost.

»Dann immer her damit. Ich liebe Heidelbeeren.« Obwohl ich mir nicht sicher bin, ob ich diese auch in getrockneter Form mag, aber das werde ich ja bald wissen.

»Pass aber auf. Die haben eine Menge Kalorien. Ich habe dir einen Pfefferminztee gemacht.«

Kalorien sind heute mein geringstes Problem. »Danke. Das ist lieb.«

Ich schnappe mir ein paar dieser Abenteuerkekse, die kleinen Marzipanrollen und eine Tasse Tee und verkrümle mich in mein Zimmer, wo ich Eileen anrufe und ihr die frohe Botschaft verkünde. Ich verabrede mich mit ihr für morgen früh zum Brunch, lasse mir gleich die Kontaktdaten der Cosmopolitan geben und rufe die dort zuständige Journalistin an, um einen Termin mit ihr zu vereinbaren und ein paar Einzelheiten abzusprechen.

Mrs. Carlisle klingt sehr freundlich. Ich freue mich schon auf den Termin mit ihr und die Chance, die mir geboten wird.

Gleich anschließend rufe ich meinen bevorzugten Friseursalon an. Wenn es Fotos für die Presse geben soll, muss ich so gut aussehen wie möglich. Über meine Termine setze ich den Chauffeur im Anschluss in Kenntnis.

Dann setze ich mich an meinen Schreibtisch, um an meiner geplanten Limited Edition für meine Nagellackmarke zu arbeiten. Die ersten Ideen hatte ich bereits in der Einöde in Nicholas' Haus, und leider hat er nicht wenige davon inspiriert. Leider taucht nur sein Gesicht vor mir auf und die Farbe seiner Augen. Ich überlege, ob ich die Ideen verwerfen soll. Sie drängen sich immer wieder in mein Bewusstsein und andere Ideen wollen einfach zum jetzigen Zeitpunkt nicht kommen. Nach ein paar Stunden gebe ich schließlich auf.

Anschließend dusche ich, creme mich ein und ziehe mir ein weißes Hello-Kitty-Shorty-Set an. Das fühlt sich so vertraut an, und ich dufte nach meiner Rose-Vanille-Bodylotion. Die Welt könnte eigentlich wieder in Ordnung sein. Eigentlich.

Ich lege mich aufs Bett, knabbere an einem überraschend gut schmeckenden Zimtkeks, trinke Tee und schnappe mir meinen Reader, um es mir mit einem Liebesroman gemütlich zu machen. Dann nasche ich zwei von den Marzipanröllchen. Mit denen hat Mrs. Quinn sich selbst übertroffen. Letztendlich esse ich alle vier auf.

Später putze ich mir die Zähne und gehe schlafen. Oder zumindest habe ich das vor, doch leider finde ich erst spät in den Schlaf, denn meine Gedanken wandern immer wieder zu Nicholas.

Die Erinnerungen an seine Küsse, seinen herbfrischen Duft, das Gefühl seines harten Körpers an meinem, seinen glühenden Blick und seine Hände auf meinem Leib sind für immer in mein Gedächtnis eingebrannt. Ich befürchte, ich werde ihn niemals vergessen. Niemals hat jemand mein Herz so gebrochen wie er. Schmerzhaft krampft es sich zusammen.

Ich greife zu einem Taschentuch. Tränen laufen über meine Wangen, während ich sein Gesicht vor meinem inneren Auge sehe. Jede Einzelheit ist für immer darin eingeprägt: sein kantiges Kinn, die wohlgeformten Lippen, seine gerade Nase, die hohe Stirn und seine durchdringenden, ozeanblauen Augen, mit denen er mich mit solcher Leidenschaft angesehen hat.

Ich habe mich begehrt, gewollt und angenommen gefühlt wie nie zuvor. Solch ein wildes Verlangen habe ich noch mit niemand anders erlebt. Doch das ist nicht alles ...

Ich hätte mich nicht in ihn verlieben dürfen. Nicht so schnell, so heftig und nicht so unwiderruflich. Und vor allem nicht so verdammt hoffnungslos. Immer erwische ich die falschen Männer.

Ich hätte es besser wissen müssen. Ich hätte wissen müssen, dass diese Beziehung keine Zukunft hat. Er hatte mich ja schließlich gewarnt. Für ihn war es ja nicht mal eine Beziehung gewesen, sondern bestenfalls eine Affäre, und das macht es noch viel schlimmer für mich. Für mich hatte es weitaus mehr Bedeutung gehabt als für ihn, und dieser Gedanke ist verdammt bitter für mich.

Wann werde ich daraus lernen? Ich sollte mich nicht mehr mit Männern einlassen, die mich nur benutzen wollen, die nur schnellen Sex wollen, während ich mein Herz verliere. Ich bin nicht für schnellen, bedeutungslosen Sex geschaffen. Es gelingt mir nicht, mein Herz zu schützen, wenn ich mich jemandem auf derart intime Weise hingebe.

Bei mir ist es immer alles oder nichts. Und ich habe alles auf den Tisch gelegt und verloren.

Am nächsten Morgen mache ich eine halbe Stunde lang Kundalini-Yoga mit einer DVD von Ana Brett und Ravi Singh. Das hat mir gefehlt. Auch wenn ich mich anfangs dazu zwingen muss, so tut es mir unheimlich gut.

Anschließend genehmige ich mir ein Frühstück bestehend aus Heidelbeeren, Joghurt, Honigbroten und Milchkaffee. Wie so oft esse ich allein.

Wie gerne säße ich jetzt zusammen mit Nicholas auf seiner Terrasse. Wir würden uns unterhalten, Witze reißen und die Sonne über dem See betrachten und Bonnie zusehen, wie sie versucht, mit Schmetterlingen zu spielen. Wenn doch noch alles in Ordnung zwischen uns wäre ... Aber es war niemals in Ordnung gewesen. Er will mich nicht.

Genau wie Alexis einst und Steve. Die beiden wollten mich nur zu ihrem Vorteil. Für Alexis war ich nicht gut genug gewesen, weil ich keine Griechin bin, aber zum Ficken hat es gereicht. Für Steve war ich nur ein Ersatz, eine Übergangsfrau, um über seine Ex hinwegzukommen, dieselbe Ex, mit der er mich schließlich betrogen hat ... Für Nicholas war ich nicht mehr als eine schnelle Bettgeschichte gewesen. Das verbreitet einen bitteren Geschmack in meinem Mund.

Dabei hat sich das ganz anders angefühlt ... Als würde ich ihm etwas bedeuten. So kann man sich täuschen ... Aber die Zeit der Selbsttäuschung ist endgültig vorbei.

Lieber esse ich jeden Tag für den Rest meines Lebens mein Frühstück allein, als für jemanden nur eine Übergangslösung, ein Gelegenheitsfick, ein Trostpflaster oder sonst was zu sein, nur eben nicht die Frau, mit der er sein Leben verbringen will.

Nachdem ich gegessen habe, trinke ich hastig meinen Milchkaffee aus. Das Essen hat heute leider keinen Geschmack für mich. Wie schade. Nicht mal das kann ich noch genießen.

Warum muss ich immer an Nicholas denken? Ich war doch nur ein paar Tage mit ihm zusammen gewesen. Ein paar Tage, in denen es ihm gelungen ist, mich tiefer zu berühren als sonst jemand zuvor.

Und ich hatte gedacht, nicht mehr so naiv und dumm zu sein. Wie sehr ich mich geirrt hatte. Aber ich lerne daraus. So etwas wird nicht mehr geschehen.

Ich öffne meine Handtasche und tausche die Smartphones aus, da mich das Kartensmartphone an Nicholas erinnert. Ich sollte es ihm zurückgeben, auch wenn ich mir sicher bin, dass mein Vater es bezahlt hat.

Wenn es nur ebenso einfach wäre, unliebsame Erinnerungen und Gefühle loszuwerden …

Ich muss die Anrufweiterleitung entfernen. Wie geht das denn nochmal? Ich versuche, mich an Nicholas' Anleitung zu erinnern. Zweimal die Raute, die einundzwanzig, nochmal die Raute eingeben und dann auf Anrufen tippen. Es funktioniert. Das war doch nicht so schlimm.

Es sind auch einige SMS eingetroffen. Die meisten sind von Steve, aber es gibt auch ein paar von anderen Bekannten. Ich beantworte sie und schließe die App wieder.

Ich räume den Inhalt meiner Handtasche in eine andere, was recht einfach ist, da ich verschiedenfarbige, flache Kosmetiktäschchen verwende, um darin Ordnung zu halten. Ein Täschchen ist für den Führerschein und ein paar andere amtliche Dinge, die man immer mit sich rumschleppen muss, eines ist für diverse Kosmetikartikel und eines ist ein Menstruations-Notfalltäschchen. Sonst habe ich noch zwei Kugelschreiber, ein kleines Notizbuch, eine kleine silberne Haarbürste und einen Taschenkalender darin.

Normalerweise bin ich nicht gerade ordentlich, aber in meiner Handtasche liebe ich es gerne übersichtlich. Es ist immer so peinlich, wenn man irgendwo ist und verzweifelt nach seiner Versicherungskarte sucht.

Danach ziehe ich mich um, denn ich habe einen Honigflecken auf meine Hose gebracht. Daher begebe ich mich in mein Schlafzimmer.

Dabei fällt mir die Tüte wieder ins Auge, die ich vom Aufenthalt bei Nicholas habe. Ich hätte sie wohl lieber gleich entsorgen sollen. Aber es nützt ohnehin nichts, denn er ist ständig präsent in meinen Gedanken, wie sehr ich auch versuche, ihn daraus zu verdrängen.

Darin befinden sich die schusssichere Weste und die Kleider, die er mir beschafft hat. Später werde ich die Haushälterin bitten, das Zeug irgendwie zu entsorgen. Ich muss alles loswerden, was mich an ihn erinnert.

Ich darf nicht mehr an die Zeit mit ihm denken, aber das ist leichter gesagt als getan. Es fällt mir so verdammt schwer, ihn aus meinen Gedanken zu verbannen. Vielleicht ist verdrängen auch nicht der richtige Weg. Ich muss mir immer wieder vor Augen führen, dass er mich nicht wirklich will. Genau wie Alexis und Steve mich nicht wirklich wollten. Sie wollten nur Sex und andere Vorteile, die ich ihnen bot. Im Gegensatz zu denen hat er mir zumindest nichts vor gemacht ...

Ich bin selbst schuld, wenn ich mich nicht abgrenzen und mein Herz nicht schützen kann. Aber ist es solch eine Schande, jemanden zu lieben? Ist die Herzlosigkeit anderer nicht viel schlimmer?

Nervös knabbere ich auf meiner Unterlippe. Wie kann ich nur meine Limited Edition umgestalten? Sie wurde von ihm inspiriert, auch wenn er das nicht ahnt. Aber noch habe ich Zeit, alles zu ändern. Neue, bessere Ideen werden kommen.

Offensichtlich hat Nicholas keine Ahnung, was er mir bedeutet, oder es interessiert ihn auch gar nicht. Auf keinen Fall werde ich ihm meine Gefühle gestehen, wenn von seiner Seite alles bedeutungslos war. Im schlimmsten Fall würde ich mich damit lächerlich machen, im besten Fall würde er es mit einem gleichgültigen Achselzucken quittieren. Beides würde mir wehtun. Also sehe ich keinen Grund, mich ihm derart zu offenbaren. Da laufe ich lieber nackt durch New York City.

Aber vielleicht ist es doch anders? Tausend Gedanken schwirren durch meinen Kopf.

Er hat Angst, wieder zu lieben, sein Herz zu öffnen und jemanden zu verlieren. Was er damals erlebt hat, muss grausam gewesen sein. Würde es mir viel anders ergehen, wenn ich die große Liebe meines Lebens auf derart tragische Weise verloren hätte?

Kapitel 20

Am Nachmittag bin ich mit Eileen in unserem Stammcafé verabredet.

Während ich durch die belebten Straßen der Stadt laufe, geht Nicholas mir wieder nicht aus dem Kopf. An einer Straßenecke glaube ich, ihn entdeckt zu haben, doch er verschwindet im Gedränge. Ich sehe schon Gespenster an jeder Ecke, weil ich diesen Mann einfach nicht vergessen kann. Vermutlich ist er gar nicht mehr in der Stadt, sondern ist, nachdem er sich mit meinem Vater getroffen und seine Bezahlung erhalten hat, zurück nach Virginia gereist.

Endlich erreiche ich unser Stammcafé, in dem wir »unsere« Sitzecke haben, in der wir uns fast jede Woche um diese Zeit treffen. Wir haben uns den Tisch reservieren lassen. Manchmal kommen andere Freunde mit oder wir sind wie heute nur zu zweit.

»Hi, ich freue mich so für dich«, sagt Eileen nach der Begrüßung. »Es ist wirklich unglaublich, dass es diesmal klappt. Du hast dich mit diesem ganzen Chemiekram befasst, um deine Nagellacke herstellen zu lassen. Ich weiß zum Beispiel nicht, ob Paris Hilton weiß, welche Eigenschaften die Inhaltsstoffe ihrer Parfums haben.«

»Vielleicht doch. Also ich mag ihren Duft *Can Can Burlesque*.«

»Jedenfalls ist es super, dass du diese Chance erhältst.«

»Würde ich die auch bekommen, wenn ich nicht Maynard heißen würde?«

»Vielleicht hätte es länger gedauert, aber deine Chance wäre irgendwann gekommen. Qualität setzt sich durch.«

»Nein, nicht so ohne weiteres. Es muss bei den Leuten einen Nerv treffen, egal was man macht.«

Eine Kellnerin kommt und fragt uns, was wir bestellen möchten. Wir entscheiden uns beide für ungezuckerten Cappuccino mit einem Herz aus Kakao auf dem Milchschaum.

»Wenn man etwas, das einem liegt und für einen von Bedeutung ist, mit ganzem Herzen tut, wird man es früher oder später erreichen. Du solltest nicht so viele Selbstzweifel haben. Die Leute kaufen das nicht nur wegen des Namens, sondern in erster Linie weil die Qualität gut ist und ihnen die Farben gefallen. Auch ohne deinen alten Herrn bringst du es zu etwas. Wenn man es genau nimmt, hat er dir eher Steine in den Weg gelegt als dich gefördert. Man braucht nur daran zu denken, wie er deine Versuche, einen Job zu finden, sabotiert hat.«

Ich nicke. »Ja, er sagte, das wäre nicht standesgemäß. Dabei haben viele große Leute so angefangen. Madonna hat beispielsweise in einem Fastfood-Restaurant gearbeitet.«

»Was ich damit sagen wollte, ist, dass du dich trotz seiner Eingriffe nicht hast entmutigen lassen und andere Wege gesucht hast, auch wenn er gesagt hat, dass dieser ganze Weiberkram wie Kleidung und Nagellacke zu designen nur Spielerei und ein Hobby sei und kein Job, obwohl du dich mit ins Labor gestellt und viele Testreihen durchgeführt hast. Das ist nicht wahr, nicht, wenn du es auf diesem Level betreibst. Du wirst ihm beweisen, dass es das nicht ist.«

»Ich muss ihm gar nichts beweisen. Es ist noch gar nicht so lange her, da habe ich gedacht, ich müsste das tun, aber jetzt ist es bedeutungslos für mich geworden, was er über mich denkt oder ob er mich liebt. Ich kann doch ohnehin tun oder lassen, was ich will. Es spielt keine Rolle. Für ihn bin ich nie gut genug, weil ich nicht der Sohn bin, den er sich gewünscht hat.« Ich bin es einfach leid, mich anzubiedern.

»Wenn er so etwas denkt, ist er ein Idiot.«

Ihr Blick aus grünen Augen gleitet über mein Gesicht. »Du wirkst anders als sonst«, sagt sie mit nachdenklicher Miene.

»Es prägt, wenn man sich in Lebensgefahr befunden hat.«

»Nein, du wirkst irgendwie traurig, und du siehst

müde aus.«

Entgeht ihrem kritischen Blick überhaupt etwas? Und sehen andere das auch? Offenbar habe ich nicht genügend Concealer aufgetragen.

»Ich habe schlecht geschlafen. Wärst du nicht aufgeregt, wenn du bald ein Interview mit der Cosmopolitan haben würdest?«

Nachdenklich sieht sie mich an. »Ja, das wäre ich, aber ich wäre nicht traurig. Hat dein Vater wieder irgendwas gemacht?«

»Nein, in der letzten Zeit hat der sich friedlich verhalten.«

»Was ist es dann? Du weißt doch, dass du mir alles sagen kannst. Wenn du das möchtest. Ich will dich ja nicht bedrängen.«

Ich seufze. »Ich habe mich verliebt.«

»In Nicholas.« Es ist keine Frage, sondern eine Feststellung. »Das habe ich mir schon fast gedacht. Ich kenne doch diesen Blick von dir.« Eileen legt ihre Hand auf meine.

»Aber er will keine Beziehung. Das hat er mir unmissverständlich klargemacht. Ich denke, es ist, weil er Angst hat, ich könnte sterben. Er hält sich darüber bedeckt, aber alles spricht dafür, dass seine Frau gewaltsam ums Leben gekommen ist.«

»Das ist harter Stoff. So etwas traumatisiert natürlich. Wenn er also nicht will, will er nicht. Lass dich davon nicht runterziehen. Wir Frauen definieren uns zu sehr über unsere Beziehungen. Wenn sie in die

Brüche gehen, dann geben wir uns die Schuld daran und zweifeln daran, ob wir gut genug sind. Damit sollten wir aufhören. Wir sollten unseren Selbstwert völlig davon abkoppeln, so wie Männer es ja auch tun.«

»Siehst du noch eine Chance, dass er zur Einsicht kommt?«, frage ich.

Ratlos sieht sie mich an. »Ich kenne ihn nicht so gut wie du. Aber sein Motiv zeigt wenigstens, dass er nicht so herzlos ist wie seine Vorgänger.«

»Falls es nicht nur eine Ausrede ist für seine Bindungsunfähigkeit.«

Mitfühlend sieht sie mich an. »Tja, das weiß man nie hundertprozentig. Aber bindungsunfähig ist bindungsunfähig. Daran kannst du nichts ändern, sondern nur er selbst.«

Die ganze Sache mit Nicholas sprudelt wie von selbst aus mir heraus, und Eileen hört mir geduldig zu. Ab und zu stellt sie eine Frage.

»Ich denke, es hat auch mit seinem Grundsatz zu tun, sich nicht mit einer Klientin einzulassen. Schließlich geht es um seinen Ruf in der Branche. Vielleicht ist er in dem Beruf nur aufgrund von Schuldgefühlen. Ich vermute, dass er gerade deswegen Leben schützen will. Das ist ja eigentlich eine noble Einstellung«, meint Eileen schließlich.

»Aber sein Beruf schließt für ihn ja auch eine Beziehung aus.«

»Da ist was dran, aber dann bräuchte niemand, der bei der Army ist, zu heiraten und Kinder zu bekommen. Er muss wirklich ein Trauma abbekommen haben. Aber schließlich hatte er ja mal geheiratet. Ursprünglich muss er also anders darüber gedacht haben.«

»Wenn ich nur wüsste, was genau passiert ist und das ausgelöst hat.«

»Das wissen wir eben nicht, sondern können nur Vermutungen anstellen. Kann ich irgendwas für dich tun?«

Ich schüttle den Kopf. »Nein, da muss ich allein durch. Und du tust ja schon alles für mich, was du kannst. Danke fürs Zuhören und deinen Rat. Du bist eine echte Freundin.«

Wir trinken unsere Cappuccinos aus, bezahlen und umarmen uns zum Abschied. Sie hält mich länger in den Armen als sonst. Offenbar weiß sie genau, dass ich das jetzt brauche, wofür ich ihr sehr dankbar bin.

»Du kannst mich jederzeit anrufen, wenn du jemanden zum Reden brauchst«, sagt Eileen.

»Danke. Das ist so lieb von dir.«

Eileen ist wirklich mein Fels in der Brandung. Jeder von uns geht seines Weges.

Der Abend verläuft ereignislos. Ich hänge vor meinem Computer ab und sehe mir ein paar Folgen von *Sex and the City* an, während ich an einer Tasse Fencheltee nippe. Aber nicht Carrie und ihre Freunde sehe ich, sondern ich habe ständig Nicholas' Bild vor Augen. Früher wäre ich feiern gegangen in eine der angesagten Szene-Bars, aber jetzt hänge ich allein zuhause rum. Was ist nur aus mir geworden?

Morgen ist mein großer Tag. Eigentlich sollte ich etwas anderes im Kopf haben und glücklich sein. Ein großer Traum geht morgen für mich in Erfüllung.

Kapitel 21

Der nächste Tag beginnt nicht viel anders als der vorherige. Ich dusche und frühstücke allein.

Ich vermisse es, mit Nicholas auf der Terrasse zu essen. Diese besonderen Momente werde ich wohl nie vergessen. Irgendwann wird es hoffentlich eine Zeit geben, in der ich ohne Wehmut daran zurückdenken kann. Nach dem Essen ziehe ich mich um und kümmere mich um mein Make-up.

Diesmal lasse ich die feuchten Schwarzteebeutel beinahe eine halbe Stunde auf den Augen. Nur leider wirkt das nicht bei den Schatten unter den Augen. Diesmal gibt es eine Extraportion Concealer. Wenn ich in der Parfümerie bin, kann ich nach dem Interview gleich noch zwei Packungen davon nachkaufen …

Auch wenn ich Nicholas nach wie vor nicht aus meinem Kopf kriege, bin ich schon ganz aufgeregt wegen des Interviews. Eileen hat mir eine kurze SMS geschickt. Sie hat geschrieben, dass sie an mich denkt und mir die Daumen drücken wird.

Jetzt trage ich eine schlichte, gerade geschnittene schwarze Hose von Gucci, eine eisblaue, ärmellose Seidenbluse von Prada und hochhackige Sandalen ebenfalls von Prada. Niemand außer Eileen weiß, dass ich diese Sachen bis auf die Schuhe Second Hand erworben habe, aber ich muss sparen, wenn ich das monatliche Budget, das mir mein Vater zuteilt, für meine Geschäfte verwende. So halte ich es nun schon seit längerer Zeit.

Trotzdem finde ich, dass das Outfit äußerst edel wirkt und den Zweck sicherlich erfüllen wird. Die Markenkleidung wäscht sich nicht so aus und bleibt länger hochwertig. Viele, die so etwas gebraucht verkaufen, haben die Stücke nur wenige Male getragen. Die Ersparnis ist dennoch enorm. Wenn ich das nicht so gehandhabt hätte, hätte ich mir die Nagellackmarke gar nicht aufbauen können, da mir die finanziellen Mittel gefehlt hätten.

Wenn mein Vater wüsste, dass ich gebrauchte Kleidung trage, würde er wohl ausrasten, denn was man nach außen hin darstellt, bedeutet alles für ihn. Daher habe ich sie über Eileens Adresse bestellt, sodass er es nicht herausfinden kann. Klar gehören die Sachen zur alten Kollektion, aber wer sagt denn, dass in meinem begehbaren Kleiderschrank nicht auch ältere, ungetragene Schätze ihr Dasein fristen können? Klassische Teile kann man immer tragen, finde ich.

Ich schnappe mir meine Handtasche, packe meine

silbernen Lieblingscreolen ein und verlasse mein Apartment. Es ist ganz ungewohnt ohne Nicholas im Gefolge.

Draußen wartet bereits der Chauffeur Mr. Higgins auf mich wie am Vortag abgesprochen. Ich steige in den Fond der schwarzen Limousine und lasse mich zum Friseur fahren. Meine Nägel mache ich selbst, aber mir die Haare selbst zu schneiden, traue ich mir nicht zu. Meine feinen, glatten Haare verzeihen da nichts.

Susan, meine bevorzugte Friseurin, empfängt mich bereits an der Tür. »Schön, dass du hier bist.«

Sie geleitet mich zu einem der Stühle weiter hinten im Friseurgeschäft. Dort lege ich die Handtasche ab.

Susan bietet mir Champagner, Kaffee und Wasser an. Ich nehme das Wasser. Kaffee würde mich noch nervöser machen und Alkohol möchte ich vermeiden.

»Was darf es denn heute sein?«, fragt sie.

»Ein, zwei Zentimeter sollen ab, damit die Frisur wieder mehr Form hat, und ich möchte ein paar große Wellen und etwas Schwung haben.«

»Wie wäre es mit ein paar Highlights?«, fragt sie.

»Nein, nur eine rauswaschbare Tönung. Vielleicht in rotblond?«

»Ich weiß nicht, ob das zu deinem Hautton passt. Du bist eher der kühle Typ.«

»Dann etwas kühler.«

»Ich habe Savannablond. Das ist leicht karamellfarben, aber nicht zu warm. Es passt zu deinem Hautton.« Sie zeigt mir die Farbkarte.

»Okay, probieren wir das.«

»Das hält sich sogar bis zu vier Haarwäschen, wenn du ein mildes Shampoo verwendest.«

»Perfekt.«

Herauswaschbare Tönungen verleihen meinem feinen Haar mehr Volumen, weswegen ich dann und wann auf sie zurückgreife.

Ich lasse mir von Susan die Haare waschen und tönen. Anschließend schneidet sie meinen Schnitt nach und frisiert mir die Haare.

Nachdem sie fertig ist begutachte ich ihr Werk von allen Seiten. »Wow, das sieht ja wirklich gut aus«, sage ich. Die Haare sind ein wenig dunkler als sonst, aber das war zu erwarten. Jedenfalls glänzen sie jetzt in einem angenehmen Honigton.

Susan bindet mir vorsichtig das Tuch übers Haar und ich setze mir die große Sonnenbrille auf. An manchen Tagen wünsche ich mir, nicht in New York City bekannt zu sein wie ein bunter Hund. Wie gerne würde ich einfach mal ein ganz normales Leben führen, ohne ständig befürchten zu müssen, dass mir Paparazzi auflauern.

Ich gebe Susan ein Trinkgeld und zahle. Dann nehme ich meine Sachen, verlasse den Friseursalon und steige in die Limousine, in der Mr. Higgins auf mich wartet.

Im Auto bessere ich mein Make-up aus und lege meine silbernen Creolen an.

Da die Parfümerie sich in einer Fußgängerzone befindet, lässt Mr. Higgins mich an einer Straßenecke heraus. Die Straße und die Bürgersteige sind ziemlich überfüllt an diesem Tag, aber wann ist das schon anders um diese Zeit in New York? Ich bin den Trubel nach den Tagen auf dem Land nicht mehr gewohnt. Ich hätte es nicht gedacht, aber umgekehrt ist der Kulturschock fast noch größer.

Ich betrete das großzügig bemessene Einkaufszentrum, das nach Art eines Atriums gebaut wurde. Über sieben Etagen breiten sich die Geschäfte um die zentrale Halle aus und sind durch Treppen, Rolltreppen und Fahrstühle erreichbar.

Hier bekommt man alles vom neuesten High-Tech-Föhn bis zu Prada-Schuhen. Ich laufe an einem Reisebüro, einem Bücherladen, einem italienischen Schnellrestaurant, zwei Boutiquen und einem Game-Shop vorbei. Zum Glück ist es nicht weit bis zur exklusiven Parfümerie.

Die neusten Düfte stehen dort im Eingangsbereich. Alles ist auf Hochglanz poliert. Im Marmorfußboden kann man sich spiegeln. Natürlich sind auch die exklusiven Marken vorhanden. Mich wundert es, dass sie an meiner neuen Reihe so interessiert sind, obwohl ich vorhabe, sie nicht parfümerieexklusiv zu verkaufen. Das mögen die Parfümerien normalerweise nicht.

Jedenfalls ist heute dort eine Menge los, worüber ich mich sehr freue. Vertreter der Presse sind natürlich ebenfalls anwesend.

Eine hochgewachsene, in einem eleganten, silbergrauen Kostüm gekleidete Brünette Mitte dreißig kommt mir auf roten Prada-Stilettos entgegengestöckelt. Vorsichtig nehme ich das Tuch von den Haaren und die Sonnenbrille ab und lege alles zusammen auf die Servicetheke, hinter der eine der Verkäuferinnen sitzt.

Die Brünette reicht mir die Hand. Ihr Händedruck ist fest und kühl, ebenso wie ihr Lächeln. Der Blick aus ihren dunklen Augen ist jedoch freundlich.

»Guten Tag, Ms. Maynard. Es freut mich, Sie zu diesem Interview begrüßen zu dürfen.«

Ich sehe einige Leute mit Richtmikrofonen und Kameras. Einige Personen haben auch ihre Smartphones gezückt, um mit diesen Fotos und Filme aufzunehmen.

Ich lächle freundlich. »Guten Tag. Vielen Dank für die Einladung, Mrs. Carlisle. Die Freude ist ganz meinerseits.«

»Man sagt, Sie seien schon sehr lange ein Nagellackfan«, sagt Mrs. Carlisle.

Ich nicke. »Das ist richtig. Ich lackiere, seit ich dreizehn bin.«

»Ihre Marketingstrategie ist höchst ungewöhnlich. Was hat Sie dazu inspiriert?«

»Ich muss zugeben, ein wenig war es Essie Weingarten, die damals Gratis-Fläschchen an die Mitarbeiterinnen von den Casinos in Las Vegas verteilt hat. Ihre Hände sind oft im Blickpunkt, wenn Sie etwa an den Spieltischen oder an der Theke arbeiten. Daher werden sie oft gefragt, woher sie ihren Nagellack haben.«

»Und Sie haben das anders gemacht?«, hakt Mrs. Carlisle nach.

»Ja, bei mir waren es die Verkäuferinnen an den Kassen der Drogerien und Supermärkte. Diese Frauen arbeiten den ganzen Tag intensiv mit den Händen. Ihre Maniküre ist extremen Belastungen ausgesetzt und zugleich sind ihre Hände ständig im Blickpunkt. Von diesen Frauen habe ich als junges Mädchen die besten Maniküre-Tipps erhalten und an ihren Händen die interessantesten Maniküren gesehen.«

»Sie sind oder waren also in Supermärkten unterwegs?«

Ich lache. »Ja, das war ich. Verkleidet natürlich. Aber verraten Sie das bitte nicht meinem Vater.«

Verschwörerisch zwinkert sie mir zu. »Das werde ich nicht.« Natürlich weiß sie, dass er meine Presseereignisse ansehen wird oder sie ansehen lassen wird von einem seiner Unternehmensklone.

»Und daher sind es bei mir keine Casino-Mitarbeiterinnen, sondern Verkäuferinnen, an die ich meine Nagellacke verteilt habe. Und natürlich werden hundert Probefläschchen für die Kundinnen Ihrer Parfümerie am Erscheinungstag verlost.«

»Was erklärt, warum Ihre Nagellacke nicht salon- oder zumindest parfümerieexklusiv angeboten werden. Wir waren zunächst überrascht darüber.«

»Ich mag dieses exklusive Denken nicht. Wie viele Leute tragen denn salonexklusive Lacke? Und halten die wirklich immer, was der höhere Preis verspricht? Natürlich sollte Qualität ihren Preis haben, aber man muss sich auch erst mal auf dem Markt beweisen. Daher habe ich die Gratisfläschchen herausgegeben, auch wenn es natürlich ein finanzielles Risiko war.«

»Für Essie hat es sich jedoch ausgezahlt. Für Sie auch?«

»Das wird sich noch zeigen. Wobei ich die Exklusivpreise der Salons erst gar nicht anstrebe, sondern moderatere Preise. Ich will den Verkäuferinnen, von denen ich so viel gelernt habe, etwas zurückgeben.«

»Das dürften Sie mit den Gratisfläschchen hinreichend getan haben.«

»Ja, es waren zum Teil noch die Verkäuferinnen von damals. Ein paar sind leider nicht mehr im Geschäft.«

»Aber der Preis ist ja nicht alles«.

»Nein, aber der Name auch nicht. Wichtig sind die Auftrageeigenschaften, die Trockenzeit, die Haltbarkeit und natürlich, dass meine Nagellacke vegan und tierversuchsfrei hergestellt werden, denn das ist meinen Kundinnen wichtig. Sie sind 13 Free, das heißt, sie sind frei von den dreizehn häufigsten Schadstoffen, also Phtalaten, Kampfer, Xylol, Toluol, Formaldehyd und seinem Harz, halogenorganische Verbindungen, Kolophonium, Ethyltosylamide, Triphenylphosphat, Nitrosamine, Acetyltributylcitrat, Etocrylen und Benzophenon. Das sind Stoffe, die gewisse Eigenschaften wie beispielsweise eine gute Haltbarkeit oder Brillanz erzeugen sollen, was bedeutet, dass man nach gleichwertigen, nicht gesundheitsschädlichen Alternativen suchen muss.«

Mrs. Carlisle lächelt. »Das hört sich ja an, als hätten Sie ein Chemiestudium abgelegt, um Nagellack herzustellen.«

»Die Leute sehen ein fertiges Produkt, das einfach und unkompliziert erscheint, aber die Herstellung ist viel komplexer und mit deutlich mehr Arbeit verbunden, als sie sich das vorstellen.«

»Es ist wohl bei so einigen Tätigkeiten der Fall, dass deren Aufwand von der Allgemeinheit unterschätzt wird. Nun erzählen Sie uns mal, was Sie zu Ihrer aktuellen Edition inspiriert hat.«

»Ganz eindeutig der Frühling in London, den ich, als ich siebzehn Jahre alt war, dort verbracht habe.«

Ein Freund meines Vaters hatte uns dorthin eingeladen. Es war der einzige Urlaub, den ich mit ihm theoretisch gemeinsam verbracht habe. Theoretisch, weil sich letztendlich herausgestellt hat, dass er ständig auf geschäftlichen Besprechungen war, um auch in Großbritannien Fuß zu fassen.

Ich jedoch hatte die Gelegenheit genutzt, um mir die Stadt anzusehen, zumal mir dort nicht – im Gegensatz zu hier – ständig die Paparazzi auf den Fersen waren. Mein Vater hat es sich natürlich nicht nehmen lassen, die üblichen gestellten Urlaubsfotos zu machen, die ihn in der Presse gut dastehen lassen. Aber das war ja zu erwarten gewesen ...

»Sie waren ja nicht allzu oft mit Ihrem Vater im Urlaub.« Mrs. Carlisles Stimme und ihrer Mimik, die Neugierde und Interesse zeigen, ist anzumerken, dass sie sich Hintergrundinformationen wünscht.

»Mein Vater ist ein vielbeschäftigter Mann. Er lebt für seine Arbeit und seine Firma. Ohne diese Einstellung wäre er vermutlich nie so weit gekommen und hätte nie so viele Arbeitsplätze geschaffen.«

Mrs. Carlisle nickt und streicht sich eine schokoladenbraune Haarsträhne aus dem Gesicht. »Ihr Aufenthalt in London muss ein prägendes Ereignis gewesen sein, wenn Sie ihm eine Kollektion widmen.«

Ich nicke. »Ja, das könnte man sagen.«

»Wir haben die Kollektion natürlich da. Erzählen Sie uns etwas darüber.«

»Also. Die erste Farbe, die ich erschaffen habe, war das frühlingshafte Grasgrün mit Pearl-Finish namens *strolling through Greenwich Park*. Er gehört zu den königlichen Parks, ist aber der Öffentlichkeit zugänglich. Es gibt dort einige Spielplätze. Jedenfalls war ich ganz verzaubert von dem Flair der Anlage.«

»Man sagt ja, Essie ist seit Jahrzehnten der Lieferant für Königin Elizabeth. Wollen Sie Essie Weingarten damit den Rang ablaufen?«

»Sicherlich nicht. Es ist auch nicht zu erwarten, dass Königin Elizabeth jemals ihrem Lieblingsnagellack untreu wird. Sie war nicht für die Thronfolge vorgesehen und wollte ursprünglich Balletttänzerin werden. Der Farbname, der sie an ihren Kindheitstraum erinnert, dürfte sie neben der Schlichtheit und der klassischen Farbe des Tons wohl dazu bewogen haben, sich für *Ballet Slippers* von Essie zu entscheiden. Und es ist der einzige Nagellack, den sie seit 1989 trägt. Bei offiziellen Anlässen ist es Mitgliedern der Königsfamilie übrigens nicht erlaubt, farbige Nagellacke zu tragen.«

»Tragen Sie selbst Essie-Nagellacke oder welche Marke bevorzugen Sie?«

Ich lache. »Müsste ich da nicht sagen: meine eigene? Ich habe einige quer durch, auch ein paar Eigenmarken der Drogerien, aber auch ein paar Sachen von O.P.I. und natürlich Essie.«

»Zurück zu Ihrer London-Kollektion. Hatte die britische Königsfamilie Einfluss auf die Wahl Ihrer Farben?«

Ich schüttle den Kopf. »Nein, das geht alles auf diesen Urlaub zurück, wobei ich mir durchaus vorstellen könnte, dass Prinzessin Meghan eine Kollektion inspirieren könnte. Für mich sind Meghan und Harry ein absolutes Traumpaar. Wie die beiden sich ansehen und einander berühren sagt einfach alles. Es handelt sich um eine der großen Lieben der Jahrhunderte.«

Ich seufze. »Um zu meiner aktuellen Kollektion zurückzukommen: Als ich durch die Carnaby Street schlenderte, sah ich eine Tür in diesem leuchtenden

Mittelblau. Ich war fasziniert von dieser Farbe und habe sie niemals vergessen können. *Piccadilly pink* geht auf ein paar Rosen in diesem hellen Rosa zurück, die ich dort gesehen habe. Und *British red* ist das Rot der Nationalflagge. *Big Ben beige* dürfte sich von selbst erklären. Es ist ein beigestichiger Nudeton.«

Mrs. Carlisle runzelt nachdenklich die Stirn. »Man hätte gedacht, Sie bringen als erste Kollektion etwas Patriotischeres heraus.«

Diese Frage hatte sie mir nicht vorab geschickt. Ich hatte davon gehört, dass es vorkommen kann, dass einem solche Fragen spontan gestellt werden, um einen aus der Reserve zu locken und das Interview spontaner erscheinen zu lassen.

»Die Leute wollen Abwechslung. Sie wollen nicht immer das, was sie vor der eigenen Haustür vorfinden. Das haben sie schließlich jeden Tag.«

Mrs. Carlisle nickt. »Das ist nachvollziehbar. Welche Tipps können Sie in Bezug auf Nägel und Nagellacke unseren Leserinnen geben?«

»Ein häufiges Problem sind brüchige Nägel. Man sollte zuerst Nährstoffmängel an Zink, Eisen und den B-Vitaminen ausschließen. Gerade Eisenmangel kann zu Querrillen führen. Dann gilt es natürlich, bei der Hausarbeit stets Handschuhe zu tragen, denn wenn man zu viel mit Wasser hantiert oder lange badet, platzt der Nagellack ab, weil der Nagel darunter leicht aufquillt. Die richtige Nagelpflege spielt auch eine Rolle. Also sollte man sie eincremen, wenn man mal keinen Lack trägt. Ein pflanzliches Öl für die Kutikula ist hilfreich. Hochwertige Nagelfeilen sind sehr wichtig. Ich empfehle vor allem feinere Glasnagelfeilen, aber es gibt auch einige gute Keramikfeilen.«

»Also keine der beliebten Sandblatt- oder Metallfeilen?«

»Sandblattfeilen nutzen sich sehr schnell ab und ich habe nicht die besten Erfahrungen damit gemacht. Meist sind Sandblatt- und Metallfeilen zu grob, aber das kann bei Glasnagelfeilen auch vorkommen. Man sollte die verschiedener Hersteller vergleichen. Jedenfalls braucht man eine Metallfeile, um unter den Nägeln sauberzumachen. Damit die Nägel nicht so leicht einreißen, sollte man immer in dieselbe Richtung feilen.«

»Aber es gibt ja auch noch Nagelhärter und diverse andere Produkte«, sagt sie.

»Nagelhärter hilft nur bei zu weichen Nägeln, bei spröden, trockenen Nägeln verschlimmert er das Problem. Da muss man in einigen Fällen ein paar Tage Pause mit dem Lackieren einlegen und viel cremen. Natürlich mit einer silikonfreien Handcreme, denn Silikon in Handcremes ist auch einer der Gründe, warum Nagellack schlecht hält. Die sind nicht wasserlöslich und können Schichten auf der Haut oder den Nägeln bilden.«

»Haben Sie sonst noch Tipps?«

»Alte Lacke, die auf den Nägeln nicht mehr richtig trocknen, kann man noch verwenden, wenn man einen Schnelltrocknerlack darüber gibt. Dann sollte man natürlich Nagellackentfernerreste abwaschen, bevor man neu lackiert. Sonst könnten Produktreste mit dem Nagellack reagieren und Bläschen erzeugen. Die Nägel sollten vor dem Lackieren trocken und fettfrei sein, sonst hält der Lack nicht oder es gibt Bläschen.

Letztere kann es auch geben, wenn die Luftfeuchtigkeit zu hoch ist oder die Nägel beim letzten Händewaschen Wasser aufgenommen und noch nicht ganz abgegeben haben. Das Badezimmer ist also nicht immer der ideale Ort, um sich die Nägel zu lackieren.

Dass man das Fläschchen nicht schütteln sollte vor dem Lackieren, sondern nur langsam drehen, versteht sich von selbst. In manchen Fällen entstehen Bläschen, weil der Unter-, Haupt- und Überlack von verschiedenen Herstellern miteinander reagieren oder weil man den Nagellack mit Nagellackentferner anstatt Nagellackverdünner verdünnt hat.«

»Das war sehr aufschlussreich. Sollte man immer Unter- und Überlacke verwenden?«, fragt Mrs. Carlisle.

»Unterlacke helfen, Rillen auszugleichen, und sie schützen vor Verfärbungen. Bei sehr hellen Lacken sind keine Verfärbungen zu erwarten, aber bei allen anderen Farben rate ich zu einem Unterlack. Als Überlack empfehle ich generell, einen Schnelltrockner zu verwenden. Sonst kann man sich im schlimmsten Fall noch nach Stunden Macken holen.

Bei einigen Leuten hält Nagellack allerdings ohne Überlack besser, während er bei den meisten vor Tipwear schützt. Das ist individuell verschieden. Nagellack trocknet generell erst nach etwa vierundzwanzig Stunden komplett durch. Daher lackiere ich immer samstags, wenn ich also am nächsten Tag vormittags nicht viel mit den Händen mache, sonst nutzt er sich schneller ab. Und zwischen jeder Schicht sollte man zwei Minuten lang trocknen lassen.«

Mrs. Carlisle lächelt mich an. »Das war sehr aufschlussreich. Danke, Ms. Maynard. Bevor wir also zum Fotoshooting kommen, habe ich noch eine letzte Frage …«

Plötzlich ertönt ein Schuss. Ich werde zur Seite gerissen und lande auf dem Boden. Nicholas befindet sich plötzlich neben mir. Überrascht blinzle ich ihn an. Ich habe ihn gar nicht kommen gesehen, aber das kann sein bei der Menschenmenge.

Mit Entsetzen erkenne ich, dass Blut aus einer Wunde an seiner Schulter fließt. Mein Herz krampft sich zusammen, als die Erkenntnis mich überkommt. Er hat eine Kugel für mich abgefangen! Hoffentlich ist es keine ernste Verletzung. Ich zucke zusammen, als eine weitere Kugel unweit von uns in den Boden einschlägt.

Nicholas packt mich und zieht mich hinter sich, während er sich mit gezogener Waffe geduckt erhebt. Er zielt damit auf eine dunkel gewandete Gestalt und drückt, ohne zu zögern, ab. Er trifft die Person in den

Unterarm, sodass sie mit einem hellen Schmerzensschrei die Waffe fallen lässt.

Nicholas rennt mit gezogener Waffe auf sie zu.

»Finger weg von der Waffe oder ich schieße«, warnt er mit strenger Stimme die Frau und tritt näher an sie heran.

Als sie dennoch nach der Waffe hechtet, schießt er erneut und trifft sie diesmal in den Unterschenkel, woraufhin sie hinfällt.

Ich bekomme mit, dass Mrs. Carlisle ihr Smartphone zückt und die Polizei und den Rettungsdienst anruft – im Gegensatz zu einigen anderen, die lieber Fotos schießen.

Nicholas hat die Person endlich erreicht. Er tastet sie nach weiteren Waffen ab, während sie sich vor Schmerzen auf dem Boden windet. Blut fließt aus ihren Wunden. Er fesselt ihr die Hände mit Handschellen auf den Rücken und reißt ihr das schwarze Tuch und die Sonnenbrille vom Kopf.

Schockiert starre ich die Frau an. Ich erkenne den rotbraunen Haarschopf und die braunen Augen von Betty, Steves On-Off-Beziehung. Nicholas hatte also den richtigen Riecher gehabt, als er sagte, dass er das Gefühl habe, dass die Gefahr noch nicht vorüber sei. Es gibt eine zweite Täterin, die hinter mir her ist. Mona ist ja nach wie vor in Haft. Sie kann es also nicht gewesen sein.

Nicholas stillt mit einem Taschentuch die Blutung an ihrem Bein, während sie mich hasserfüllt anstarrt.

Wenn Blicke töten könnten ... Ich frage mich allerdings, was ich ihr getan habe. Schließlich will ich nichts mehr von Steve.

Ich trete näher zu ihr heran. »Warum hast du das getan?«, frage ich sie.

Bettys Gesicht ist schmerzverzerrt, doch der Hass in ihren Augen deutlich erkennbar. »Steve hat gesagt, du hättest ihn vor zwei Wochen verführt und jetzt hältst du ihn auf Armeslänge. Du spielst mit seinen Gefühlen. Erst hast du ihn eiskalt abserviert und jetzt willst du ihn mir ausspannen. Du kannst es nicht sehen, wenn eine andere ihn hat.« Hasserfüllt spuckt sie mir die Worte entgegen.

Fassungslos schüttle ich den Kopf. »Ich habe ihn überhaupt nicht verführt. Ich will den Typen auch nicht zurückhaben und ihn schon gar nicht dir ausspannen. Das wäre das Letzte, was ich wollte.«

Betty spuckt vor mir aus. »Lüg nicht so dreist!«

»Ich lüge nicht. Wenn jemand mit jemandes Gefühlen spielt, dann ist das Steve, der mit deinen spielt. Er will immer im Mittelpunkt der Aufmerksamkeit stehen. Er ist das Problem, nicht ich.«

Doch Betty ist uneinsichtig und lässt einen ganzen Schwall an Schimpfwörtern auf mich herabprasseln. Ich entscheide, mich von ihr abzuwenden und sie zu ignorieren. Es bringt ohnehin nichts. Wenn sie nicht so gehässig und bösartig wäre, könnte sie mir glatt noch leidtun, denn eigentlich ist Steve der Täter und sie ebenso ein Opfer wie eine Täterin. Ich hoffe, dass sie irgendwann den Fehler erkennt, den sie begangen hat.

Endlich treffen die Rettungskräfte und die Polizisten ein.

Man legt Betty auf eine Trage und bringt sie fort. Ihre Waffe wird von der Polizei sichergestellt. Die Rettungskräfte versorgen auch Nicholas' Wunde, die sich glücklicherweise als Streifschuss herausstellt. Er weigert sich, ins Krankenhaus zu gehen. Schließlich sei das nicht seine erste Wunde dieser Art und er weiß, wie er sie zu versorgen hat. Ich frage mich, wie viele Kugeln er schon abgekriegt hat – beim Militär und in seinem jetzigen Job.

Danach werden unsere Personalien aufgenommen und wir werden zum Vorfall befragt.

Nachdem Bettys Wunden versorgt sind, wird sie in Untersuchungshaft genommen werden. Die Rettungskräfte und die Polizei fahren weg.

Kapitel 22

Verstört sehe ich Nicholas an. Ich kann es noch immer nicht fassen, dass er hier und das alles geschehen ist.

»Du hättest sterben können.« Seine raue Stimme ist voller Emotionen. Er wirkt aufgewühlt.

»Du auch. Du hast eine Kugel für mich genommen.«

Er sieht mir tief in die Augen, was mich nervös macht. »Es ging nicht anders. Ich musste dich aus der Schussbahn bringen.«

Ich schlucke. »Sie hätte dich auch ganz woanders treffen können.« Meine Stimme klingt belegt.

»Besser ich sterbe als du, denn ich kann ohne dich nicht leben.«

Erstaunt starre ich ihn an. Meine unterdrückten Gefühle für ihn drängen sich in mein Bewusstsein. »Tu das nicht, denn ich möchte in keiner Welt leben, in der es dich nicht gibt.«

Freude und Erleichterung blitzen in Nicholas' Augen auf. Ehe ich mich versehe, reißt er mich in seine Arme. Vor Überraschung bleibt mir der Atem weg, und mein Herz scheint kurz auszusetzen, nur um noch schneller weiterzuschlagen.

»Deine Verletzung«, sage ich besorgt.

»Ist halb so schlimm«, sagt er.

Seine maskuline Ausstrahlung raubt mir den Verstand. Seine Hitze und der Duft seines Leibes betören mich. Am liebsten würde ich gegen ihn und noch tiefer in seine starken Arme sinken.

»Woher wusstest du, dass ich hier sein würde? Smartphonetracking?« Schließlich hatte ich ihm nicht die Adresse der Parfümerie gegeben, von denen es hier in der Stadt einige gibt.

»Nein, mein Herz war die ganze Zeit über bei dir.«

Erstaunt sehe ich ihn an. »Du meinst das Schmuckherz? Aber das habe ich dir doch zurückgegeben.«

»Als du im Helikopter geschlafen hast, habe ich es in deine Handtasche geschmuggelt. Was hätte ich denn tun sollen? Du wolltest es ja nicht nehmen.«

»Ich hätte es nehmen sollen. Aber ist dein Auftrag denn nicht eigentlich schon vorbei gewesen? Warum bist du überhaupt hier?«

»Das war er, aber ich habe es mir zur Aufgabe gemacht, dich für den Rest deines Lebens zu beschützen.«

Ich schlucke. »Das geht ja gar nicht. Du bist verrückt.«

Er sieht mir so tief in die Augen, dass ich mich in

seinem Blick verliere. »Wenn ich verrückt bin, dann nach dir.«

Dann presst er seine Lippen auf meine, und ich vergesse die Welt um mich herum. Es zählen nur noch der Kuss und der Mann, um den ich meine Arme schlinge.

Meine Knie werden weich und mein Herz flattert. Tief in mir entsteht ein Wirrwarr der Gefühle. Seine Lippen fühlen sich weich auf meinen an, doch als er mit seiner Zunge in mich eindringt, entsteht dabei eine unwahrscheinliche Hitze, die tief in mir aufsteigt.

Ich küsse ihn, wie ich niemals zuvor jemanden geküsst habe. Der Kuss ist von einer bezwingenden Leidenschaft und doch niemals brutal, sondern so zärtlich und intim, dass mein Herz dabei flattert. All meine Gefühle für ihn lege ich in diesen Kuss, den ich am liebsten niemals enden lassen würde.

Die Menschen um uns herum klatschen und jubilieren. Das ist der Moment, in dem mir gewahr wird, dass wir gar nicht allein sind. So sehr bin ich in dem Kuss und der Umarmung aufgegangen, dass ich ganz vergessen habe, wo wir sind und warum wir hier sind.

Und ich habe sogar vergessen, dass ich mich inmitten eines Interviews mit Fotoshooting befinde. Das Fotoshooting scheint gerade jetzt stattzufinden. Die Blitzlichter prasseln auf uns herab, noch während wir uns küssen. Mein Vater wird Nicholas und mich deswegen umbringen, aber das ist mir in diesem Moment egal. Wichtig ist nur Nicholas.

Fragend sehe ich ihn an.

Er schluckt. »Du warst von Anfang an mehr als nur ein Auftrag für mich gewesen. Das muss ich dir und mir jetzt eingestehen.«

Meine Knie werden weich, doch nicht vom Chloroform oder Alkohol …

Er wirkt ganz aufgeregt. »Ich konnte in der letzten Zeit kaum schlafen oder einen klaren Gedanken fassen, weil du mir nicht aus dem Kopf gegangen bist und ich in Sorge um dich war«, spricht er weiter.

Ich schlucke, da mich Emotionen überrollen.

»Ich habe mich lange gegen meine Gefühle gewehrt, weil Gefühle verletzlich machen. Da war diese ungeheure Angst, dich zu sehr zu lieben und dann zu verlieren. Das würde mich zerstören, aber ich kann einfach nicht ohne dich leben«, sagt er.

Seine Worte berühren mein Herz, das vor Freude hüpft.

Ich glaube zu träumen, als dieser große, sonst so unerschütterlich wirkende Mann unsicher wirkt und vor mir auf die Knie geht, ein kleines, mit schwarzem Samt bezogenes Kästchen aus seiner Tasche holt und es öffnet. Ich erblicke einen geschmackvollen Platinring mit einem funkelnden Diamanten.

»Ich liebe dich, Tabitha. Bitte erweise mir die Ehre und werde meine Frau. Ich weiß, dass das recht plötzlich kommt, aber ich habe erkannt, dass das Leben zu kurz ist, um das wirklich Wichtige hinauszuzögern. Ich weiß auch, dass ich dich nicht verdient habe. Letztens habe ich einen riesengroßen Fehler begangen. Ich wollte niemandem wehtun und doch habe ich der Person, die mir am Allermeisten bedeutet, wehgetan. Ich hoffe, du kannst mir verzeihen.

Ich bin keiner dieser Designerklamotten tragenden, herausgeputzten Typen und ich bin kein anspruchsvoller, feinsinniger Stadtmensch. Ich bin nur ein einfacher, rauer Kerl vom Land, der sein Herz an dich verloren hat. Und dein Vater wird wahrscheinlich meine Eier sechskant schleifen, aber dieses Risiko ist es mir auf alle Fälle wert, wenn du mich denn willst. Ich unterschreibe auch jeden Ehevertrag, den du willst, damit niemand denkt, ich wäre hinter deinem Erbe her.«

Aber er ist der Mann, den ich wie verrückt von ganzem Herzen liebe, und er liebt mich. Er will mich heiraten.

»Aber so ein ungehobelter Klotz bist du doch gar nicht. Du besitzt ausgezeichnete Manieren. Du hältst mir beispielsweise die Tür auf und lässt mir immer den Vortritt.«

Er grinst schelmisch. »Ja, das tue ich, damit ich einen besseren Blick auf deinen Hintern bekomme. Bitte heirate mich, Tabitha.«

Eine Heirat ist ein verdammt großer Schritt ... Andererseits bedeutet eine Verlobung nicht, dass man innerhalb von zwei Wochen heiraten muss.

»Was bewegt dich zu dieser plötzlichen Meinungsänderung?«, frage ich, denn ich habe aus der Vergangenheit gelernt. Egal, wie sehr er mein Herz erobert hat, ganz werde ich mein Gehirn nicht ausschalten.

»Ich habe nachgedacht über alles, was du gesagt hast, über meine Vergangenheit und uns. Ich werde nicht zulassen, dass meine Vergangenheit uns die Zukunft nimmt, und es ist mir verdammt ernst damit. Man darf seinen Ängsten und Negativem nicht die Macht über sich geben, dass man in Gefahr gerät, das Wichtigste im Leben zu verlieren.

Es mag früh dafür sein, aber ich weiß, dass du die Eine, die Richtige bist für mich, die Frau, mit der ich mein Leben verbringen und Kinder haben möchte. Ich weiß aber auch, wie kostbar Zeit ist und wie schnell alles vorbei sein kann. Und gerade deswegen verliere ich keine Zeit. Bitte erweise mir die Ehre und heirate mich.«

Verbindlicher könnte ein Heiratsantrag gar nicht sein. Mein Vater wird sich nicht gerade darüber amüsieren, aber zählt seine Meinung für mich? Hat für ihn mein Glück jemals gezählt oder ich als Person? So, wie ich für Nicholas zähle? Denn als ich in seine Augen blicke, erkenne ich ganz deutlich, dass ich ihm verdammt viel bedeute. Es geht nicht nur um den Namen Maynard oder dass ich vielleicht doch eine reiche Erbin sein könnte.

Ich erkenne in seinem Blick Liebe, Hoffnung, Leidenschaft, aber auch die Angst vor Zurückweisung und seine Verletzlichkeit. Er hat sich mir ganz geöffnet, obwohl er schon auf die grausamste Weise jemanden verloren hat, und sich damit verletzlich gemacht.

»Ich hatte gedacht, ich wäre schwach, wenn ich meine Gefühle zulassen würde, aber letztendlich ist es die Angst, die mich gehemmt hat, und Angst macht immer schwach, nicht die Liebe. Es erfordert sehr viel Mut, von ganzem Herzen zu lieben«, spricht er weiter.

Habe ich ihn jemals so viel sagen gehört? Wenn ein Mann sich so vor allen Leuten offenbart und dies für mich tut, für mich, dann bedeute ich ihm wirklich etwas. Ich habe auch noch nie so viele Emotionen auf seinem Gesicht und in seinem Blick gesehen. Nun gesellt sich ein Hauch von Verzweiflung dazu. Er wartet auf meine Antwort. Und er soll nicht länger darauf warten.

Freudentränen steigen aus meinen Augen. Erleichterung und Liebe durchströmen mich. Mein Herz hüpft vor Glück, als ich in seine Arme sinke. »Natürlich werde ich deine Frau, aber das mit deinen Eiern werde ich nicht zulassen. Mit denen habe ich noch einiges vor.« Ich zwinkere ihm zu und kann sehen, wie tiefes Verlangen in seinen Augen aufflammt. Mir wird ganz heiß unter seinem Blick ...

Die Menge jubiliert.

»Es gibt doch noch die wahre Liebe«, höre ich eine Frau mit verträumter Stimme sagen.

Erleichterung und unbändige Freude zeigen sich in Nicholas' Blick. Er reißt mich in seine Arme und küsst mich. In seinen Armen ist mein Zuhause. Das spüre ich ganz deutlich.

»Du hast mich heute zum glücklichsten Mann dieser Welt gemacht.« Er nimmt den eleganten Ring und streift ihn mir über den Ringfinger. Ich bewundere den funkelnden Verlobungsring, doch viel mehr als seine Schönheit oder sein materieller Wert interessiert mich, was er verkörpert: das Band zwischen uns.

Eine Frau räuspert sich. »Ich störe nur sehr ungern, aber dürfen wir noch ein paar Fotos von Ihnen allein machen?«, fragt Mrs. Carlisle.

»Natürlich«, sage ich, und Nicholas nimmt ein wenig Abstand. Er steht nun da wie der typische Bodyguard: groß und einschüchternd für alle, die mir etwas Böses wollen. Ihm verdanke ich mein Leben ... Und er ist die Liebe meines Lebens ...

Die Fotografen nehmen ein paar Fotos von mir, wie ich neben der Theke mit meinen Nagellacken stehe.

»Jetzt habe ich noch eine letzte Frage«, sagt Mrs. Carlisle lächelnd. »Wollen Sie uns schon etwas über Ihre geplante Limited Edition offenbaren oder ist das noch streng geheim?«

Bis vor ein paar Minuten war ich mir nicht sicher, ob ich das tun würde, denn meine Ideen gingen bisher nur in eine Richtung ...

Ich strahle Sie an. »Ja, sehr gern sogar«, sage ich zu ihr, sehe dabei aber Nicholas an. »Sie heißt: *I love you, Nicholas.*«

Nicholas' Gesicht erstrahlt mit einem umwerfenden Lächeln, das mir den Atem nimmt und meine Knie weich werden lässt. In seinem Gesicht lese ich Erstaunen und Überraschung ebenso wie unbändige Freude und Liebe. Ich wage es kaum, wegzusehen, aus Angst, ich würde erwachen und feststellen, dass alles nur ein Traum war.

»Das hört sich interessant an. Erzählen Sie uns mehr darüber. Damit ist sicher Mr. Sands gemeint?«, fragt Mrs. Carlisle, die mich neugierig ansieht. Auch die Blicke der Umstehenden drücken Neugierde aus.

»Natürlich ist er damit gemeint. Er und sonst keiner. Und wegen ihm stelle ich die geplante Kollektion bereits jetzt vor. *I love you, Nicholas*, die Farbe, nach der die Kollektion benannt wurde, ist ein klassisches Rot mit einem deutlichen roten Schimmer. Dann gibt es ein Ozeanblau mit Creme-Finish des Namens *your ocean blue eyes*.«

Nun richten sich fast alle Augen auf Nicholas.

»Dann gibt es noch ein knalliges, sommerliches Gute-Laune-Rot des Namens *crazy for you* und *wherever you are*, was ein elegantes Dunkelblau mit Silberpartikeln ist, die deutlich genug sind, um herauszustechen, dennoch so fein, dass sich der Lack auch wieder leicht entfernen lässt. Es hat die Farbe seines SUVs. Der hat natürlich keine Silberpartikel. Ich wollte den Lack einfach noch ein wenig aufwerten, denn einfache dunkelblaue Lacke gibt es schon genug.«

An Nicholas' hochgezogenen Brauen und seinem

leichten Grinsen erkenne ich, dass er sich darüber freut.

»Und schließlich gibt es dann noch ein metallisches Roségold, ein sehr edler Farbton, der zu allen Hauttypen passen sollte: *my heart belongs to you.*«

Nicholas' Augen scheinen nun regelrecht zu brennen. Das Schmuckherz, das er mir einst gegeben hat, war die Inspiration dazu gewesen, und dieser Mann weiß es genau.

Mrs. Carlisle lächelt. »Vielen Dank für die frühe Vorstellung dieser sich sehr interessant anhörenden Kollektion, auf die wir bestimmt schon alle gespannt sind. Ich jedenfalls denke, ich habe bereits meine Favoriten.«

»Ich habe zu danken, dass sie mir dazu die Möglichkeit gegeben haben. Ich fühle mich sehr geehrt.«

Nachdem wir uns von Mrs. Carlisle und den anderen Leuten verabschiedet haben, verlassen wir Seite an Seite das Shoppingcenter. Ich fühle mich, als würde ich schweben.

Kapitel 23

Nicholas öffnet mir die Tür zum Fond der schwarzen Limousine und lässt mir den Vortritt.

Ich steige ein und lasse mich auf die mit cremefarbenem Leder bezogenen Sitze gleiten. Nicholas setzt sich neben mich und ergreift meine Hand.

Es riecht nach Leder, Sandelholz und dem herbmännlichen Duft von Nicholas' Leib.

Ich könnte ertrinken in den Tiefen seines Blicks, in denen ich Liebe, Sehnsucht und Hoffnung erkenne.

»Ich habe dir noch nicht alles erzählt. Über meine Frau Rebecca, unsere Ehe und wie alles endete. Du hast ein Recht darauf, alles zu erfahren.« Seine Stimme klingt rau und leicht belegt, und seine Miene ist ernst.

Ich spüre instinktiv, dass es ihm nicht leichtfällt, darüber zu reden und sich so zu öffnen. Unwillkürlich frage ich mich, wie es ihm in den letzten Stunden ergangen ist. Offensichtlich ist ihm ebenso wie mir vieles durch den Kopf gegangen.

»Wir waren drei Jahre lang verheiratet gewesen. Ich kannte sie noch von der Highschool. Wir haben uns aus den Augen verloren, als meine Eltern sich scheiden haben lassen und ich umziehen musste. Nachdem wir uns wiedergetroffen haben, ging alles ganz schnell. Ich war damals fünfundzwanzig gewesen, als sie mich bat, mich nicht mehr bei der Army verpflichten zu lassen, weil sie sich in einer netten kleinen Stadt dauerhaft niederlassen und eine Familie gründen wollte.

Aber ich wollte unbedingt in der Army Karriere machen. Ich war Sergeant eines Squads in Afghanistan zu jener Zeit, und dort ansässige private Sicherheitsfirmen haben mich mit allen Mitteln abwerben wollen. Das ist mir wohl auch zu Kopf gestiegen.« Nicholas' Stimme lässt Bedauern durchklingen. In seinen Augen lese ich tiefe Verzweiflung.

»Es war ein Fehler gewesen«, spricht er weiter, »ein Fehler, der mich viel zu viel gekostet hat.«

Ich schlucke. »Aber viele machen dort Karriere.«

»Ja, aber nicht jeder hat eine Frau zuhause sitzen, eine schwangere Frau. Aber das wusste ich zu diesem Zeitpunkt noch nicht. Sie war im dritten Monat. Es sollte wohl eine Überraschung werden. Doch noch vor meinem Urlaub bekam ich die Nachricht von ihrer Mutter, dass sie tot ist. Sie war erst sechsundzwanzig.« Die letzten Worte haucht er, als würde seine Stimme bald versagen.

Ich schlucke, denn das ist absolut tragisch. »Das tut

mir leid. Es tut mir leid, dass du solch einen Verlust erlitten hast.« Niemand sollte seine Frau und sein ungeborenes Kind verlieren.

Er räuspert sich. »Eines abends ging sie in eine Tankstelle, was auch immer sie so spät dort wollte. Danach hat sie niemand mehr gesehen. Man fand ihre Leiche später im Ohio River. Es gab keine Anzeichen für Gewalteinwirkung. Damals haben wir in Cincinnati gelebt, denn sie kam aus der Gegend. Seither bin ich niemals mehr dort gewesen.«

Nun drückt er meine Hand ganz fest, als bräuchte er jemanden, an den er sich festhalten kann. Ich erkenne die Aufruhr seiner Gefühle in seinen Augen. Diese Zeit muss sehr schlimm gewesen sein für ihn.

»Vielleicht war es ein Unfall gewesen, vielleicht auch nicht. Vielleicht hat jemand ihre Brieftasche gestohlen und sie dabei ins Wasser geschubst. Wenn ich meine Dienstzeit nicht verlängert hätte, sondern für sie da gewesen wäre, könnte sie heute noch leben«, sagt er und fährt sich mit der freien Hand durchs Haar. Sein Blick wirkt gehetzt und schuldbewusst.

»Das weißt du nicht sicher. Gib dir nicht die Schuld daran.«

»Aber ich hätte verhindert, dass sie so spät noch allein rausgeht. Ich hätte die Einkäufe erledigt, damit sie nicht so schwer heben muss. Ich wäre für sie zu dieser Tankstelle gefahren und hätte für sie beschafft, was auch immer sie so dringend an diesem Abend gebraucht hat.«

»Du wusstest ja nicht mal, dass sie schwanger ist.«

Er seufzt. »Es hätte nichts geändert. Ich hätte noch das Jahr ableisten müssen, auch wenn man mir wohl um den Geburtstermin herum freigegeben hätte.«

»Es war dein Ziel gewesen, im Militär Karriere zu machen. Du hattest keine schlechten Absichten.«

»Es war ein egoistisches Ziel«, sagt er.

»Sind nicht alle Ziele bis zu einem gewissen Grad egoistisch? Muss das immer was Schlechtes sein? Wenn jemand gar keine Ziele im Leben hat, ist das auch nichts Gutes. So jemand ist oft in Gefahr, fremdbestimmt zu werden. Und letztendlich hast du es auch für sie getan. Du hast damit Geld verdient, um eure gemeinsamen Ziele finanzieren zu können. Hast du wegen ihres Todes das Militär verlassen?«

Er nickt. »Ja, ich wollte es wiedergutmachen, indem ich Leute beschütze und Leben rette.«

»Und das hast du ja auch getan.«

»Ich wollte nie wieder in diesen Abgrund gestürzt werden. Wenn man seine große Liebe verliert, reißt einen das entzwei und man glaubt, nie wieder ganz werden zu können.«

Ich nicke. »Ja, man öffnet sich total und wird verletzlich. Ich kann das gut verstehen.«

»Ja, aber man lebt nicht wirklich, wenn man sich dem verschließt. Man hat immer etwas Abstand zum Leben, zum Empfinden oder auch einem möglichen Partner und zu sich selbst.«

Ich schlucke, denn solch tiefgehende Worte hätte

ich von diesem rauen Mann nicht erwartet. »Ich bin froh, dass du so denkst und mutig genug bist, es zu wagen.«

Er ergreift meine Hand und hält sie fest, als wolle er sie niemals wieder loslassen. »Ich bin ebenfalls froh darüber, Tabitha.«

Nicholas begleitet mich in meine Räume im Haus meines Vaters. Ich habe uns in der Küche rasch einen beruhigenden Kräutertee aufgesetzt, den wir jetzt trinken.

Wir unterhalten uns über unsere Träume und Ziele für die Zukunft. Ich kann immer noch nicht fassen, was für ein Glück ich habe. Zum ersten Mal in meinem Leben erfahre ich wahre Liebe.

»Wirst du zu mir ziehen?«, fragt mich Nicholas.

»Ausziehen wollte ich hier sowieso. Ich werde meine Geschäfte auch von Virginia aus leiten können. Und wenn ich Termine irgendwo habe, kann ich jederzeit hinjetten. Aber wolltest du nicht nach Ohio in die Nähe deines Vaters ziehen?«

»Was möchtest du?«, fragt er.

»Wo du bist, ist mein Zuhause. Mir hat es in deinem Haus am See sehr gut gefallen, aber ich denke, wenn wir Kinder haben wollen, ist es zu klein. Du willst doch Kinder haben?«

Er nickt. »Ja, natürlich. Zwei oder drei.«

Ich atme auf, denn das ist eine Frage, die man am besten klärt, bevor man heiratet. »Gut.«

»Ich besitze auch ein Haus in Toledo.«

Überrascht sehe ich ihn an. »Wirklich?«

»Ja. Eigentlich als Investition, da ich damit Glück hatte. Es war günstig und weniger zu renovieren, als ich dachte.«

»Du renovierst gerne?«

»Sagen wir, ich bin ein Investor. Ich kaufe in Zeiten niedriger Immobilienpreise, richte sie her und verkaufe sie dann, wenn die Preise wieder angestiegen sind.«

»Dann bist du kein armer Schlucker?« Zwar ist es in den USA viel günstiger, ein Eigenheim zu erwerben als in anderen Ländern, wo solider gebaut wird, aber auch dafür benötigt man natürlich liquide Mittel und Renovierungen können auch eine ganze Menge kosten.

»Habe ich das jemals behauptet? Ich habe während meiner Zeit bei der Army gespart, Nebenjobs gehabt und jeden Cent investiert, beispielsweise in Aktien, Immobilien und in die Schifffahrt. Du wirst es nicht glauben, aber Barb hat ein goldenes Händchen dafür. Sie hat mich beraten.«

»Wirst du weiterhin als Bodyguard arbeiten?«, frage ich. »Du hattest doch gesagt, dieser Job und eine Familie würden sich für dich ausschließen.«

»Ich habe gedacht, als Security zu arbeiten oder irgendwann eine eigene Sicherheitsfirma zu gründen. Wenn wir Kinder haben, will ich mich nicht mehr so extrem in Gefahr bringen und auch nicht ständig von euch weg sein. Und außerdem ist da noch Bonnie.«

»Mit diesen Plänen willst du sicher nicht in der Einöde bleiben.«

»Nicht auf Dauer, nein.«

»Toledo wäre für mich in Ordnung. Das liegt an einem der großen Seen. Hast du mir nicht ein Picknick auf dem See versprochen?«

»Ja, das habe ich, und ich werde mein Versprechen halten. Und die Entscheidung, ob wir hierbleiben oder umziehen, überlasse ich dir. Ich könnte auch an das Haus in Virginia anbauen. Egal, wo wir sein werden, mein Zuhause ist da, wo du bist.«

Verliebt und glücklich schaue ich ihm in seine bemerkenswerten Augen.

Überraschend klopft es an meiner Tür. Wer kann das nur sein? Vermutlich ist es die Haushälterin.

»Herein.«

Zu meiner Überraschung tritt mein Vater ein. Er trägt einen anthrazitfarbenen Anzug, ein weißes Hemd und eine schwarze Krawatte.

»Ich möchte dich allein sprechen«, sagt er mit ernster Miene. Seine dunklen Augen wirken düster.

»Gut. Lass uns in den Nebenraum gehen«, sage ich.

Nicholas sieht mich fragend an.

»Ich komme schon zurecht«, versichere ich ihm.

Mein Vater und ich betreten einen der ungenutzten Räume. Es riecht dort leicht nach Staub und Mottenkugeln.

»Also ist es wahr? Du wirst diesen Kerl heiraten?«,

fragt er mit nicht gerade begeistertem Gesichtsausdruck.

»Er liebt mich und ich liebe ihn und ja, ich werde ihn heiraten.«

Er zieht die Augenbrauen zweifelnd zusammen. »Geht das nicht ein bisschen schnell?«

»Das mag sein, aber es gibt nie eine Garantie. Ich kenne genügend Leute, die erst nach zehn Jahren geheiratet haben, was nicht funktioniert hat. Andererseits sind mir auch einige Paare bekannt, die im ersten halben Jahr der Beziehung geheiratet haben und inzwischen seit Jahrzehnten zusammen sind. Es gibt kein Richtig oder Falsch. Außerdem habe ich in der letzten Zeit gleich mehrmals erfahren, wie schnell das Leben vorbei sein kann. Warum also warten, wenn ich weiß, dass er der Richtige ist? Und selbst, wenn ich mich irre, denke ich nicht, dass ich es bereuen werde.« So sicher war ich mir bei Alexis oder Steve nie gewesen.

»Dann hoffe ich, dass du mehr Glück damit hast als ich.« Seine Stimme klingt resigniert. Er wirkt ein wenig blass.

»Du hast nichts dagegen?«, frage ich völlig überrascht.

»Hättest du mir die Frage vor ein paar Wochen gestellt, dann hätte ich diesen Typen sofort hochkant rausgeschmissen, aber ohne ihn hätte ich jetzt keine Tochter mehr.«

Sieh an, er bemerkt mich auf einmal.

»Dass du eine Tochter hast, fällt dir erst jetzt auf?«

»Das habe ich schon immer gewusst.«

»Warum hast du mich dann all die Jahre über ignoriert?« Es ist nicht das erste Gespräch dieser Art, und ich erwarte auch keine Antwort auf meine Frage. Bisher ist er dann immer aus dem Zimmer gestürmt, und an seinen zusammengebissenen Lippen und dem starren Ausdruck in seinen Augen erkenne ich, dass ihm genau danach der Sinn steht. Doch zu meiner Verwunderung bleibt er diesmal.

»Ich habe dich unterschätzt«, sagt er.

»Inwiefern?«

»Du bist zielstrebig, weißt, was du willst, und gibst nicht so schnell auf. Du lässt dich durch Rückschläge nicht so leicht entmutigen. Rückschläge gehören dazu, wie du wohl weißt.«

Verwundert runzle ich die Stirn. »Das ist dir aufgefallen? Ich dachte, du siehst meine Tätigkeiten nur als Hobby an?«

»Das habe ich auch getan ... Zumindest am Anfang. Ich sagte ja, dass ich dich unterschätzt habe. Du hast in der letzten Zeit mehr zuwege gebracht als dein Bruder. Das damals mit der Klinik tut mir leid. Ich weiß jetzt, dass ich mich falsch verhalten habe.«

Ich starre ihn an. Eine Entschuldigung von meinem Vater? Ich hätte nie gedacht, dass ich so etwas jemals erleben würde.

»Haben dich Außerirdische entführt und gegen einen Roboter ausgetauscht?«, frage ich.

»Nein, warum?«

Er hat absolut keinen Humor. Zumindest so viel hat sich nicht geändert.

»Dein Bruder hat einen großen Fehler begangen. Und nicht nur einen«, spricht mein Vater weiter.

»Du meinst wohl den Millionen-Auftrag, den er kürzlich in den Sand gesetzt hat, weil er nicht zum Termin erschienen ist?« Man fand ihn dann zugehascht in seinem Bett vor.

Jerome Maynard schüttelt den Kopf. »Nein, nicht nur das. Er hat sich mit der falschen Frau eingelassen. Sie wollte Jayden heiraten, um an mein Geld zu kommen. Als sie hörte, dass ich dich zu meiner Haupterbin machen würde, hat sie wohl die Sache in die Hand nehmen wollen.

Zuerst wollte sie mich erledigen, bevor ich mein Testament ändern konnte, aber daraus wurde nichts. Als die von ihr angeheuerten Killer nicht den gewünschten Erfolg brachten, dachte sie wohl, das könne sie selbst erledigen. Sie muss schon seit geraumer Zeit Schießübungen gemacht haben.«

»Oh Mann. Und wie geht es Jayden? Das muss für ihn ein Schock sein.«

»Er ist ziemlich am Boden zerstört. Ich bin mir immer noch nicht sicher, ob er nichts von ihren Plänen wusste. Sie hat ja auch einen Scheinangriff auf ihn durchführen lassen, in der Absicht, den Verdacht von ihm wegzulenken. Was mich am meisten wurmt, ist, dass ich die ganze Zeit nichts von ihrer Affäre bemerkt habe.« Mein Vater wirkt zerknirscht und aufgewühlt, wie ich ihn nie zuvor erlebt habe.

»Ich habe auch nichts davon bemerkt«, sage ich.

Schweigen breitet sich zwischen uns aus, das recht schnell unangenehm wird.

»Du wirst nun also wegziehen?«, fragt er mich urplötzlich. Seine Augen blicken ernst.

Ich nicke. »Ja. Dann hast du mich endlich los.«

Mein Vater wirkt plötzlich schuldbewusst, doch nur für einen kurzen Moment, dann ist seine übliche gefühllose Fassade wieder intakt. »Ich hätte früher mit dir darüber reden sollen … über dich und deine Mutter«, sagt er.

Ich schlucke, denn das ist ein Thema, das ich selbst am liebsten vermeiden würde. Ein Kloß hat sich in meinem Hals gebildet. »Und warum hast du es bisher nicht getan?«

»Manchmal ist es einfacher, Fragen auszuweichen.«

Solch ein Geständnis hätte ich von ihm am allerwenigsten erwartet. Er gehört nicht zu den Leuten, die irgendjemandem oder irgendetwas ausweichen würden.

»Und warum willst du gerade jetzt darüber reden?«, frage ich.

»Vielleicht ist es die letzte Möglichkeit, es zu tun, bevor du wegziehst.«

»Dann lass mich mal raten: Du hasst mich, weil meine Mutter bei meiner Geburt gestorben ist. Ich trage die Schuld an ihrem Tod, und du hättest gerne Söhne von ihr gewollt.« Jetzt ist es heraus.

Mein Vater schüttelt den Kopf. Mit einer fahrigen Geste streicht er sein Haar zurück. Er wirkt abgespannt und irgendwie müde. »Nein, du irrst dich. Ich trage die Schuld an ihrem Tod. Und diese Schuld nagt schon viel zu lange an mir.«

Meine Kinnlade klappt nach unten. Damit habe ich nicht gerechnet. Für einen Moment bin ich sprachlos. »Aber wie kann das sein? Du gibst dir die Schuld, sie geschwängert zu haben? Wollte sie denn keine Kinder? Du konntest doch nicht wissen, dass sie sterben würde.«

»Es war keine Liebesehe, musst du wissen. Ich habe sie wegen ihres Geldes geheiratet, das den Grundstock bildete, mit dem ich meine Firmen gegründet habe.«

Schockiert starre ich ihn an. Das ist alles neu für mich.

»Ihr Vater hatte diese Maschinenbaufirma, in die ich eingestiegen bin. Ich sollte sein Nachfolger werden. Stattdessen habe ich die Firma nach seinem Tod aufgelöst und ein anderes Imperium mit dem Geld erschaffen.«

Mein Großvater starb nur ein Jahr nach der Hochzeit meiner Eltern. Daher habe ich ihn nie kennengelernt. Auch an die Maschinenbaufirma kann ich mich nicht erinnern. Ich kenne sie nur vom Hörensagen. Mein Vater sagte damals nur, dass sie ihm nicht lukrativ genug gewesen sei.

»Ich habe deiner Mutter nicht die Aufmerksamkeit geschenkt, die sie sich gewünscht und die sie gebraucht hätte. Sie war zu oft allein, und offenbar hat sie mich geliebt.« Er stockt und sein Blick wird düster. Im Gegensatz zu mir hat er dunkle Augen. »Jedenfalls habe ich eines Tages die Flaschen gefunden. Sie waren überall: hinter den bodenlangen Vorhängen, in den Schränken, im Müll und sogar in ihrem begehbaren Kleiderschrank. Sie war eine Alkoholikerin, und ich trage die Schuld daran.«

Ich schlucke. »Deswegen hast du also so überreagiert, als ich mich damals nach der Trennung von Steve so betrunken habe?« Dieses Ereignis erscheint für mich nun in einem anderen Licht.

Er nickt. »Ja, aber ich hätte nicht so reagieren dürfen, sondern die Lage zuvor prüfen müssen. Die Schuldgefühle, die wegen deiner Mutter an mir nagen, haben mich überreagieren lassen.«

»Du hast sie wohl kaum gezwungen, mit dem Trinken anzufangen.«

»Das nicht, aber ich habe sie letztendlich dazu getrieben. Sie hat sich mehr von mir gewünscht. Sie wollte etwas von mir, das ich ihr nicht geben konnte. Sie sah dir so verdammt ähnlich.« Er kramt in seiner Jackettasche und holt ein zerknittertes, altes Foto heraus, das er vor mir auf den Tisch legt.

Im ersten Moment denke ich, es ist ein Foto von mir. Aber diese altmodische Frisur ... Verdammt, diese Frau könnte mein Zwilling sein. Dasselbe Gesicht, dieselben Augen, derselbe Mund … Die Haarfarbe ist absolut identisch. Es ist das erste Bild, das ich von ihr sehe. Nach ihrem Tod hat mein Vater alles, was an sie erinnern könnte, entfernt. Das hatte mir zumindest der Chauffeur erzählt.

»Da war sie so alt, wie du jetzt. Ein Jahr später war sie tot.« Nun hält mein Vater keinen Blickkontakt mehr, sondern starrt zu Boden.

»Und ich dachte, du hasst mich«, sage ich.

»Nein, ich habe dich niemals gehasst. Ich konnte dich nur nicht um mich haben, und ich wollte dich nicht ansehen, denn jedes Mal, wenn du mich mit diesen Augen angesehen hast, war es wie eine stumme Anklage Isabelles. Sie war schwach und sensibel. Ich war nie der richtige Mann für sie gewesen.

Es tut mir leid, dass ich dir kein Vater sein konnte. Du hast mich nicht enttäuscht. Es war einfach, sich das einzureden, aber es stimmt nicht. Du hast mehr Geschäftssinn als dein Adoptivbruder oder dieser Steve Richards. Weißt du nicht, dass der insolvent ist? Er hat sein Vermögen komplett ausgegeben für Glücksspiel, Alkohol und Frauen. Und dieser Alexis Oneikos hatte dich auch nicht verdient. Weißt du, dass er sich scheiden lässt?«

»Also hat ihm die griechische Frau kein Glück gebracht?«

»Es hat ihm kein Glück gebracht, die Frau zu heiraten, die sein Vater für ihn wollte, anstatt das zu tun, was er selbst will. Das ist nie eine gute Sache. Ich sollte mich nicht mehr in dein Leben einmischen. Ich sehe ja, dass du es packst. Ich dachte nur, du seist wie deine Mutter, so schwach und hilfsbedürftig, und ich müsste ständig eingreifen und dich auf den richtigen Weg führen.«

»Du hast also nichts dagegen, dass ich Nicholas heirate?«, frage ich erstaunt, obwohl ich sein Einverständnis weder brauche noch haben will. Ich hätte nur mit mehr Widerstand gerechnet. Fast schon bin ich ein wenig enttäuscht.

»Nein, tue, was du für richtig hältst. Mache deine Erfahrungen selbst. Ohne ihn würdest du nicht mehr leben. Er hat das getan, obwohl ich ihn nicht mehr dafür bezahlt habe. Sein Vertrag ist ja ausgelaufen, seit sie Betty festgenommen haben. Ich dachte, wir benötigen ihn nicht mehr. So kann man sich irren ... Er hat sein Leben für deines riskiert und das nicht wegen einer Menge Geld, sondern aus Liebe. So etwas findet man selten. Außerdem habe ich ihm natürlich auf den Zahn gefühlt. Der Typ hat es nicht nötig, dich wegen deines Geldes zu heiraten.«

»Was bringt dich zu diesem Sinneswandel?«, frage ich, noch immer überrumpelt von den Ereignissen.

»Dass du in Lebensgefahr geschwebt hast, hat mich dazu gezwungen, über dich nachzudenken. Bisher habe ich die Gedanken an dich meistens verdrängt, aber nun stand ich in Gefahr, dich zu verlieren. Für immer. Genau wie Isabelle. Und das hat mich wachgerüttelt.

Ich konnte dich nicht länger wie ein Projekt behandeln.«

Hat mein Vater jemals so viel mit mir geredet? Ich bin mir immer noch nicht sicher, ob er nicht von Außerirdischen entführt und von ihnen gegen einen Doppelgänger ausgetauscht wurde. Aber ich hinterfrage das jetzt nicht, denn ich will keinen Stress mit ihm. Die Hauptsache ist, Nicholas und ich sind zusammen und lieben einander.

»Ich gehe dann mal und lasse euch Turteltäubchen allein«, sagt er, als hätte er meine Gedanken geahnt.

Ich starre noch eine Weile auf das Bild meiner Mutter und stecke es dann in eines meiner Fotoalben.

Epilog

Fünf Monate später

Die Spätsommersonne taucht Nicholas' Garten in ein warmes Licht. Die Bäume hängen nun voller leuchtend roter Äpfel und die zahlreichen Rosenbüsche stehen in voller Blüte.

Die ersten Blätter fallen auf mein verspieltes, hellblaues Vintage-Brautkleid. In Weiß sehe ich nämlich so käsig und ungesund aus wie ein Statist aus einem Zombie-Film. Statt einer schweißtreibenden Glitzerkorsage und einem ausladenden Reifrock ist es ärmellos und der luftige Tüllrock reicht mir nur knapp bis zu den Knien. Mein Haar trage ich offen zu sanften Wellen geformt und mit kleinen, cremefarbenen Rosen geschmückt. Dazu trage ich cremefarbene Pumps mit moderat hohen Absätzen.

Alles erscheint mir so unwirklich wie in einem Traum. Ich kann immer noch nicht glauben, dass ich am Arm meines Vaters durch die Reihen der Menschen laufe, die mir am meisten bedeuten. Ich sehe alte Schulfreundinnen hier, ehemalige Nachbarn, einige Leute vom Personal meines Vaters wie die Haushälterin Mrs. Williamson, den Chauffeur Mr. Higgins, die Köchin, den Piloten, Mr. Preston, Eileen, Cecily, May, Jayden, Ava, Joe Denver, Tricia und noch so einige weitere Leute.

Natürlich sind Nicholas' Vater, seine Schwester und seine Freunde und Verwandte hier, ebenso wie die von Barb und Mali, da die beiden ebenfalls heute heiraten.

Zum Glück befindet sich Nicholas' Haus nicht weit entfernt von Charlottesville, wo wir vorab einige Unterkünfte für unsere Gäste reserviert haben. Nicholas hat Busse organisiert, die sie nach der Feier dorthin bringen.

Sogar Alexis Oneikos ist gekommen und hat mir erst vor ein paar Stunden in einer ruhigen Minute anvertraut, dass es ein Fehler gewesen war, auf seinen Vater zu hören und dem Druck nachzugeben, die griechische Frau zu heiraten, die dieser für ihn ausgesucht hat, aber mit der er rein gar nichts gemeinsam hat. Er war eben noch jung gewesen und wollte keinen Bruch mit seiner Familie riskieren.

Insgesamt sind um die achtzig Personen anwesend, was für die Hochzeit einer Maynard extrem bescheiden ist. Aber Nicholas und ich wollten die Feier im engsten Kreis gestalten.

Die Brautjungfern lächeln mich aufmunternd an. Nicholas' Schwester Cathy ist eine von ihnen. Sie besitzt dasselbe dunkle Haar und die ozeanblauen Augen wie ihr Bruder. Neben ihr steht Eileen, und unweit von ihnen ist Bonnie, in die meine beste Freundin ganz vernarrt ist. Das war wohl Liebe auf den ersten Blick.

Für Bonnie haben wir ein winziges Kleid aus demselben saphirblauen Stoff nähen lassen, aus dem die Brautjungfernkleider geschneidert wurden. Brav steht sie neben den anderen Brautjungfern und beobachtet das Spektakel aus ihren großen, runden Hundeaugen.

Sie ist natürlich jedermanns Liebling und ist wie ein Wanderpokal von Arm zu Arm gewandert, was sie anfangs etwas irritiert hat, aber nach einer gewissen Eingewöhnungszeit hat sie es sichtlich genossen, von allen verhätschelt zu werden.

Neben Nicholas stehen Barb und Mali, die direkt vor uns heiraten.

Malis Brautkleid ist in demselben dunklen Rosa wie die hier wachsenden Rosensorte *Fairy Prince*, von der sie eine zart schimmernde Blüte trägt in ihrem seidigen, langen, schwarzen Haar. Barb ist eher schlicht gekleidet in einem schwarzen Hosenanzug, zu dem sie hohe silberne Stilettos trägt. An ihren Ohren baumeln auffällige silberne Ohrhänger und sie ist dramatisch geschminkt mit dunkelrotem Lippenstift, schwarzem Eyeliner und Smokey Eyes.

Wir haben uns gegen eine strikt religiöse Zeremonie entschieden, weil Nicholas Atheist ist, Mali dem Buddhismus anhängt, und Barb glaubt an alte keltische

Götter. Ich bin zwar theoretisch protestantisch, kann mich aber nicht mehr erinnern, wann ich das letzte Mal in der Kirche war.

Die Friedensrichterin steht, umrahmt von zahlreichen Rosenbüschen, in einem schlichten, hellgrauen Etuikleid vor uns. Ihr glänzendes, dunkles Haar hat sie elegant mit einer silbernen Spange hochgesteckt.

Mein Vater, der die ganze Zeit über meine Hand gehalten hat, gibt diese in Nicholas' Hand. Dessen Berührung elektrifiziert mich nach wie vor wie beim allerersten Mal. Für einen Moment stockt mir der Atem, als ich Nicholas' Blick begegne und all die Liebe, Zärtlichkeit und Leidenschaft darin erkenne, dich er für mich empfindet.

»Du bist so verdammt süß, sexy und wunderschön«, raunt er mir mit tiefer Stimme ins Ohr. »Am liebsten würde ich dich irgendwohin entführen, wo wir allein sein können, um deinen Rock zu lüften und dir dein Höschen auszuziehen.«

Ich schenke ihm ein verträumtes Lächeln. »Ich trage gar kein Höschen.«

Meine Worte erzielen ihre gewünschte Wirkung, und in Nicholas' Augen flackert Leidenschaft auf. »Du unanständiges Weib«, flüstert er mir ins Ohr und küsst mich sogleich auf jene sensitive Stelle unterhalb des Ohrläppchens mit kurzem Zungeneinsatz ... Trotz des lauen Windes wird mir heiß unter meinem luftigen Kleid ...

Nicholas trägt ein Hemd aus schwarzer Seide zu

seiner Jeans. Sein herrlich maskuliner Duft dringt in meine Nase. Am liebsten wäre ich jetzt auch mit ihm allein ...

Er hält meine Hand weiterhin fest in seiner und sieht mich an, als wäre ich für ihn das Kostbarste auf der Welt.

Wir vernehmen die sanfte Stimme der Friedensrichterin, die Mali und Barb miteinander verheiratet. Die beiden haben nur noch Augen füreinander, was ich gut nachvollziehen kann ...

»Möchtest du, Nicholas Elijah Sands, Tabitha Alyssa Maynard zu deiner Frau nehmen?«, fragt die Friedensrichterin mit einem freundlichen Lächeln.

»Ja, ich will.«

»Und du, Tabitha Alyssa Maynard, möchtest du den Bund der Ehe mit Nicholas Elijah Sands eingehen?«

Ich sehe ihn verliebt an. »Ja, ich will. Ich will mit dir alt werden.«

Nicholas sieht mir ganz tief in die Augen. »Darum wünsche ich mir für unseren gemeinsamen Weg ...«

»Dass unsere Liebe auf ewig Bestand haben wird ...«, sage ich.

»Dass wir das Vertrauen ineinander nicht verlieren ...«, spricht Nicholas weiter.

Nun bin ich wieder an der Reihe. »Dass wir aneinander und miteinander wachsen ...«

Noch immer hält er meinen Blick mit seinem fest. »Dass wir unsere Zärtlichkeit, Liebe und Leidenschaft festhalten können ...«

Ich schenke ihm ein Lächeln. »Dass wir miteinander von Herzen lachen können ...«

»Dass unser gemeinsames Glück niemals vergeht.«

»Ich verspreche Dir Achtung, Ehrlichkeit und Geduld.«

»Ich verspreche Dir Achtung, Ehrlichkeit und Geduld«, wiederholt er meine Worte.

»Ich liebe Dich.« Meine Stimme bebt vor Emotionen.

»Ich liebe Dich, Tabitha. Für immer.«

»Für immer.«

Nicholas zieht mich an sich. Ich schlinge meine Arme um seinen Hals. Unsere Lippen finden zueinander, sein Atem vermischt sich mit meinem. Seine maskuline Ausstrahlung lässt mir die Knie weich werden, während seine Zunge meinen Mund erforscht.

Atemlos klammere ich mich an ihn und erwidere seinen Kuss, der zärtlich und leidenschaftlich zugleich ist. Dieser Mann raubt mir noch sämtliche Selbstbeherrschung. Ich vergesse die Welt und die Menschen um mich herum. Für mich gibt es nur noch ihn und unsere gemeinsame Zukunft.

Es ist, als würde sich alles um uns herum drehen, während mein Blick auf seinen geheftet ist, in dem Leidenschaft und Liebe auflodern. Es erscheint mir wie im Traum. Nie habe ich mich besser und glücklicher gefühlt als jetzt, an diesem besonderen Tag. Ich bin endlich angekommen. Bei ihm.

Die Menge jubiliert und die Brautjungfern – bis auf Bonnie natürlich – verteilen über uns zarte Rosenblätter.

Nicholas nimmt mich auf seine starken Arme und trägt mich zu unserem Boot, das schon abfahrbereit auf uns wartet.

»Ich hatte dir doch ein Picknick auf dem See versprochen«, sagt er mit einem strahlenden Lächeln zu mir. Die Idee ist einfach hinreißend. Damit hat er mein Herz gleich noch einmal erobert.

»Das hätten wir viel früher tun sollen«, sage ich mit einem Blick auf die schön geschmückten und mit allerlei Köstlichkeiten beladenen Boote.

»Ja, aber soweit ich mich erinnere, wolltest du in der Gegend herumjetten.«

Ich schmunzle. »Du aber auch.«

Ich war öfters in New York gewesen, um meine Limited Edition zu promoten. Dann gab es auch noch die Sommer- und die Herbstkollektion. Aber seit der Limited Edition des Namens »I love you, Nicholas« hat der Erfolg richtig eingesetzt. Seitdem kann ich mich vor Nachfrage nicht mehr retten. Es treten mittlerweile sogar Filmkonzerne an mich heran, die eine Sonderkollektion von mir wollen, so wie es eine limitierte Shades-of-Grey-Kollektion von O.P.I. gab.

Nicholas hat eine Sicherheitsfirma am Stadtrand von Charlottesville gegründet, deren Büro sich nur vierzehn Meilen von hier befindet. Er berät nun Firmen, Nachtclubs und diverse Veranstalter. Auch hat er schon zwei Leute eingestellt, und es werden mit der Zeit wohl noch mehr werden. Wir hatten wirklich in der letzten Zeit alle Hände voll zu tun.

Aber jetzt will ich abschalten und die Zeit mit Nicholas und unseren Gästen genießen.

Es gibt natürlich auch zahlreiche Boote für unsere Gäste. Es handelt sich um kleine Ruderboote, auf die bestenfalls sechs Personen passen. Jene, die mit auf den See wollen, setzen sich in die Boote. Wir legen Schwimmwesten an, bevor wir hinausrudern.

Barb droht, jeden, der auf die Idee kommen sollte, seinen Müll im See zu entsorgen, zu erschießen, dann geht es los.

Nicholas setzt mich im Boot ab, ergreift die Riemen und rudert uns damit hinaus auf die Mitte des Sees, wo wir unseren Brunch einnehmen.

Zu dieser Jahreszeit knallt die Sonne nicht mehr gnadenlos herunter, sondern lässt ihr sanftes Licht auf uns herabscheinen. Die Oberfläche des Wassers glitzert. Kleine Wellen kräuseln sich. Dann und wann sieht man einen Fisch vorbeischwimmen.

Nicholas verteilt grinsend eine große Serviette auf dem Rock meines Kleides und gibt mir noch eine zusätzlich in die Hand. Dann beschmiert er für uns Bagels mit Frischkäse. Dazu essen wir Heidel- und Himbeeren und trinken Kaffee aus den bereitstehenden Thermoskannen und geben Milch aus dem Milchkännchen in unsere Becher.

Barb und Mali winken zu uns herüber. Auf ihrem

Boot gibt es ein paar thailändische Spezialitäten, wie auch auf den anderen Booten. Das hat Mali sich nicht nehmen lassen.

Sie hat sich für ein süßes Gericht namens Khao Neow Sang Kaya sowie das thailändische Omelett Khao Khai Jeaw entschieden. Letzteres musste frisch zubereitet werden. Khao Neow Sang Kaya besteht aus Reis, der mit Vanillesauce geschichtet und mit etwas Kokosmilch in ein Bananenblatt eingewickelt wurde.

Das probiere ich natürlich. Es ist essbar, aber eindeutig gewöhnungsbedürftig. Die Omeletts enthalten neben den Eiern Shrimps, thailändisches Gemüse und Zwiebeln.

»Zwiebeln und Sojabohnen ... Mach dich auf was gefasst heute Nacht. Da wird die Bettdecke schweben«, sage ich grinsend.

Nicholas grinst frech. »Ich glaube kaum, dass du heute Nacht eine Bettdecke brauchen wirst. Und mit biologischer Kriegsführung wirst du mich nicht fernhalten können. Nichts wird mich heute Nacht von dir fernhalten.«

»Das Zeug war Malis Idee«, verteidige ich mich.

»Ja, das war sie, aber ich weiß nicht, ob Barbs Gedärme sich schon an das Zeug gewöhnt haben. Also für mich riecht es nach Biotonne.«

»Du hättest es ja nicht essen müssen.«

»Probieren musste ich es ja, sonst beleidige ich Mali, was wiederum Barb stinkig macht. Und mit der legt man sich besser nicht an.«

Ich muss lachen. »Das klingt einleuchtend.« Wer will sich schon mit einer muskulösen Ein-Meter-achtzig-Frau anlegen, die in High Heels noch größer ist, Jiu Jitsu beherrscht und zudem Scharfschützin ist?

Den Nachmittag verbringen wir mit Spielen und Tanz. Eine lokale Band tritt dabei auf. Nachdem er sich einige Fotos, die er für die Presse verwenden kann, gesichert hat, ist mein Vater wieder verschwunden. Es enttäuscht mich nicht mehr. Er wird sich nie wirklich ändern, aber das ist mir jetzt nicht mehr so wichtig. Man kann andere nicht ändern. Das können sie nur selbst tun. Man kann sich aber entscheiden, wie man auf ihre Handlungsweisen reagiert.

Das Wetter ist uns hold, sodass wir an der draußen angebrachten Tafel später warm zu Abend essen können. Es gibt sowohl traditionelle Gerichte aus Ohio wie Amish Meatloaf, das Ohio Meat Pie und das berühmte Cincinatti-Chili, das so ziemlich jeder mag, als auch welche aus Thailand wie das allseits beliebte Nudelgericht Pad Thai, das hier mit Huhn, Tofu, Zwiebeln, Ei, Sojasprossen, Erdnüssen und einem Hauch von Chili zubereitet wurde.

Dann gibt es noch das scharf-sauere Larb Moo mit kleingehacktem Schweinefleisch, Frühlingszwiebeln, Chili, Koriander, Minze, einem Hauch Limette und Fischsoße. Dazu wird der übliche Klebereis Khao Niau gereicht.

Für ganz Mutige steht Som Tam, der sehr scharfe Papaya-Salat bereit, bestehend aus Streifen roher Pa-

payas, Tomaten, Reisnudeln, Erdnüssen und viel Chili. Pro Portion kann man beim durchschnittlichen Som Tam mit mindestens ungefähr zehn Chilis rechnen, wobei es auch die doppelte Menge sein kann. Die Thais scheinen da keine Grenze nach oben zu kennen.

Jedenfalls habe ich es bereut, als ich beim ersten Mal sorglos zu diesem Salat gegriffen habe. Für die Hochzeit wollte Mali den Salat angeblich weniger scharf zubereiten.

Ich weiß nicht, ob ich es wagen soll ... Vielleicht sollte ich erst mal beobachten, wie andere dieses Gericht überleben ... Obwohl wir einen Catering-Service beauftragt haben, hat sie es sich nicht nehmen lassen, die thailändischen Gerichte selbst zuzubereiten.

Wir halten das Ganze recht zwanglos. Daher gibt es auch keine feste Sitzordnung.

Ava sitzt zwischen Nicholas' Dad Ethan und Cherise. Ich sitze zwischen Nicholas und Barb und mir gegenüber hat Cathy Platz genommen. Bonnie hat, nachdem sie ihr Futter runtergeschlungen hat, sich mit den Dachsen in ein Gebüsch verkrümelt. Glücklicherweise hat Cathy sie zuvor in weiser Voraussicht von ihrem Kleid befreit, sodass sie nirgendwo hängenbleibt.

»Ich hatte wirklich befürchtet, er würde nie wieder heiraten«, sagt Cathy, »aber zum Glück bist du in sein Leben getreten.«

»Auf das junge Brautpaar!«, sagt Ethan und alle heben ihre Gläser, egal, ob sich darin Sekt, Wasser, Limonade oder Singha Bier mit Eiswürfeln befindet.

Es ist ein schöner Tag, doch ich bin froh, als der ganze Trubel vorbei ist, wir vom Catering-Service abräumen lassen und die Leute mit den Bussen nach Charlottesville fahren.

Zum ersten Mal seit heute Morgen bin ich allein mit meinem mir angetrauten, wunderbaren Ehemann. Es ist ein ungeheuer schönes Gefühl. Seit wir uns das Ja-Wort gegeben haben, spüre ich eine noch tiefere Verbundenheit mit ihm. Ich hätte nicht gedacht, dass das möglich ist.

»Und wie fühlst du dich?«, fragt er.

»Ich habe den Som Tam überlebt. Mich bringt nichts mehr um.«

Nicholas lacht. Es ist ein tiefes, kehliges Geräusch.

»Von wegen weniger scharf. Ich glaube, das macht sie extra, damit ihre Gäste mehr zu Trinken bestellen«, sage ich.

»Ja, sie war wohl noch im Restaurant-Modus.«

Natürlich hatten wir Mali und Barb in Akron besucht und auch in ihrem Restaurant gegessen.

»Dir hat es wohl gar nichts ausgemacht?«, frage ich.

»Abgestorbene Geschmacksnerven. Eine Kriegsverletzung. Da mussten wir schlimmeres essen. Aber das ist ja jetzt alles vorbei und überstanden. Wir sind zusammen und lieben einander.« Er nimmt mich in seine Arme und schaut mir tief in die Augen. »Außerdem vernasche ich dich weitaus lieber als Vanille-Reis in Bananenblättern.«

»Das beruhigt mich aber jetzt ungemein.«

Nicholas nimmt mich auf seine Arme und trägt mich ins Haus. Im Flur springe ich von seinen Armen und mache mich an seiner Kleidung zu schaffen.

Noch bevor wir es bis ins Schlafzimmer schaffen, entblättern wir uns gegenseitig. Unsere Klamotten verstreuen wir überall. Hoffentlich finden wir die morgen wieder ...

Nicholas beugt sich auf dem Bett über mich. »Du bist so wunderschön, Mrs. Sands.«

»Rede nicht und küss mich, Mr. Sands.«

»Alles, was du dir wünschst, meine Liebe.«

Und dann sind seine Lippen auf meinen in einem brennenden Kuss.

Ich verliere mich in seinen Blick und gebe mich ihm ganz hin. Ein Stöhnen entringt sich meiner Kehle, als er den Kuss vertieft. Tief in meinem Bauch zieht es und mein Herz klopft schneller, als ich zu ihm aufblicke. Er ist so ein aufregender Mann. Ich bin vollkommen verrückt nach ihm.

Ich ziehe Nicholas näher zu mir heran, bis er auf mir liegt und ich seine nackte Haut fast überall an meiner spüre. Brennende Erregung durchzieht meinen Leib. Ich lasse meine Hände über die harten Muskeln an Nicholas Armen und Schultern gleiten.

Ich bin atemlos, als er den Kuss löst.

»Du riechst so gut«, raunt er mir ins Ohr. Sein Atem kitzelt meine Haut.

Dann verteilt er eine brennende Spur von Küssen über meinen Hals und mein Dekolleté. Ich zerwühle sein weiches, dunkles Haar und genieße jede seiner Liebkosungen.

Ausgiebig widmet er sich meinen Brüsten und wandert dann tiefer, Küsse über meinen Bauch, die Lenden und den Venushügel verteilend. Sanft schiebt er meine Beine auseinander und winkelt sie leicht an, sodass er einen guten Blick auf meine Mitte bekommt.

Nicholas kniet nun zwischen meinen Schenkeln und pustet über meine erhitzte Haut. Pure Erregung durchströmt mich. Ich fange leicht zu zittern an vor Erwartung, als er sich hinabbeugt und mich mit der Zunge liebkost.

Es ist unglaublich, was er mit mir anstellt. Unkontrolliert fange ich an zu zucken und schreie seinen Namen, als die Lust mich übermannt.

Nicholas schiebt sich über mich und in mich. Ich schreie auf, als er mich so plötzlich erobert und meine Mitte ihn willig empfängt. Erneut jagen Lustschauer durch meinen Körper, als er mich sanft nimmt. Dabei hält er mich sanft umfangen, flüstert zärtliche Liebesworte in mein Ohr und sieht mich unentwegt voller Zärtlichkeit in seinem Blick an.

Ich klammere mich an ihn und lass mich von ihm mitnehmen auf diese Reise purer Erregung. Immer höher steigt sie an, bis sie sich erneut in mir entlädt und wenig später auch mein geliebter Nicholas seine Erfüllung findet.

Ich halte ihn mit den Armen umfangen an mich gepresst und auch er hält mich fest. Er presst seine Lippen auf meine und küsst mich verlangend und doch zugleich so zärtlich, dass mein Herz lauter zu schlagen scheint.

»Ich werde dich niemals loslassen. Ich liebe dich«, sagt er, den Kuss lösend, dicht an meinen Lippen.

»Und ich dich.«

»Für immer.«

»Für immer und ewig.«

Erneut senkt er seine Lippen auf meine herab und besiegelt unsere Worte mit einem leidenschaftlichen Kuss, der mir den Atem nimmt.

Printed in Poland
by Amazon Fulfillment
Poland Sp. z o.o., Wrocław

87593603R00216